Dear Korean readers, you are winners, and you are not alone. Neither am I, because I have your company! thank you

Paulo Coelho

한국 독자에게 보내는 메시지

친애하는 한국 독자여러분, 여러분은 승자입니다.
하지만 여러분은 혼자가 아닙니다. 나 역시 그렇습니다.
제겐 여러분이 있기 때문입니다. 감사합니다.

파울로 코엘료

승자는 혼자다

O VENCEDOR ESTA SO
by Paulo Coelho

Copyright ⓒ Paulo Coelho, 2008
Korean Translation Copyright ⓒ MUNHAKDONGNE Publishing Corp., 2009

This Korean edition is published by arrangement with
Sant Jordi Asociados, Barcelona, Spain(www.santjordi-asociados.com)
All Rights Reserved.
https://paulocoelhoblog.com

이 책의 한국어판 저작권은 스페인 Sant Jordi Asociados 에이전시를 통해
저자와 독점 계약한 (주)문학동네에 있습니다.
저작권법에 의해 한국 내에서 보호를 받는 저작물이므로
무단 전재 및 무단 복제를 금합니다.

이 도서의 국립중앙도서관 출판예정도서목록(CIP)은
서지정보유통지원시스템 홈페이지(http://seoji.nl.go.kr)와
국가자료종합목록 구축시스템(http://kolis-net.nl.go.kr)에서 이용하실 수 있습니다.
(CIP제어번호: CIP2009002063)

THE
WINNER STANDS
ALONE

승자는 혼자다

파울로 코엘료 장편소설
임호경 옮김

2

P A U L O   C O E L H O

문학동네

차례

2

PM 04 : 34 _ 007

PM 04 : 43 _ 026

PM 04 : 52 _ 045

PM 05 : 06 _ 067

PM 05 : 15 _ 092

PM 06 : 50 _ 119

PM 07 : 31 _ 135

PM 07 : 40 _ 164

PM 08 : 12 _ 188

PM 08 : 21 _ 205

PM 09 : 02 _ 223

PM 09 : 11 _ 228

PM 09 : 20 _ 241

PM 10 : 19 _ 253

PM 10 : 55 _ 307

PM 11 : 11 _ 311

AM 01 : 55 _ 316

pm 04:34

재스민은 담배를 피우면서 무연히 바다를 바라보고 있다. 이런 순간에는 자신이 무한과 깊이 연결된 느낌이다. 지금 여기 앉아 있는 존재가 자신이 아니라, 경이로운 일을 할 수 있는 어떤 강한 힘으로 느껴지는 것이다.

전에 어디선가 읽었던 옛이야기 하나가 떠오른다.

나스루딘은 훌륭한 터번을 쓰고 궁정에 들어가 적선을 부탁했다.

"그대는 돈을 구걸하러 왔다면서 머리에는 아주 호화로운 터번을 두르고 있군그래. 그 굉장한 물건을 얼마나 주고 샀는고?"

술탄이 물었다.

"어떤 거부께서 제게 준 것입니다. 그분 말씀으로는 금화 오백 냥짜리라고 했습니다."

현명한 수피 나스루딘이 대답했다. 그러자 옆에 있던 대신이 투덜댔다.

"말도 안 돼! 세상에 그렇게 비싼 터번이 어디 있어?"

하지만 나스루딘은 개의치 않고 말했다.

"사실 제가 여기 온 것은 적선을 청하기 위해서만은 아닙니다. 폐하와 거래도 하기 위함이지요. 제가 알기로는 세상에서 오직 한 군주만이 이 터번을 금화 육백 냥에 사실 수 있습니다. 제가 그 이익금을 가난한 사람들에게 나눠줄 수 있도록 말이지요."

기분이 우쭐해진 술탄은 나스루딘이 요구한 금화 육백 냥을 내주었다. 어전을 나가면서 현자는 대신에게 말했다.

"대감은 터번의 가치에 대해서는 잘 알고 계실지 모르지만, 나는 허영이 사람을 어디까지 몰고 갈 수 있는지를 잘 알고 있지요."

이것이 그녀를 둘러싸고 있는 세계의 현실이었다. 그녀는 자신의 직업을 나쁘게 생각하지 않는다. 또 사람들이 지닌 욕망에 따라 그들을 판단하지도 않는다. 다만 삶에서 진정 중요한 것이 무엇인지 알고 있을 뿐이고, 자신의 두 발을 허공이 아닌 대지에 굳건히 딛고 서기를 바랄 뿐이다. 비록 그녀의 발걸음에 숱한 유혹들이 끊임없이 다가온다 해도.

 누군가가 문을 열고 패션쇼 무대에 오를 시간이 30분밖에 남지 않았다고 알린다. 패션쇼에 앞선 그 길고 지루했던 시간도 마침내 끝을 향해 가고 있는 시간, 하루 중 최악의 순간이다. 여자애들은 아이팟과 휴대폰을 내려놓고, 분장사들은 다시 세부를 손질하고, 헤어디자이너들은 모델들의 흘러내린 머리칼을 쓸어올려준다.

 재스민은 거울 앞에 앉아 분주히 작업하는 사람들의 손에 몸을 맡긴다.

 "칸이라고 해서 긴장할 필요는 없어."

 분장사가 말한다.

 "긴장하지 않아요."

 긴장할 이유가 어디 있겠는가. 오히려 그녀는 무대에 오를 때면 황홀감을, 아드레날린이 치솟는 걸 느낀다. 분장사는 오늘따라 유난히 수다스럽다. 자기 손을 거쳐간 숱한 스타들의 주름살에 대해 얘기하고, 새로 나온 미용크림을 추천해주고, 자기의 일이 이젠 넌더리가 난다고 말하다가 문득 생각난다는 듯이 혹시 남는 파티 초대장이라도 없느냐고 묻는다. 재스민의 귀는 무한한 인내로 그 모든 수다를 받아주고 있다. 하지만 그녀의 생각은 그녀가 처음 사진가들을 찾아가야겠다고 결심했던 그날, 그 안트베르펜의 거리를 헤매고 있다. 그녀가 이쪽 세계에 첫발을 내딛던 그날도 약간의 문제가 있었지만, 결국에는 모든 일이 잘 풀렸다.

 오늘도 그럴 것이다. 그날, 거리에서 그녀에게 접근해왔던 사진가의 작업실을 찾아갔을 때도 그랬으니까(딸이 빨리 우울증에서 벗어나기를 원했던 어머니는 결국 그녀의 뜻을 받아들이고 동행해주었다). 문을 열자 작은 방이 있었고, 네거티브 필름들로 덮여 있는 투명한 탁자, 컴퓨터가 놓인 또다른 탁자, 그리고 서류가 잔뜩 쌓여 있는 드로잉보드가 보였다. 사진가는 사십대쯤으로 보이는 어떤 여자와 함께 있었는데, 그녀는 재스민을 머리끝에서 발끝까지 훑어보고는 미소를 지었다. 그녀는 자신을 행사 코디네이터라고 소개했고, 네 사람은 자리에 앉았다.

 "따님은 모델로 크게 성공할 거예요."

 여자가 말했다.

 "난 그냥 애를 따라온 것뿐이에요." 어머니가 대답했다. "하시고 싶은 말씀이 있으면 애한테 직접 하세요."

 여자는 당황한 듯 잠시 말을 멈추었다. 그런 다음 그녀는 메모 카드 한 장을 꺼내어 거기다 세부적인 인적사항들과 신체 사이즈를 적으면서 말했다.

"크리스티나는 모델 이름으로는 별로예요. 너무 흔한 이름이거든요. 먼저 예명부터 지어야 할 것 같네요."

'크리스티나는 다른 이유 때문에라도 좋은 이름이 아니야.'

재스민은 생각했다. 그것은 살인 장면을 목격함으로써 깊은 상처를 입은 소녀, 또 망막에 영원히 새겨져버린 그 사실을 부인하는 순간 죽어버린 소녀의 이름이었다. 그녀는 모든 것을 바꾸기로 결심했고, 아이였을 때부터 사람들이 불러온 이름부터 버리기로 했다. 그녀는 모든 것을, 철저하게 모든 것을 바꾸고 싶었다. 하여 여자가 그렇게 제안했을 때 그녀의 대답은 이미 준비되어 있었다.

"제 이름은 재스민 타이거. 꽃처럼 달콤하고 야수처럼 위험하다는 뜻이에요."

여자는 그 이름을 마음에 들어했다.

"모델 일은 그렇게 쉬운 일은 아니죠. 그래도 아가씨는 이렇게 선택되어 첫걸음을 떼게 됐으니 운이 좋은 셈이에요. 물론 앞으로 헤쳐나가야 할 일들이 많지만 걱정 말아요. 당신이 꿈꾸는 곳으로 갈 수 있도록 도와주기 위해 우리가 있으니까요. 이제 우리는 아가씨의 사진을 찍어서 전문 에이전시들에 보낼 겁니다. 또 '콤퍼짓'도 하나 만들어야 할 거고요."

그녀는 크리스티나의 입에서 '콤퍼짓이 뭐예요?'라는 질문이

나오기를 기대했다. 하지만 크리스티나는 묻지 않았다. 그녀는 당황한 표정을 재빨리 수습했다.

"물론 잘 알고 있겠지만, 콤퍼짓이란 한 장의 특수용지에 인쇄된 자기소개 같은 거예요. 앞면에는 아가씨 사진과 신체 사이즈를 보여주고, 뒷면에는 다양한 사진들이 들어가요. 비키니 차림, 학생복 차림, 얼굴 클로즈업 사진이 들어갈 수도 있고, 화장을 약간 진하게 하고 찍은 것도 들어가야 하죠. 에이전시가 약간 나이든 모델을 원할 수도 있으니까. 그런데 아가씨 가슴은……"

잠시 침묵이 흘렀다.

"……모델로서는 좀 클 수도 있겠네요."

그녀는 사진가 쪽으로 고개를 돌렸다.

"이 부분은 적당히 감춰야겠어. 메모해둬요."

사진가는 메모를 했다. 그렇게 빠른 속도로 재스민 타이거가 되어가고 있는 크리스티나는 생각했다.

'그들이 날 직접 보게 되면 내 가슴이 생각보다 크다는 걸 알게 될 텐데!'

여자는 가죽으로 된 예쁜 서류가방을 집어들더니, 거기서 목록 같은 것을 꺼냈다.

"분장사와 헤어디자이너를 불러야겠어요. 아가씬 패션쇼 무대에 서본 경험이 없죠? 그죠?"

"전혀 없어요."

"아, 그러니까 무대에서는 길을 걷듯 걸으면 안 돼요. 걷는 속도도 상당히 빠르고 하이힐을 신기 때문에 넘어지기 십상이죠. 마치 고양이가 걷듯이 한 발을 다른 발 앞에 내디뎌야 해요. 절대로 웃으면 안 되고요. 무엇보다도 자세가 가장 중요해요."

그녀는 목록의 세 군데에다 표시를 했다.

"옷도 몇 벌 빌려야 할 거고요."

또 한 번 표시를 한다.

"음, 우선은 이 정도면 될 것 같네요."

그녀는 다시 그녀의 우아한 핸드백에 손을 넣어 계산기를 꺼냈다. 그녀는 리스트를 보면서 계산기에 몇 개의 숫자를 입력했고 그것들을 합산했다. 방 안의 다른 사람들은 감히 입을 열 수 없었다.

"대략 이천 유로 정도 되겠네요. 촬영비는 계산 안 했어요. 우리 야세르는……" 그녀는 사진가 쪽으로 고개를 돌리며 말했다. "아주 비싼 작가지만 이번 작업은 특별히 무료로 해주기로 했어요. 아가씨 사진을 야세르가 쓸 수 있다는 조건으로요. 메이크업 아티스트와 헤어디자이너는 내일 오전에 부를 수 있을 것 같고, 모델학교에 빈자리가 있는지도 알아봐줄게요. 음, 틀림없이 찾을 수 있을 거예요. 자신에게 투자하는 건 결코 손해가 아니에요. 미래를 위해 새로운 가능성들을 창조하는 거니까. 들어간 돈은 곧 뽑을 수 있을 거예요."

"제가 돈을 내야 한다는 말인가요?"

코디네이터의 얼굴에는 다시금 당황한 빛이 떠올랐다. 일반적으로 거기 오는 소녀들은 그네들 세대 공통의 꿈을 이루기를 미친 듯 갈망한다. 세계에서 가장 섹시한 여자가 되고 싶어하는 그들은 결코 이 따위 예의 없는 질문을 하지 않는다.

"이봐요, 크리스티나……"

"재스민. 이 방에 들어선 순간부터 전 재스민이에요."

휴대폰 벨이 울렸다. 사진가는 주머니에서 휴대폰을 꺼내들고 방 끝쪽, 지금까지 완전한 어둠에 잠겨 있던 곳으로 갔다. 그가 커튼 같은 것을 젖혔고, 재스민은 검은 천으로 덮인 벽, 플래시가 얹힌 삼각대들, 불빛이 깜박거리고 있는 상자들, 그리고 천장에 붙어 있는 갖가지 조명등을 볼 수 있었다.

"이봐요, 재스민, 지금 당신이 앉아 있는 자리에 와서 앉으라면 당장에라도 뛰어올 사람이 수천, 아니 수백만 명이에요. 당신은 이 도시 최고의 사진가 중 하나에게 발탁되었고, 최고의 전문가들의 도움을 받게 될 것이고, 난 개인적으로 당신의 커리어를 이끌어줄 거예요. 그리고 무슨 일을 해도 마찬가지지만 당신은 승리한다는 확신을 갖고, 이를 위해 과감하게 투자해야 해요.

난 당신이 충분히 아름답다는 걸 알아요. 하지만 치열한 경쟁이 벌어지는 이 세계에선 그것만으로는 충분치 않죠. 최고가 되어야 하고, 그러기 위해서는 돈이 들어가요. 적어도 처음에는 말이죠."

"정말로 제가 그 모든 장점들을 갖추고 있다고 생각하신다면, 왜 당신 돈을 투자하지 않는 거죠?"

"나중에 할 거예요. 먼저 우린 확인해야 해요. 당신이 정말로 프로 모델이 될 각오와 준비가 되어 있는지, 아니면 여행이나 하면서 사람들을 알게 되고, 부자 남편을 만날 생각에 들뜬 무수한 소녀들 중 하나에 불과한지 알아야 한다고요."

여자의 어조는 딱딱해져 있었다. 사진가가 스튜디오로 돌아왔다.

"메이크업 아티스트가 전화했어요. 내일 아침 몇 시에 오면 되냐고 묻는데?"

"저…… 그 돈을 꼭 내야 한다면 제가 마련해볼 수……"

어머니가 말했다.

하지만 재스민은 벌써 몸을 일으키고 있었다. 그리고 여자와 악수도 하지 않은 채 곧장 문으로 향했다.

"어쨌든 고마워요. 전 그 돈이 없어요. 설사 있다 하더라도 다른 일에 쓰겠어요."

"하지만 아가씨의 미래가 걸린 문제예요!"

"그렇죠. 제 미래죠. 당신의 미래가 아니고요."

그곳을 나온 재스민은 울음을 터뜨리고 말았다. 모델이 되겠다고 작정한 그녀가 처음 찾아갔던 곳은 고급 옷가게였다. 하지만 점원들은 그녀에게 몹시 무례하게 굴었고, 그녀가 그들의 사장을 안다고 하자 거짓말이라는 식으로 대하기까지 했다. 그리고 지금, 그녀는 이번에야말로 새로운 삶을 시작할 수 있나보다 생각했고, 완벽한 새 이름까지 찾아냈다. 그런데 시작하는 데만 이천 유로가 필요하다니!

모녀는 아무 말도 나누지 않고 집으로 향했다. 휴대폰 벨이 여러 차례 울렸다. 그녀는 그냥 번호만 확인하고는 휴대폰을 주머니에 집어넣었다.

"왜 받지 않니? 오늘 오후에 다른 약속도 잡혀 있잖아?"
"우리에겐 이천 유로가 없잖아요."

엄마는 딸의 어깨를 잡았다. 지금 딸의 인생이 곧 부서져버릴 수도 있는 위기에 처해 있다는 사실이 느껴졌다. 엄마로서 딸을 위해 뭐든 해야 했다.

"아냐, 우린 돈이 있어. 아빠가 돌아가시고 나서 내가 매일 일해왔잖니. 이천 유로 정도는 있어. 그리고 필요하다면 더 구할 수도 있어. 이곳 유럽에서 청소부는 벌이가 괜찮아. 이곳 사람들은 다른 사람들이 어질러놓은 것을 치우는 걸 질색하거든. 네 미래가 걸린 일이야. 이대로 집에 들어갈 수는 없어."

다시 휴대폰이 울렸다. 재스민은 다시 크리스티나로 돌아왔고, 엄마의 말에 순종했다. 휴대폰을 받으니 어떤 여자가 자기를 소개하면서, 갑자기 다른 일이 생겼으니 약속을 두 시간 정도 미루자고 말하면서 사과했다.

"괜찮아요."

크리스티나가 대답했다.

"하지만 시간을 허비하시게 될까봐 미리 물어보는데요, 제가 일하려면 돈이 얼마나 드는지 알고 싶어요."

"돈이 얼마나 드느냐고요?"

"네. 전 지금 다른 사진가와 만나고 오는 길이에요. 그런데 이천 유로가 필요하다더군요. 사진이며 메이크업……"

휴대폰 저쪽의 여자는 웃기 시작했다.

"돈은 한 푼도 필요 없어요. 무슨 말인지 알겠어요. 이따 만나서 설명해줄게요."

스튜디오는 오전에 방문했던 곳과 비슷한 구조였지만, 거기서 오간 대화는 전혀 달랐다. 여자 사진가는 전에 보았을 때에 비해 눈빛이 더 슬퍼 보인다고 말하고, 그 이유를 알고 싶어했다. 그녀는 그들의 첫 만남을 잊지 않은 모양이었다.

크리스티나는 오전에 있었던 일을 들려주었다. 여자는 단속을 강화해도 흔히 일어나는 일이라고 설명했다. 지금 바로 이 순간에도 전세계 곳곳에서 예쁘장한 외모를 가진 소녀들이 그들이 지닌 아름다움의 '잠재력'을 발굴하겠다는 말을 듣고 찾아가 엄청난 바가지를 쓰고 있다. 에이전시들은 재능 있는 신인을 발굴한다는 미명 아래 고급호텔에 방을 빌리고, 그 안을 사진 촬영 장비 등으로 그럴싸하게 꾸며놓는다. 그러고는 찾아오는 모델지망생에게 패션쇼를 일 년에 최소한 일 회 이상 출연시켜주지 못하면 '환불해준다'고 약속하면서 엄청난 돈을 요구한다. 사실은 한물간 전문가들에 불과한 사람들을 메이크업 아티스트니 헤어 디자이너라고 불러대고, 모델학교에 보내줄 듯 암시를 주기도 하다가, 갑자기 흔적도 없이 사라져버리는 경우가 비일비재하다. 그래도 크리스티나가 찾아갔던 곳은 그런 가짜 스튜디오는 아니지만, 그곳의 제안을 받아들이지 않은 건 잘했다는 거였다.

"그들은 사람들의 허영심을 부추기는 건데, 그들만 비난할 수는 없어요. 유혹을 받는 당사자가 자신이 가는 길을 알면서도 선택했다면 말이죠. 사실 이런 일은 패션계에서만 일어나는 일이 아니거든요. 작가들과 화가들은 자비로 작품을 출판하고, 전시회를 열고, 영화감독들은 메이저 영화사에 어떻게든 뚫고 들어가려고 빚을 지지요. 또 아가씨 또래의 소녀들은 어느 날 어떤 제작자가 나타나 그들의 재능을 발견하여 스타덤에 올려주리라 꿈꾸면서 집을 나와 대도시에서 웨이트리스로 일해요."

달랐다. 사진도 당장 찍지 않았다. 사진가는 그녀에 대해 좀더 알아야 한다고 했다. 셔터를 누르는 것은, 존재 안에 감춰진 영혼을 발견하기 시작하는 긴 여정의 마지막 단계일 뿐이라고. 그들은 다음날 다시 만나 얘기를 더 나누기로 하고 약속을 잡았다.

"예명을 하나 지어야 할 거예요."

"재스민 타이거예요."

삶에 대한 욕망이 다시 돌아와 있었다.

사진가는 네덜란드 접경지역의 해변에 위치한 자신의 별장에서 주말을 함께 보내자고 재스민을 초대했다. 거기서 그들은 다양한 시도를 하면서 하루 여덟 시간 이상을 카메라 앞에서 보냈다.

사진가는 재스민에게 '불' '유혹' '물' 같은 단어들이 불러일으키는 감정을 얼굴에 담으라고 주문했다. 재스민은 카메라 앞에서 그녀 영혼의 선한 면과 악한 면을 보여주어야 했다. 앞, 옆, 아래를 바라보고, 무한한 공간을 응시해야 했다. 갈매기를 상상하고 악마를 상상해야 했다. 나이 많은 남자들에게 강간당한 뒤 술집 화장실에 버려진 자신의 모습을 상상하며 그 느낌을 표현하기도 했다. 그녀는 죄 많은 여인과 성녀, 사악한 여인과 순수한 소녀가 되어야 했다.

야외에 나가 촬영하기도 했다. 몸이 얼어붙을 듯 추운 날씨에도 모든 자극에 반응했고, 모든 암시에 감정을 맡겼다. 또한 그들은 방에 설치된 작은 스튜디오에서 다양한 음악과 조명을 바꿔가며 작업했다. 재스민은 직접 메이크업을 했고, 사진가는 그녀의 머리를 손봐주었다.

"정말 내가 괜찮은가요?" 재스민은 묻곤 했다. "왜 내게 이렇게 시간을 투자하는 거죠?"

"우리 나중에 얘기해."

여자는 밤을 새워가며 그날 작업을 들여다보고, 생각에 잠겨 무언가를 메모했다. 하지만 결과에 대해 한마디도 하지 않았다. 그녀가 만족했는지 실망했는지 알 수 없었다.

월요일 아침에야 재스민은(이제 크리스티나는 완전히 사라졌다) 그녀의 의견을 들을 수 있었다. 그때 그들은 브뤼셀 역에서 안트베르펜 행 열차를 기다리고 있었다.

"넌 최고야."

"농담하시는 거죠?"

여자는 오히려 재스민을 놀란 눈으로 바라보며 말했다.

"아냐, 정말 넌 최고야. 난 이 분야에서 이십 년을 일했어. 숱한 사람들을 촬영했고, 톱모델들과 영화배우들과도 작업했어. 그들 모두 경험이 풍부한 사람들이지. 하지만 아무도 너처럼 다양한 감정을 표현해내지는 못했어.

그걸 뭐라고 하는 줄 알아? 바로 재능이야. 특정 분야에서 재능을 가늠하기란 아주 쉬워. 예를 들어 파산 직전의 기업을 회생시켜 흑자 기업으로 바꿔놓는 경영인들, 기록을 경신하는 운동선수들, 최소 두 세대를 뛰어넘어 살아남는 작품을 남기는 예술가들…… 하지만 패션모델의 경우는 좀 달라. 그런데 내가 어떻게 네게 재능이 있다고 단언할 수 있는지 궁금하지? 그건 내가 전문가이기 때문이야. 넌 카메라의 렌즈를 통해 네 안에 있는 천사와 악마를 드러내 보여줬어. 그건 결코 쉬운 일이 아니지. 난 지금 흡혈귀 차림을 하고 고딕파티에 가는 애들을 말하는 게 아냐. 또 순진한 표정을 지으며 남자들 속에 숨어 있는 롤리타 콤플렉스를 자극하는 여자애들을 말하는 것도 아니고. 난 진짜 악마와 진짜 천사를 말하는 거야."

역에는 많은 사람들이 오가고 있었다. 재스민은 열차시간표를 확인한 다음 밖으로 나가자고 제안했다. 너무도 담배를 피우고 싶었는데 역 안에서는 금연이었다. 지금 재스민의 영혼에는 무언가가 통과해 지나가고 있었고, 그녀는 그것에 대해 말해야 할지 말지 망설이고 있었다.

"그래요. 내게 재능이 있는지도 모르죠. 하지만 내가 만일 그걸 표현해냈다면, 거기엔 단 한 가지 이유가 있었어요…… 그런데 말예요, 우리가 함께 보낸 요 며칠 동안, 당신은 당신 얘길 한 적이 없어요. 나에 대해서도 물어보지 않았구요. 저…… 그 짐, 내가 좀 들어드릴까요?"

사진가는 항상 무거운 장비를 짊어지고 다녀야 한다는 점에서 남자에게 더 적합한 직업인지도 모른다는 생각이 들었다.

여자는 웃었다.

"나? 글쎄, 이 일을 아주 좋아한다는 것 말고는 사실 별로 할 얘기도 없어. 그래, 난 서른여덟 살이고 이혼했고 아이는 없어. 하지만 여기저기 좋은 인맥들이 있어서, 대단한 호사는 못 누려도 어렵지 않게 살고 있지. 그런데 말이야, 한 가지 해주고 싶은 말이 있는데, 앞으로 네 앞길이 순조롭게 풀리게 될 경우, 넌 먹고살기 위해 이 직업에 목매고 있는 사람처럼 보여서는 절대로 안 돼. 설사 그게 사실이라 할지라도 말이야.

이 충고를 따르지 않는다면, 이쪽 세계의 시스템은 널 손쉽게 통제하고 지배하려들 거야. 그러니까 내게도 너무 잘 보이려고 할 필요 없어. 분명 난 네 사진들을 잘 사용하고, 그걸로 돈도 벌 거야. 넌 너를 잘 서포트해줄 수 있는 전문 에이전트가 누구일지 생각하고 그런 사람을 찾는 게 좋아. 지금부터 말이야."

재스민은 담배에 불을 붙였다. 지금 말하지 않으면 영원히 말할 수 없을 것 같았다.

"내가 어떻게 재능을 보여줄 수 있었는지 알아요? 내 삶에서 일어나리라고는 결코 상상도 못 했던 어떤 것 때문이었어요. 그래요. 난 어떤 여자와 사랑에 빠졌어요. 내 곁에서 날 이끌어주길 간절히 바라는 사람이에요. 그녀는 그 부드러움과 열정으로 내 영혼 속으로 들어와, 나의 심연에 존재하는 최상의 것들과 최악의 것들을 해방시켜주었어요. 그러기 위해 그녀가 어떤 명상 기법이나 우리 엄마가 나한테 필요하다고 늘 주장하던 정신분석 같은 걸 사용한 게 아니에요. 그녀가 사용한 것은……"

재스민은 잠시 말을 멈추었다. 두려웠지만 멈출 수 없었다. 잃을 것은 아무것도 없지 않은가.

"카메라예요."

문득 시간이 흐름을 멈추었다. 사람들도 움직임을 멈추고, 모든 소음이 사라지고, 바람도 잦아들었다. 담배연기는 그대로 얼어붙은 듯 허공에 정지해 있다. 담뱃불도 꺼지고 모든 불이 꺼졌다. 오직 두 쌍의 눈만이 더욱 밝게 빛나며 서로를 응시하고 있었다.

"자, 다 됐어요."

분장사가 말한다.

재스민은 일어나서 자신의 연인을 바라본다. 그녀는 임시분장실로 사용되고 있는 홀을 여기저기 오가며 세부사항들을 점검하고 액세서리들을 확인하고 있다. 긴장된 기색이 역력하다. 하긴 그녀가 칸에서 여는 첫 패션쇼니까. 또 벨기에 정부와의 계약체결 여부도 이 패션쇼 결과에 달려 있다.

재스민은 그녀에게 다가가서 진정시켜주고 싶은 생각이 든다. 지금까지 그래왔던 것처럼 이번 일도 잘될 거라고. 그러면 그녀는 이렇게 말할 것이다.

'넌 아직 열아홉 살이야. 인생에 대해 네가 뭘 아니?'

그럼 이렇게 대답하리라.

'내가 뭘 아냐고요? 난 당신의 능력을 알아요. 당신이 내 능력을 알고 있듯이요. 또 삼 년 전 당신이 손을 뻗어 내 볼을 어루만져준 그날 이후, 우리의 삶을 바꿔놓은 관계에 대해서도 알고 있죠. 생각나요? 그때 우리 둘 다 몹시 두려워했죠. 하지만 우린 결국 그 두려움을 극복했어요. 그 덕분에 지금 난 이 자리에 서 있는 거고, 당신은 뛰어난 사진가일 뿐 아니라 당신이 항상 꿈꿔오던 일을 하고 있잖아요. 옷을 디자인하고 만드는 일을요.'

다가가서 말해볼까? 하지만 재스민은 그게 그다지 좋은 생각이 아님을 알고 있다. 긴장하고 있는 누군가에게 마음을 가라앉히라고 말하는 건, 그를 더욱 긴장하게 할 뿐이니까.

그녀는 창가로 가서 다시 담배를 피워 문다. 오늘 너무 많이 피우는 것 같지만 어쩌겠는가? 그녀가 프랑스에서 갖는 첫번째 패션쇼인 것을.

PM 04:43

 검은 정장에 흰 블라우스 차림의 젊은 여자가 스위트룸 입구에 앉아 있다. 그녀는 가브리엘라의 이름을 묻고 명단을 확인한 다음 조금만 기다려달라고 말한다. 지금 스위트룸에는 사람들이 있다는 것이다. 두 남자와 그녀보다 어려 보이는 여자도 한 명 기다리고 있다.
 모두가 말없이 얌전하게 앉아 자기 차례를 기다리고 있다.
 '이런 꿈같은 상태가 얼마나 지속될까? 그런데 나는 지금 여기서 뭘 하고 있는 거지?'
 가브리엘라의 머릿속에는 이런 자문과 함께 두 가지 대답이 떠오른다.
 첫번째 대답은 걱정할 것 없으니 계속 전진하라고 말한다. 낙관과 불굴의 의지로 이 높은 곳까지 이르게 되었으니 이제는 앞으로 펼쳐질 찬란한 일들만 생각하라고. 눈부신 영화계 데뷔, 여기저기에서 날아올 초대장들, 자가용비행기 여행, 세계 각국의 대도시에 걸리게 될 포스터들, 그녀의 집 앞에서 진을 치고 있는 기자들, 그녀가 옷을 어떻게 입는지, 어떤 상점에서 쇼핑하는지, 요즘 가장 물좋은 나이트클럽에서 그녀 곁에 있던 근육질의 적갈색 머리 남자는 누구인지 알고 싶어하는 기자들. 그리고 금의환향하는 자신의 모습, 어린 시절의 친구들이 보내는 부러움과 놀라움에 찬 시선들, 그녀가 후원하는 자선 프로젝트들……

두번째 대답은 조금 어둡다. 그것은 낙관과 불굴의 의지로 이 높은 곳까지 이르게 된 가브리엘라가 이제 외줄 위를 걷게 될 테고, 자칫하면 미끄러져 나락으로 떨어질 수 있다고 경고한다. 하미드 후세인은 그녀의 존재조차 모른다. 또 그들은 파티에 나가기 위해 화장한 그녀의 모습을 한 번도 본 적이 없다. 어쩌면 드레스가 그녀에게 맞지 않거나 조금 수선하느라 마르티네스 호텔에서의 약속에 늦을 수도 있다. 그녀는 벌써 스물다섯 살이고, 지금 요트에는 또다른 후보자가 와 있을지도 모르고, 그들이 생각을 바꿨는지도 모른다. 아니면 그들의 의도는 다른 데 있는지도 모른다. 즉 두세 사람의 후보를 뽑아 사람들 가운데 섞여 있을 때 누가 가장 눈에 띄는지 보자는 것. 그렇다면 두세 여자 모두 초대되어, 서로의 존재도 모르는 채 파티장에서 만나게 될 수도 있다.

편집증이야!

아니다. 이건 편집증이 아니라 현실일 뿐이다. 게다가 영화의 성공이 보장된 것도 아니다. 물론 깁슨과 스타는 중요한 프로젝트만을 받아들이는 사람들이긴 하지만, 그렇다고 해서 그게 성공을 보장하는 건 아니다. 또 앞으로 뭔가가 잘못된다면, 그건 전적으로 그녀 탓이 될 것이다. 〈이상한 나라의 앨리스〉의 미치광이 모자장수의 망령이 다시금 그녀를 괴롭힌다. '넌 네가 상상하는 것만큼 재능이 있는 건 아니야. 넌 단지 물불 안 가리고 열심히 뛰어왔을 뿐이지.' 사실 지금까지의 삶이 다른 사람들에 비해 더 나았다고 할 수도 없지 않은가? 밤낮으로 열심히 싸워왔지만 그녀의 삶에 특별한 일은 일어나지 않았다. 칸에 도착한 이후, 그녀는 쉴 틈이 없었다. 다양한 캐스팅 전문회사들을 돌아다니면서 거금을 들여 제작한 '북'을 돌렸지만, 그렇게 해서 얻은 오디션은 단 한 건에 불과했다. 그녀가 정말로 특출한 재능이라면, 지금쯤은 여러 군데에서 들어온 출연제의 중에서 하나를 고르고 있어야 하지 않겠는가? 한마디로 그녀는 지나치게 큰 꿈을 꾼 거고, 이제 곧 패배의 쓴맛을 보게 될 것이다. 그 맛은 더욱더 쓰라리리라. 목적지에 거의 다 이르렀으므로. 명성의 대양, 그 해변에까지 이르렀다가…… 결국은 성공하지 못하고 무너졌으므로.

'아냐! 지금 나는 나쁜 파동들을 끌어들이고 있어. 나쁜 파동들…… 그래, 그것들이 지금 내 주위에 있어. 정신을 집중하자.'

하지만 이 정장 차림의 여자와 조용히 기다리고 있는 세 사람 앞에서 요가를 할 수도 없는 노릇이었다. 어쨌든 부정적인 생각들을 쫓아버려야 했다. 그런데 이것들은 대체 어디서 오는 걸까? 전문가들의 말을 믿자면—그녀는 일이 자꾸 틀어지는 것은 다른 사람들의 질투 때문이라고 생각하던 때가 있었고, 그때 이 주제에 관련하여 많은 책을 읽었다—지금 같은 경우는 탈락한 어떤 여배우가 그 역을 되찾기 위해 자신의 모든 에너지를 집중하고 있을 가능성이 있다. 그래, 맞아! 그런 기운이 분명히 느껴져! 이 경우 유일한 해결책은 내 영이 이 복도를 떠나 우주의 다른 모든 힘들과 연결되어 있는 나의 '더 높은 자아'를 찾아나서는 거야.

그녀는 깊이 심호흡을 하고, 마음속으로 미소를 지으며 중얼거린다.

'지금 나는 사랑의 에너지를 내 주위에 퍼뜨리고 있어. 그것은 어둠의 힘보다 훨씬 더 강력해. 내 안에 깃들어 있는 신은 지구의 모든 사람들 안에 깃들어 있는 신에게 인사를 건네지. 심지어

는…….'

누군가의 웃음소리가 들린다. 스위트룸의 문이 열리고, 뭐가 그리 즐거운지 환하게 미소 띤 젊은 남녀들이 스타 여배우 두 명과 함께 방을 나와 곧장 엘리베이터로 향한다. 그러자 기다리고 있던 세 사람은 문 근처에 둔 여남은 개의 가방을 집어들고 엘리베이터 앞에서 기다리고 있는 무리에 합류한다. 그들은 스태프 아니면 운전기사, 혹은 비서이리라.

"이제 당신 차례예요."

정장 차림 여자가 일러준다.

'명상은 언제나 효과가 있다니까.'

가브리엘라는 접수직원에게 미소를 지어 보이고 자신 있게 들어간다. 그러나 그녀는 곧 숨이 멎을 듯이 놀란다. 스위트룸 내부에는 알리바바의 동굴처럼 명품들이 잔뜩 쌓여 있었다. 행거들에 빽빽이 걸려 있는 고급 의상, 각종 선글라스, 핸드백, 장신구, 화장품, 손목시계, 구두, 속옷, 그리고 전자제품에 이르기까지. 금발여인이 그녀를 맞는다. 여인은 손에 목록을 들었고 목에는 휴대폰을 걸고 있다. 여인은 가브리엘라의 이름을 확인하고 말한다.

"날 따라와요. 시간이 별로 없어요. 곧바로 시작하죠."

두 사람은 여러 방 중 하나로 들어간다. 거기에도 보물이 가득

하다. 항상 쇼윈도 너머로 구경했던, 다른 사람들이 입거나 차고 있을 때를 제외하고는 이렇게 가까이서 본 적도 없는, 럭셔리하고 화려한 보물들.

그래! 이 모든 것들이 그녀를 기다리고 있다! 빨리 해야 한다. 무엇을 입을지 정확하게 결정해야 한다.

"액세서리부터 시작해도 되나요?"

그녀가 물었다.

"당신이 고르는 게 아니에요. 우린 HH가 무얼 원하는지 알고 있어요. 그리고 입고 가는 드레스는 내일 아침 다시 여기로 가져와야 해요."

HH. 아, 하미드 후세인! 그가 내게 입히고 싶어하는 옷이 있다!

그들은 방을 가로지른다. 침대와 가구들 위에는 다른 물건들이 널려 있다. 티셔츠, 향신료와 조미료, 그리고 유명한 커피기계들이 선물용 상자 속에 포장되어 있고, 그 옆에는 제품소개서가 놓여 있다. 복도를 지나고 몇 개의 문을 통과하니 이번에는 훨씬 더 넓은 방이 나온다. 호텔 안에 이렇게 거대한 스위트룸이 숨어 있으리라곤 상상조차 못 했다.

"자, 우리의 성전에 다 왔어요."

세계적인 패션브랜드의 로고가 우아하게 새겨진 희고 긴 명판이 거대한 더블베드 위의 벽에 붙어 있다. 중성적인 한 인물이—남자인지 여자인지 가브리엘라는 전혀 짐작할 수 없다—말없이 기다리고 있었다. 극도로 마른 체구, 탈색된 긴 모발, 밀어버린 눈썹, 손가락의 반지들, 그리고 몸에 꼭 달라붙는 바지를 장식한 체인들.

"옷을 벗어요."

여자가 말했다.

가브리엘라는 청바지와 블라우스를 벗으면서, 이제 커다란 수평 행거 쪽으로 걸어가 붉은 드레스 한 벌을 꺼내오는 저 인물이 남성일지 여성일지 궁금해한다.

"브래지어도 벗어요. 옷 밖으로 표시가 나니까."

방 안에는 대형거울이 하나 있다. 하지만 그것은 저쪽을 향하고 있어서 그녀는 드레스를 입은 자신의 모습을 볼 수 없다.

"서둘러야 해요."

여자가 중성에게 말했다.

"하미드 씨 말로는, 이분은 파티에만 참석하는 게 아니라 레드카펫에도 서야 한대요."

내가 레드카펫에!

마법과도 같은 말이다!

중성이 골라온 드레스는 그녀에게 어울리지 않았다. 여자와 중성은 초조해하기 시작한다. 여자는 빨리 두세 벌을 골라오라고 말한다. 가브리엘라가 스타와 함께 레드카펫에 서야 할 시간이 얼마 남지 않았고, 스타는 이미 준비가 끝났다는 것이다.

스타와 함께 레드카펫을 걷는다고! 내가 지금 꿈을 꾸고 있는 것은 아닐까?

그들이 선택한 것은 네크라인이 허리께까지 깊이 파여 있고, 몸을 꽉 죄는 황금색 드레스였다. 하지만 윗부분, 젖가슴 높이에는 황금색 체인 한 가닥이 인간의 상상력이 감당할 수 있는 이상으로 네크라인이 벌어지는 것을 막아주고 있다.

여자는 몹시 초조해한다. 중성은 방을 나가더니 여자 재봉사를 데려온다. 재봉사는 옷 가두리에 필요한 손질을 가한다. 만일 지금 가브리엘라가 말을 할 수 있는 처지라면 당장 멈추라고 하고 싶다. 몸에 걸친 채로 옷을 꿰매는 것은 운명을 꿰매는 것, 운세를 꽉 막히게 하는 것을 의미하기 때문이다. 하지만 지금은 미신을 들먹일 때가 아니다. 또 수많은 여배우들이 매일 이 같은 상황을 겪을 텐데, 그렇다고 그들 모두에게 불행이 찾아오는 건 아니지 않은가.

세번째 인물이 커다란 트렁크를 하나 가지고 들어온다. 그녀는 운동장처럼 넓은 방의 한구석으로 가더니 짐을 풀기 시작한다. 그것은 여러 개의 램프로 둘러싸인 거울 등 화장기구가 완비되어 있는 일종의 휴대용 미용실 같은 거였다. 중성은 마치 회개하는 마리아 막달레나와 같은 자세로 가브리엘라 앞에 무릎을 꿇고서 구두를 하나하나 신겨보고 있다.

신데렐라! 잠시 후에 왕자를 만나 함께 궁전의 계단을 오르게 될 신데렐라!

"이걸로 하죠."

여자가 가리킨다.

중성은 다른 구두들을 상자 안에 집어넣는다.

"옷을 갈아입어요. 당신이 화장하고 머리를 손질하는 동안 드레스를 고쳐놓을 거예요."

옷 입은 채로 바느질하는 걸 멈춘다니, 이제 살 것 같다. 그녀의 운세는 다시 풀린 셈이다.

그녀는 속옷만 걸친 채 욕실로 인도된다. 거기에는 머리를 감고 말리기 위한 휴대용 세트가 벌써 설치되어 있고, 머리를 반들반들하게 밀어버린 사내가 기다리고 있다. 그는 그녀를 앉힌 후 머리를 뒤로 젖혀 강철대야 위에 위치시킨다. 세면기 수도꼭지에 연결된 샤워꼭지를 사용하여 그녀의 머리를 감겨주는 그는 다른 이들과 마찬가지로 극도로 예민해져 있다. 그는 바깥에서 들리는 소음에 연신 짜증을 낸다. 제대로 작업을 하려면 조용해야 하는데 아무도 배려해주지 않는다는 것이다. 게다가 시간을 충분히 갖고 작업한 적이 한 번도 없다고 투덜댄다. 항상 쫓기듯이 작업한다는 것이다.

"내가 얼마나 책임이 무거운지 아무도 모른다고."

그는 가브리엘라가 아니라 자기 자신에게 말하고 있었다.

"당신이 레드카펫에 설 때, 사람들이 당신을 쳐다본다고 생각하겠지? 천만에, 그들이 바라보는 건 바로 나야. 내가 한 메이크업과 내가 연출한 헤어스타일을 보는 거라고. 당신은 내 화폭에 지나지 않아. 내가 선을 긋고, 색칠하고, 조각하는 화폭. 그런데 작품이 제대로 나오지 않으면 사람들이 뭐라고 하겠어? 난 내 일을 잃을 수도 있다고. 내 심정, 이해하겠어?"

가브리엘라는 기분이 상한다. 하지만 적응해야 하리라. 이것이 바로 화려함의 세계이니까. 나중에 그녀가 정말로 중요한 인물이 되면 함께 일할 사람으로는 보다 예의바르고 친절한 사람을 고르리라. 지금으로써는 그녀의 가장 큰 미덕인 인내를 최대한 발휘하는 수밖에 없다.

대화는 마치 비행기 이륙하는 소리 같은 헤어드라이어의 굉음에 중단된다. 이런 사람이 어떻게 주위가 시끄럽다고 불평할 수 있는 걸까?

그는 약간 거칠게 머리를 말린 다음, 임시로 설치된 화장대 앞으로 빨리 이동하라고 말한다. 화장대 앞에 서자 사내의 기분은 백팔십도로 달라진다. 그는 입을 다물고 갑자기 무아지경에 빠진 사람처럼 거울에 비친 가브리엘라의 얼굴을 뚫어지게 쳐다본다. 그러고는 마치 자기가 망치와 끌로 다비드 상을 조각하는 미켈란젤로라도 되는 양, 양쪽으로 왔다갔다하면서 그녀의 머리 위에 드라이어와 브러시를 마구 휘둘러댄다. 그녀는 너무도 불쾌하지만 똑바로 앞만 쳐다보려 애쓰면서, 속으로 포르투갈 시인의 시를 외운다.

'거울은 대상을 완벽하게 반영한다. 그것이 틀리는 법이 없음은 생각하지 않기 때문이다. 생각할 때 우리는 실수를 저지르게 된다.'

중성과 여자가 돌아와서, 리무진이 도착할 시간이 20분밖에 남지 않았다고 말한다. 스타가 기다리고 있는 마르티네스 호텔까지 그녀를 데려갈 차였다. 이 호텔에는 주차할 수 없기 때문에 정확히 시간을 맞춰 기다리고 있어야 한다고 덧붙였다. 미용사는 이해받지 못한 예술가 같은 표정을 지으며 뭐라고 웅얼대지만, 결국은 시간을 준수해야 한다는 사실을 잘 알고 있다. 이제 그는 시스티나 성당의 벽화를 그리는 미켈란젤로처럼 그녀의 얼굴 위에 작업하기 시작한다.

리무진! 레드카펫! 스타!

그래, 이것들만을 생각하자.

'거울은 대상을 완벽하게 반영한다. 그것이 틀리는 법이 없음

은 생각하지 않기 때문이다.'

 그녀 역시 다른 것은 생각하지 않으려 애쓴다. 생각하는 순간, 주위에 가득 찬 사람들의 스트레스와 고약한 기분에 감염되어버릴 것이므로. 그런데 왜 이곳에 이 많은 물건들이 쌓여 있는 걸까. 궁금해서 물어보고 싶었지만, 이런 장소에 익숙한 사람처럼 행동하는 게 현명할 듯싶다. 여자의 엄격한 눈과 중성의 무심한 눈이 지켜보는 가운데 미켈란젤로는 마지막 터치를 가한다. 마침내 가브리엘라는 일어서고, 재빨리 옷이 입혀지고, 신발이 신겨진다. 하느님 덕분에 이제 모든 것이 준비되었다.

 그들은 방 한쪽 구석에서 '하미드 후세인' 브랜드의 조그만 가죽 핸드백을 고른다. 중성은 가방의 형태를 유지하기 위해 속에다 쑤셔넣은 종이뭉치들을 일부 빼낸다. 그러고는 한결같이 무심한 눈길로 살펴보더니, 마침내 이제 됐다는 듯 그녀에게 건넨다.

 여자는 두툼한 계약서 사본 네 부를 내민다. 어떤 페이지들의 여백에는 빨간 사인펜으로 표시가 되어 있고, 거기에는 '여기에 서명하시오'라고 쓰여 있다.

 "자, 받아요. 내용을 들여다보지 않고 그냥 사인해버려도 돼요. 아니면 집에 가져가거나, 변호사에게 전화해보고 결정하는 데 시간이 필요하다고 말할 수도 있겠죠. 어쨌거나 오늘은 레드카펫을 밟아야 해요. 지금 우리로서는 다른 선택이 없으니까. 하지만 내일 아침까지 계약서에 서명할 생각이 들지 않으면, 그냥 그 드레스만 돌려주면 돼요. 그럼 우리가 무슨 뜻인지 알아들을 테니까."

가브리엘라는 그녀의 에이전트가 보낸 메시지를 떠올린다. '뭐든지 다 받아들여.' 그녀는 여자가 내민 볼펜을 받아, 빨간 표시가 있는 페이지들을 찾아가며 빠르게 서명한다. 어차피 잃을 것은 아무것도 없으니까. 그리고 계약서에 부당한 조항들이 있다면, 자기는 압력을 받아 서명했다고 주장하며 법에 고발하면 되리라. 하지만 지금은 그녀의 꿈을 실현하는 게 먼저다.

여자는 사본들을 챙겨들더니 작별인사 한마디 없이 휑하니 사라져버린다. 조립식 화장대를 해체하는 미켈란젤로는, 여전히 불의가 지배하고 자신의 작업이 결코 이해받지 못하는 그만의 작은 세계 속에 잠겨 있다. 제대로 작업할 시간이 없는 세계, 뭔가가 잘못되면 자기가 모든 책임을 뒤집어써야 하는 그 세계 말이다. 중성은 그녀에게 따라오라고 말한다. 스위트룸 문 앞에 이르자, 그는 손목시계를 들여다보더니―가브리엘라는 시계의 숫자판에 그려진 죽음의 상징인 해골을 본다―처음으로 그녀에게 말을 건넨다.

"삼 분 더 여기 있어요. 그런 모습으로 내려가면 사람들이 모두 쳐다볼 테니까. 리무진까지는 내가 함께 가줄게요."

다시 긴장감이 엄습한다. 리무진, 스타, 레드카펫은 이미 머릿속에서 사라져버렸다. 그저 겁이 날 뿐이다. 그녀는 대화를 나누고 싶다.

"이 스위트룸, 이게 다 뭐죠? 왜 여기에 이 많은 물건들이 있어요?"

"여기에는 케냐 사파리 여행권까지 있어요."

중성은 한쪽 구석을 가리키며 말한다. 그녀는 거기에 어떤 항공사의 광고 배너가 조그맣게 붙어 있고 그 아래 탁자에 봉투 몇 개가 놓여 있는 것을 본다.

"공짜예요. 여기 있는 것들이 다 공짜죠. 이 '성전'에 속한 의상들과 보석들을 제외하곤."

커피기계, 전자제품, 티셔츠, 가방, 시계, 액세서리, 케냐 사파리 여행권……

이 모든 게 다 공짜라고?

"지금 당신이 무슨 생각을 하는지 잘 알아요."

중성이 말한다. 남자의 것도 여자의 것도 아닌 목소리다.

"그래요, 공짜예요. 아니, 사실은 이 세상에 공짜가 어디 있겠어요? 정확히 말하자면 일종의 공정한 교환이라고 할까? 이게 바로 영화제 기간 동안 이 칸에 생겨나는 수많은 '기프트룸' 중 하나죠. 선택받은 사람들은 여기 들어와서 원하는 것을 골라갈 수 있어요. 그런 다음 그들은 A셔츠 B안경을 쓰고 돌아다니고, 영화제가 끝나 돌아가면 다른 명사들을 집에 초대하기도 하고, 자기 집 부엌에 가져다놓은 신제품 커피기계로 커피를 끓이죠. 또 C브랜드 가방에 노트북 컴퓨터를 넣어가지고 돌아다니고, 친구들한테는 D보습크림을 추천해요. 모두가 출시되기 직전의 제품들인데, 아직 전문매장에도 나오지 않은 이런 따끈따끈한 물건들을 소유한 자신이 엄청 중요한 존재처럼 느껴지죠. 그들이 아직 일반인들은 구할 수 없는 E장신구를 차고 풀장에 나가고, F벨트를 하고 사진을 찍는 것은 바로 그런 기분을 만끽하기 위해서죠. 그들은 물건 자체가 마음에 들어서라기보다는 다른 사람들은 접근할 수 없는 것이기 때문에 그것들을 사용하는 거예요. 그렇게 해서 제품이 시장에 나왔을 때는, 이미 슈퍼클래스가 충분히 홍보를 해놓은 뒤죠. 그러면 가련한 중생들은 저금해놓은 돈을 몽땅 털어서 그 제품을 사지 않고는 못 배겨요. 너무도 간단한 일이죠. 저 제품 회사들이 샘플 몇 개만 투자하면, 선택받은 자들이 알아서 샌드위치맨으로 변신해 홍보해주니까요.

하지만 너무 흥분하지는 말아요. 당신은 아직 그 단계는 아니니까."

"하지만 케냐 사파리가 이 모든 것들과 무슨 관계가 있죠?"

"그것 역시 광고예요. 잘나가는 어떤 중년부부가 그들의 '정글모험'에서 잔뜩 상기된 얼굴로 돌아와 카메라에 꽉 채워온 사진들을 보여주면서 만나는 사람마다 이 기막힌 휴가여행을 추천하는 것, 그처럼 좋은 광고가 어디 있겠어요? 세상에 공짜란 없는 법이죠. 그런데 삼 분이 다 된 것 같네요. 자, 이제 내려가는 게 좋겠어요."

흰색 마이바흐 한 대가 그들을 기다리고 있었다. 장갑을 끼고 모자를 쓴 운전기사가 문을 열어준다. 중성은 마지막 지시사항을 전달한다.

"영화 따위는 잊어버려요. 그것 때문에 레드카펫에 오르는 건 아니니까. 계단 위에 이르면 영화제위원장과 칸 시장에게 인사를 해요. 그리고 팔레 데 페스티발 건물 안으로 들어가자마자 곧장 이층 화장실 방향으로 걸어가요. 그 복도 끝까지 걸어간 다음 오른쪽으로 돌아서 옆문으로 빠져나오면 누군가가 기다리고 있을 거예요. 당신 옷차림을 알고 있으니 다가와서 데려갈 거고, 얼굴과 머리를 다시 손봐줄 거예요. 그런 다음에는 테라스에서 잠시 쉴 수 있어요. 거기서 우리는 다시 보게 될 거고, 내가 당신을 갈라파티에 데려갈 거예요."

"내가 그렇게 행동하면 감독님과 제작자들이 언짢아하지 않을까요?"

중성은 어깨를 한 번 으쓱해 보이고는 그 이상한 걸음걸이로 호텔로 돌아간다. 그래, 영화는 중요한 게 아니야. 중요한 것은……

계단을 오르는 거라고!

레드카펫이 깔린 팔레 데 페스티발의 그 계단을, 명성에 이르는 그 지고의 통로를, 영화계와 예술계와 상류사회의 명사들이 사진 찍히는 그 영광의 계단을 오르는 거다. 그 사진들은 에이전시들에 의해 전세계에 배포될 거고, 아메리카와 아시아, 북반구와 남반구를 막론한 전세계 잡지들에 실리는 거다.

"실내 온도는 괜찮으십니까?"

그녀는 괜찮다는 고갯짓을 해 보인다.

"혹시 뭔가 드시고 싶다면, 왼쪽의 미니바 안에 차가운 샴페인이 있습니다."

가브리엘라는 미니바를 열고 크리스털 잔을 하나 꺼내든다. 샴페인 병을 들고 팔을 뻗어 드레스로부터 최대한 거리를 둔다. 마개가 빠지는 경쾌한 소리를 듣는다. 한 잔을 채워 그대로 비우고, 다시 한 잔을 채워 마신다. 바깥에는 호기심에 찬 얼굴들이 통행이 제한된 도로 위를 미끄러져가는 거대한 리무진의 진한 잿빛 차창 속에 누가 앉아 있는지 보려고 애쓴다. 조금 있으면 그녀와 스타는 함께 서게 되리라. 그것은 비단 멋진 커리어의 시작일 뿐 아니라, 놀랍고도 아름답고도 강렬한 사랑 이야기의 서막이 되리라.

그녀는 낭만적인 여자다. 그녀는 그런 자신을 자랑스럽게 생각한다.

아참! 가브리엘라는 자기 옷과 가방을 '기프트룸'에 두고 왔다는 사실을 문득 깨닫는다. 지금 묵고 있는 원룸의 열쇠조차 챙겨 나오지 못했다. 파티가 끝나면 갈 곳이 없다. 하지만 이 얼마나 놀라운 이야기인가! 나중에 자신의 삶을 책으로 쓰게 된다면, 이 특별한 날에 일어난 이야기를 설명한다는 것은 거의 불가능하리라. 오늘 아침 그녀는 옷가지며 매트리스가 지저분하게 널브러져 있는 방에서 깨어났다. 숙취로 기분은 최악이었고 실업자 신세였다. 그런데 여섯 시간 후, 그녀는 이렇게 리무진 안에 앉아 있다! 수많은 기자들이 보는 앞에서 세상에서 가장 섹시한 남자와 함께 레드카펫을 밟으려 하고 있다!

그녀의 손이 떨린다. 샴페인을 한 잔 더 마시고 싶다. 하지만 취한 상태로 명성의 계단을 오르는 위험은 피하는 게 좋다.

"긴장을 풀어, 가브리엘라. 그리고 네 자신이 누구인지 잊지 마. 지금 정신없이 휘몰아치고 있는 이 일들에 마음이 휘둘려서는 안 돼. 현실을 똑똑히 봐. 냉철해지라고."

리무진이 마르티네스에 가까워지면서 그녀는 이 말을 수없이 되뇐다. 하지만 원하든 원치 않든, 이제 그녀는 과거의 그녀로 돌아갈 수 없게 되었다. 빠져나갈 길이 없다. 아니, 하나의 출구가 남아 있긴 하다. 중성이 그녀에게 말해준 그 문, 그녀를 더 높은 산으로 이끌게 될 그 길 말이다.

pm 04:52

 왕 중의 왕이신 예수 그리스도께서도 지금 이고르가 겪고 있는 시험을 통과하셔야 했다. 바로 악마의 유혹이었다. 그 악마가 지금 이고르를 유혹하고 있다. 그에게 맡겨진 임무를 수행하는 데 약해지는 마음을 다잡기 위해서는, 그야말로 필사적으로 신앙에 매달리지 않으면 안 된다. 이고르는 그렇게 생각하며 이를 악문다.
 악마는 그에게 속삭인다. 멈추라고, 용서하라고, 이제는 모든 것을 내려놓으라고. 이런 일에는 최고의 전문가인 악마는 마음속에 두려움과 불안감과 무력감, 그리고 절망감을 불어넣어 심약한 사람들을 흔들어놓는다.
 보다 강한 사람들에게는 훨씬 더 교묘한 방식으로 유혹하는

데, 바로 선한 의도들을 제의하는 것이다. 바로 그가 황야에서 예수를 만났을 때 사용한 방법이다. 그는 예수께 돌들을 음식으로 바꾸면 어떻겠느냐고 말했다. 그럼 당신도 주린 배를 채울 수 있잖소? 또 먹을 것을 달라고 애원하는 저 모든 이들의 굶주림을 없애줄 수 있잖소? 하지만 예수께서는 하느님의 아들답게 지극히 현명하게 행동했다. 사람은 단지 빵만으로 사는 것이 아니다, 위대한 영에서 나오는 모든 것으로 사는 것이니라, 하고 대답하셨다.

선한 의도, 미덕, 올바름…… 이것들의 실체는 과연 무엇인가? 정부에 복종하는 것이 선이라고 믿은 이들이 결국 나치의 집단수용소를 건설했다. 공산주의가 정의로운 사회체제라고 확신한 의사들이 반체제인사들을 정신병자로 낙인찍는 증명서를 발급하여 시베리아로 유형을 보냈다. 수많은 젊은이들이 전쟁에 나가 그들이 알지도 못하는 이상의 이름으로 사람을 죽이고 있다. 모두가 선의와 미덕과 올바른 생각들로 충만해서 말이다.

이 모든 것들이 잘못되지 않았는가. 그렇다. 선을 위한 죄악은 미덕이며, 악을 위한 미덕은 죄악에 불과하다.

교활한 악마가 이고르의 영혼에 갈등을 불어넣기 위해 찾아낸 수단은 '용서'다. 악마는 말한다. '너만 이런 일을 겪는 게 아니야. 세상에는 사랑하는 사람에게 버림받는 사람들이 수없이 많

아. 하지만 그들은 그들의 고통을 행복으로 바꿔놓을 줄 알았어. 너 때문에 이 세상을 떠나게 된 사람들의 가족을 좀 생각해보라고. 지금 그들은 고통과 증오, 그리고 복수의 갈망으로 가득 차 있어. 이래도 네가 보다 나은 세상을 만들기 위해 행동하고 있다고 말할 수 있어? 이게 바로 네가 사랑하는 여자에게 바치고 싶은 선물이냐고?'

하지만 이고르는 지금 그의 영혼을 사로잡으려 애쓰는 이 유혹보다 더 현명하다. 조금만 더 버텨낸다면 이 목소리는 지쳐버릴 테고, 사라져버릴 것이다. 그것은 무엇보다도 그가 천국에 보낸 사람들 중 하나가 그의 삶 가운데 점점 더 강하게 자리잡고 있기 때문이다. 짙은 눈썹의 그녀는 말하고 있다. 괜찮아요. 용서하는 것과 잊어버리는 것 사이에는 커다란 차이가 있어요. 지금 당신의 마음속에는 티끌만큼의 증오도 없잖아요. 또 이 모든 행동은 세상에 복수하기 위한 게 아니잖아요.

그는 눈에 띄는 피자가게에 들어가 마르게리타 피자와 콜라 한 잔을 주문한다. 지금 배를 좀 채워두는 게 낫다. 이따가 사람들과 함께하게 될 디너파티에서는 아무것도 먹지 못할 게 뻔하다(여태까지 늘 그래왔다). 사람들은 보통 그런 자리에 무언가 활기차면서도 편안한 대화가 오가야 한다는 의무감에 사로잡히고, 그 때문에 앞에 놓인 맛있는 음식을 한 스푼 떠보려는 사람을 꼭 훼방놓아야 직성이 풀리는 것이다.

대개 그는 그런 상황을 피하기 위해 나름의 책략을 사용하곤 했다. 상대방에게 질문을 퍼부어 그들로 하여금 똑똑한 답변을 늘어놓게 해놓고는, 그 틈에 느긋하게 음식을 먹는 것이다. 하지만 오늘 저녁만큼은 그렇게 예의 바른 모습을 보일 기분이 아니다. 그저 무뚝뚝하고 무관심한 태도로 응대하리라. 그래도 끈질기게 달라붙으면, 아예 그들의 언어를 모르는 듯 행동하리라.

그는 알고 있다. 앞으로 몇 시간 동안, 유혹자는 그 어느 때보다도 강력하게 다가와, 당장에 중단하라고, 이 모든 걸 포기하라고 요구하리라는 것을. 하지만 그는 중단하고 싶은 생각이 없다. 여전히 그의 목적은 사명을 완수하는 것이다. 그렇게 해야 하는 이유는 바뀌고 있지만 말이다.

하루에 세 사람이나 급사하는 일이 칸에서는 자주 발생할까? 이 점에 대해서는 전혀 아는 바가 없다. 만일 그렇다면, 경찰은 무언가 이상한 일이 일어나고 있음을 눈치채지 못할 것이다. 그들은 관례적으로 변사자들을 처리해갈 것이고, 그동안 그는 계획대로 내일 새벽에 비행기를 타고 떠날 수 있을 것이다. 혹시 경찰이 나의 존재를 이미 알고 있는 건 아닐까? 나를 본 사람이 최소 서너 명은 되지 않는가. 아침에 지나가다가 행상 처녀에게

인사를 받았던 노부부, 죽은 사내의 경호원들, 그리고 여자의 살해 장면을 목격했을 미지의 인물.

유혹자는 이제 전략을 바꿔 이고르에게 두려움을 느끼게 하려 한다. 약한 자들에게 흔히 쓰는 수법이다. 하지만 그는 이고르가 어떤 인물인지 잘 모르는 모양이다. 이고르가 지금까지 어떤 일들을 겪어왔는지, 운명이 부과한 시련을 통과할 때마다 얼마나 더 강해져왔는지를.

그는 휴대폰을 들어 새 메시지를 입력한다.

그는 메시지를 받은 에바의 반응을 상상한다. 분명 그녀는 공포와 기쁨을 동시에 느낄 거라고, 그의 깊은 내면에 있는 무언가가 말한다. 그래, 지금 그녀는 이 년 전 자신이 저지른 일을 깊이 후회하고 있으리라. 자신의 옷과 보석, 모든 것을 버리고 집을 나가, 변호사를 시켜 이혼수속을 시작했던 그 일을 말이다. 성격 차이…… 그녀가 내세운 이혼사유였다. 마치 세상 모든 부부가 똑같은 것을 생각하고, 많은 것을 공유하고 있기라도 하다는 듯이. 그것은 명백한 거짓말이었다. 그녀는 다른 사내와 사랑에 빠졌을 뿐이었다.

그녀가 떠난 건 욕정 때문이었다. 결혼하고 오 년 이상의 세월이 지난 후에도 한눈팔지 않고 다른 사람에게 욕망을 품은 적이 없노라고 세상 그 누가 주장할 수 있는가? 상상 속에서라도 평생

한 번도 상대를 배신한 적이 없었노라고 누가 말할 수 있는가? 그리고 이 때문에 집을 떠났다가 욕정은 오래가지 못한다는 사실을 깨닫고는 결국은 배우자에게로 돌아오는 남자와 여자들이 세상에 얼마나 많은가? 조금만 더 성숙한 시각으로 생각하면, 그들의 과오는 모두 잊힐 수 있는 것이다. 결국 이 모든 것은 정상적인 것, 용납할 수 있는 것, 인간 본성의 일부에 지나지 않기 때문이다.

물론 그가 처음부터 이 사실을 알았던 건 아니다. 시간이 흐르면서 조금씩 깨닫게 되었다. 처음에는 그의 변호사들에게 이혼소송을 아주 가혹하게 처리하라고 지시했다. 거의 이십 년 동안 한 푼 두 푼 함께 쌓아온 재산이지만, 정말 떠나고 싶다면 모두 포기해야 한다고 위협했다. 그리고 그녀의 답변을 기다리는 일주일 내내 술에 취해 살았다. 그녀를 그렇게 위협한 것은 돈이 아까워서가 아니었다. 어떻게 해서든 그녀를 돌아오게 하고 싶었고, 그것이 그가 할 수 있는 유일한 압박수단이기 때문이었다.

어쨌든 에바는 양심적이었다. 그녀의 변호사는 그가 제시한 조건들을 모두 받아들였다.

이고르가 아내의 새 남자에 대해 알게 된 것은 언론보도를 통해서였다. 세계에서 가장 잘 나가는 패션디자이너 중 한 사람이며, 이고르처럼 맨손으로 시작한 사람이라고 했다. 또 사십대이고 겸손하고 밤낮없이 일하는 사람이라고 했다. 이고르, 그 자신처럼.

도대체 무슨 일이 있었던 것일까? 이고르로서는 도무지 이해할 수 없었다. 그녀가 패션위크에 참가하기 위해 런던으로 떠나기 얼마 전, 그들 부부는 마드리드에서 아주 오랜만에 내밀하고도 달콤한 시간을 함께 보낼 수 있었다. 회사의 전용제트기로 날아가, 세상의 안락한 시설은 모두 갖춘 최고급 호텔에 방을 잡고, 이번만큼은 함께 세계를 재발견하는 시간을 갖자고 의기투합했다. 그들은 레스토랑을 예약하지 않았고, 미술관에 들어가기 위해 몇 시간 동안 줄을 섰다. 항상 대기하고 있는 리무진 대신 택시를 잡아탔고, 걸어서 시내 곳곳을 돌아다녔다. 마음껏 먹고 마음껏 취했고, 기진했지만 너무도 행복한 기분으로 호텔에 돌아와 밤마다 사랑을 나누었다.

그들은 각자의 노트북을 열지 않으려 애썼고, 휴대폰은 가급적 꺼놓으려 노력했다. 그리고 그렇게 할 수 있었다. 가슴에는 많은 추억을, 얼굴에는 환한 미소를 담고서 모스크바에 돌아올 수 있었다.

하지만 그는 다시 일에 빠져들었다. 놀랍게도 사업은 그가 없었음에도 불구하고 아무 문제 없이 잘 돌아가고 있었다. 그리고 그 다음주, 그녀는 런던으로 떠났다. 그리고 다시는 돌아오지 않았다.

  이고르는 최고의—보통 산업 및 정치 분야에서의 스파이 활동을 대행해주는—흥신소에 도움을 청했다. 그리고 아내가 새 남자와 다정하게 손을 잡고 있는 모습이 담긴 수백 장의 사진들을 대면해야 했다. 흥신소 직원들은 이고르가 제공한 정보를 참고하여 에바에게 붙여줄 '맞춤 친구'를 하나 만들어냈다. 그리하여 에바는 그녀를 런던의 한 백화점에서 '우연히' 만나게 되었다. 여자는 자기는 러시아에서 왔고, '남편에게서 버림받았고', 취업자격이 없어 일자리도 못 구하고 있고, 지금은 아사 직전이라고 자신을 소개했다. 에바는 처음에는 경계했지만, 결국 도와주기로 마음먹고 연인에게 얘기했다. 연인은 '친구'가 노동허가증도 없는 사람이었지만, 위험을 무릅쓰고 자기 회사 중 하나에서 일할 수 있게 해주었다. 그녀는 에바의 모국어를 할 줄 아는 유일한 '친구'였다. 에바처럼 결혼생활에서 문제를 겪었고, 지금은 혼자 살고 있는 여자였다. 흥신소와 연결된 심리학자들의 견해에 따르면 그녀는 원하는 정보를 빼낼 수 있는 이상적인 인물이었다. 그녀는 에바가 아직 새 환경에 적응하지 못하고 있고, 이런 경우 인간은 자연스럽게 자신의 내밀한 생각들을 비슷한 처지에 있는 사람과 나누게 된다는 사실을 잘 알고 있었다. 꼭 어떤 해결책을 얻기 바란다기보다는 단지 영혼의 짐을 조금이나

마 덜어보기 위해서 말이다.

'친구'는 에바와의 모든 대화를 녹음했고, 그 녹음테이프들은 이고르의 책상에 도착했다. 이고르에게는 그 무엇보다도 중요한 것들이었다. 서명을 기다리고 있는 결재서류보다도, 그의 참석을 요청하는 초대장보다도, 주요고객과 관련업체와 정치가와 다른 기업인들에게 보낼 선물보다도 훨씬 더 중요했다.

테이프는 사진보다 훨씬 더 유용했고 훨씬 더 고통스러웠다. 그는 에바와 유명 디자이너와의 관계가 이 년 전, 사업차 방문했던 밀라노 패션위크에서 시작되었다는 사실을 알게 되었다. 에바는 처음에는 유혹에 저항했다. 남자는 세계에서 가장 아름다운 여인들에게 둘러싸인 사람이었고, 그녀는 벌써 서른여덟 살이었다. 하지만 그들은 결국 그 다음주에 파리에서 잠자리를 같이하게 되었다.

그런데 기이한 일이었다. 테이프에서 흘러나오는 말을 듣고 있으려니 오히려 흥분이 되는 거였다. 그는 자신의 신체 반응을 이해할 수 없었다. 왜 아내가 두 다리를 벌리고 다른 남자에게 관통되는 모습을 상상하면서 혐오감이 아닌 흥분이 느껴지는 걸까?

그가 살아오면서 스스로 미쳤다고 생각한 적이 딱 한 번 있었는데, 바로 이때였다. 그는 민망한 죄의식을 완화시키기 위해 공개적으로 고백을 하기로 마음먹었다. 술친구들과 만나 대화중에, 자기에게 '어떤 친구'가 있는데, 그는 아내가 혼외정사를 하는 광경을 상상하면 엄청난 쾌감을 느낀다고 말했다. 그러자 놀라운 일이 일어났다.

대부분 대기업 회장이나 정치가들로서 다양한 사회계층과 민족 출신이었던 그 술친구들은 처음에는 끔찍하다는 듯 얼굴을 찡그렸다. 하지만 보드카가 몇 순배 돌자, 그들은 마침내 고백했다. 그것은 결혼한 커플이 맛볼 수 있는 가장 짜릿한 경험 중 하나라고. 심지어 그들 중 하나는 자기 아내에게 딴 남자와 있었던 가장 추잡한 세부들과 밀어들을 들려달라고 부탁하곤 한다고 털어놓았다. 또 한 사람은 스와핑 클럽이 흔들리는 부부관계를 구원할 수 있는 이상적인 요법이라고 고백했다.

물론 그들의 말에는 얼마간 허풍이 섞여 있었지만, 그래도 그는 안도감을 느꼈다. 아내가 다른 사내와 관계를 갖는다는 사실에 흥분하는 사람이 그 혼자만이 아님을 알게 되었기 때문이다. 다른 한편으로는 불안하기도 했다. 인간에 대해서, 특히 남자에 대해서 자기가 너무도 많은 것을 모르고 있다는 불안감이었다. 지금까지 그의 대화는 언제나 비즈니스 주위만 맴돌지 않았던가. 개인적인 영역에 대해 얘기해본 게 과연 몇 번이나 되었던가.

그는 다시 녹음테이프들을 생각한다. 런던에서 그 디자이너는 이미 그녀에게 푹 빠져 있었다. 이고르로서는 그 사내의 열정을 충분히 이해할 수 있다. 그 자신, 에바만큼 특별한 여자를 아직 만나보지 못했으니까. 반면 에바는 그들의 관계에 대해 확신하지 못하고 있었다. 그녀에게 후세인이 중요하다면, 그것은 태어나서 두번째로 잠자리를 같이 한 남자라는 사실 정도였다. 하지만 그는 그녀와 같은 분야에 몸담고 있었고, 그녀는 자신이 모든 면에서 그보다 한참 아래라고 느끼고 있었다. 그런데 이런 사람과 결혼한다면? 패션계에서 일하겠다는 꿈은 깨끗이 포기하고, 다시 평범한 가정주부로 돌아가야 할 터였다. 미래의 남편과 경쟁한다는 것은 모든 면에서 불가능한 일이었으므로.

에바가 의혹을 품는 데는 또다른 이유도 있었다. 어떻게 그렇게 큰 힘을 가진 남자가 나이 사십 줄에 접어든 러시아 여자에게 관심을 가질 수 있을까?

만일 그녀가 말할 기회를 한 번이라도 준다면, 이고르는 대신 설명해줄 수 있을 터였다. 그녀는 그 존재만으로도 주위의 빛들을 일깨울 수 있는 여자였다. 모든 남자들로 하여금 그들이 가진 최상의 것을 주고 싶게 만드는 여자, 식어버린 재로부터 빛과 희망으로 충만하여 다시 태어나고 싶은 욕구를 일깨워주는 여자. 이고르는 그걸 잘 알고 있었다. 그것은 피비린내 나는, 하지만 무익했던 전쟁에서 돌아온 한 청년에게 실제로 일어났던 일이므로.

유혹자가 다시 돌아온다. 악마는 그건 정확한 진실이 아니라고 그에게 말한다.

'네가 전쟁에서 입은 정신적 외상을 극복할 수 있었던 것은 미친 듯이 일에 빠져들었기 때문이야. 심리학자들은 워커홀릭이 일종의 심리적 장애라고 말하지만, 사실 그것은 용서와 망각을 통해 스스로의 상처를 극복하려는 하나의 방법이었어. 사실 네게 있어서 에바는 그렇게 중요한 존재는 아니었어. 존재하지도 않는 관계에 너의 모든 감정을 집중시키는 짓은 이제 그만 집어치우라고!'

'이런 식으로 행동하는 게 네가 처음은 아니야.' 악마는 말을 잇는다. '너는 그렇게 해서 그녀 안에 잠들어 있는 선을 일깨우리라 믿고 있지만, 실은 악을 행하고 있을 뿐이야.'

이고르는 불안해진다. 그는 선한 사람이다. 가혹하게 행동해야 했던 적도 있었지만, 그것은 드높은 목적을 위해서였다. 예를 들어 조국에 봉사하고, 소외된 자들이 쓸데없이 고통받지 않게 하기 위해서였다. 삶에서 그가 유일하게 따르는 예수께서 그리하셨듯이 다른 쪽 뺨까지 내주는 동시에 채찍을 사용했을 뿐이었다.

유혹자를 쫓아버리기 위해, 그는 성호를 긋는다. 흔들리는 마음을 다잡으며 녹음테이프의 내용을 되새긴다. 에바는 말했다.

자기는 새 남자와 함께 있는 것이 그다지 행복하지 않다고. 하지만 과거로 돌아가고 싶은 마음은 추호도 없다고. 자기와 결혼했던 남자는 '정신병자'였다고.

터무니없는 말이다! 분명 그때 그녀는 새 환경 속에서 세뇌되던 중이었으리라. 아주 고약한 작자하고 같이 있었던 탓이리라. 그녀는 러시아 친구에게 주장했다. 그녀가 새 남자와 결혼한 이유는 단 하나, 혼자 남게 되는 것이 두려워서였다고.

젊은 시절 그녀는 자신이 다른 사람들에게 거부당한다는 느낌을 항상 떨칠 수가 없었고, 그 때문에 자신의 진정한 자아를 포기하고 살아야 했다는 거였다. 그래서 친구들이 좋아하는 것에 관심 있는 척했고, 그들의 게임에 참여했고, 그들의 파티를 즐겼다고. 그들처럼 가정의 안전함과 아이들과 부부간의 정절을 제공할 수 있는 잘생긴 남자를 찾았다고. '하지만 그런 나의 모습들은 다 거짓이었어요'라고 그녀는 고백했다.

사실, 그녀는 항상 모험과 미지의 세계를 꿈꿔왔다. 만일 소녀시절에 직업을 선택하는 것이 허용되었다면, 그녀는 예술적인 일을 하게 되었을 것이다. 꼬마였을 때부터 그녀는 공산당 기관지에 나오는 사진들을 오려 콜라주를 만드는 놀이를 즐겼다. 사진들 자체는 몹시 싫어했지만, 그 칙칙한 인물들에 색을 덧칠하고 그 결과를 보며 즐거워하곤 했다. 인형 옷은 구하기가 힘들었으므로 어머니가 직접 만들어주었다. 에바는 그 옷들을 좋아했고, 언젠가는 자기도 만들 수 있을 거라고 중얼거리곤 했다.

구소련에서는 패션 같은 것은 존재하지 않았다. 그들은 베를린 장벽이 무너지고 외국 잡지들이 유입되기 시작하면서부터야 세계의 반대편에서 일어나는 일들을 알게 되었다. 십대가 된 그녀는 그 외국 잡지들을 사용하여 더욱 밝고 흥미로운 콜라주들을 만들어볼 수 있었다. 그리고 어느 날, 그녀는 가족들에게 선언하리라 결심했다. 자신의 꿈은 패션디자이너라고.

하지만 중등과정을 마치자마자 에바의 부모는 그녀를 법대에 보냈다. 그들은 새로이 획득한 자유를 만끽하고 있었지만, 다른 한편으로는 나라를 파괴하려는 자본주의적 관념들에 대해 경계의 눈길을 보내고 있었다. 그것들은 사람들을 진정한 예술로부터 멀어지게 하고, 톨스토이와 푸시킨을 추리소설로 대체하며, 고전발레를 현대화한답시고 괴상망측하게 변질시키고 있었다. 최소한 그들의 외동딸만큼은 코카콜라와 번지르르한 외제 승용차들과 함께 들어온 이러한 도덕적 퇴폐의 흐름으로부터 떼어놓고자 했다.

대학에 간 그녀는 한 청년을 만났다. 야심만만하고 잘생긴 남자, 그녀와 같은 생각을 갖고 있는 남자. 그는 말했다. '언젠가 구체제가 돌아오리라는 환상은 버려야 한다. 그것은 영원히 사라져버린 것이다. 이제는 새로운 삶을 시작해야 한다.' 너무도 마음에 드는 사람이었다. 그녀는 그가 매우 총명하고, 크게 성공할 사람이라는 것을 알았다. 게다가 누구보다 그녀를 잘 이해해주었다. 그는 아프가니스탄 전쟁에서 싸웠고 전투중에 부상도 입은 모양이었지만, 그리 심각한 것 같지는 않았다. 그는 과거에 대해 결코 불평하지 않았고, 정서불안이나 정신적 외상의 증세는 전혀 보이지 않았다.

어느 날 아침, 그는 장미 한 다발을 가져왔다. 그리고 자기는 대학을 그만두고 사업을 시작할 거라고 말했다. 그리고 그녀에게 결혼하자고 했다. 그녀는 받아들였다. 지금 그에게 느끼는 것은 경탄과 우정의 감정뿐이지만, 사랑은 시간이 흐르고 함께 살아감에 따라 차차 생겨나게 될 거라고 생각했다. 더욱이 청년은 그녀를 이해해주고, 그녀가 필요로 하는 지적인 자극을 줄 수 있는 유일한 사람이었다. 지금 이 기회를 놓치면, 그녀를 그녀 자체로서 받아들여줄 사람은 두 번 다시 만나지 못할 수도 있었다.

가족들의 축복도 없이, 그리고 제대로 격식도 차리지 못한 채 그들은 결혼식을 올렸다. 청년은 사람들에게서 사업자금을 빌렸다. 너무도 위험해 보이는 사람들이었지만, 그녀로서는 어쩔 수가 없었다. 그가 세운 회사는 조금씩 발전하기 시작했다. 그렇게 같이 살게 된 지 4년 만에, 두려움에 사로잡힌 그녀는 처음으로 그에게 강력하게 요구했다. 과거에 그에게 돈을 빌려주고 나서 돌려받는 일에는 도무지 관심이 없어 보이는 그 사람들에게 당장 빚을 갚아버리라고. 그는 그녀의 충고를 따랐고, 나중에는 그 일에 대해 여러 차례 고마움을 표했다.

세월이 흘러갔다. 누구나 그렇듯이 수차례의 실패를 맛보았고, 불면의 밤들이 이어졌다. 그리고 다시 일들이 호전되었고, 미운 오리새끼는 동화의 시나리오를 따르기 시작했다. 그는 마침내 모든 사람들이 선망하는 멋진 백조가 되었다.

에바는 가정주부로서의 자신의 삶을 불평했다. 그러자 그는, 일하는 여자는 여성적이지 못하다고 생각하는 자기 친구들과는 달리, 모스크바에서 가장 인기 있는 지역에 숍을 열어주었다. 그녀는 세계적인 디자이너들의 옷을 들여와 팔기 시작했지만, 스스로 옷을 디자인해볼 생각은 전혀 하지 않았다. 하지만 그녀의 일은 다른 보상들을 가져다주었다. 세계 각지에서 열리는 패션 전시회들을 돌아다닐 수 있었고, 흥미로운 인물들을 만나볼 수 있었다. 그러면서 그녀는 하미드를 알게 되었다. 그리고 오늘까지도, 그녀는 자신이 그를 사랑하고 있는지 잘 모르겠다고, 꼭 대답해야 한다면 '아니오'인 것 같다고 했다. 하지만 그녀는 그와 함께 있으면 편안함을 느낄 수 있었다. 그리고 그가 여태껏 그녀 같은 여자를 만난 적이 없다고 고백하면서 함께 살면 어떻겠냐고 제의했을 때, 그녀는 자기에게는 잃을 게 아무것도 없다는 사실을 깨달았다. 그녀에게는 아이가 없었다. 또 남편은 자기 일과 결혼해버린, 어쩌면 그녀의 부재조차 알아차리지 못할 사람이었다.

'난 모든 것을 버리고 떠났어요.'

녹음테이프에서 에바는 말했다.

'그리고 내 결정을 후회하지 않아요. 하미드가 스페인에 내 이름으로 멋진 농가를—난 원하지 않았지만—사주지 않았더라도, 또 전남편 이고르가 전재산의 반을 준다고 했더라도, 난 같은 결정을 내렸을 거예요. 왜냐면 난 더이상 두려워해야 할 필요가 없다는 사실을 알게 되었기 때문이죠. 지금 세상에서 가장 괜찮은 남자 중 하나가 내 옆에 있고 싶어해요. 그건 내가 내 자신이 생각하는 것보다는 가치 있는 존재라는 거 아닐까요?'

또다른 테이프는 그녀에게 심각한 정신적인 문제들이 있음을 분명히 보여주고 있었다.

'내 남편은 이성을 잃었어요. 그것이 전쟁 탓인지, 아니면 과로로 인한 스트레스 탓인지는 모르겠지만, 어쨌든 그는 자기가 신의 뜻을 이해하고 있다고 생각해요. 그를 떠나기로 결정하기 전, 나는 정신과의사를 찾아갔어요. 그를 좀더 이해할 수 있는 방법은 없는지, 우리의 관계를 호전시키는 게 가능한 일인지 알아보고 싶었죠. 그 사람을 곤란하게 만들고 싶지는 않아서 의사하게 세세한 얘기는 피했어요. 지금 당신에게도 하지 않을 거고요. 하지만 이것만은 말할게요. 그는 자기가 하는 일이 선한 일이라고 판단하면 끔찍한 일들도 할 수 있는 사람이에요.

정신과의사는 이렇게 설명해주더군요. 겉보기에는 아주 너그럽고, 타인에 대해 동정심도 많아 보이는 그런 사람이 한순간에 완전히 다른 모습을 보일 수 있다고. 이 주제에 대해서 연구도 많이 이루어졌는데, 학자들은 이런 변화를 '루시퍼 효과'라고 부른대요. 아시죠? 하느님이 가장 사랑했던, 하지만 결국에는 하느님의 권능을 행사하려 했던 천사 말예요.'

'왜 그런 일이 일어나는 거죠?'

다른 여성의 목소리가 물었다.

하지만 '친구'는 테이프의 길이를 계산하지 않은 모양이었다. 테이프는 거기서 끝나고 말았다.

그는 그녀가 어떻게 대답했는지 무척 궁금했다. 왜냐하면 자신은 하느님과 경쟁하려는 자가 아님을 잘 알기 때문이다. 또 사랑하는 그녀가 그에게 돌아와 거부당하느니 아예 돌아올 생각을 하지 않으려고 이 모든 황당한 이야기를 꾸며냈을 것이라 확신하기 때문이다. 물론 그는 필요하다고 판단해서 사람을 죽인 적이 있다. 하지만 그것이 그들의 결혼생활과 무슨 관계란 말인가.

그래, 그는 두세 사람을 죽였다. 하지만 모두가 그들을 위해 한 행위였다. 존엄하게 살 수 있는 상태가 못 되는 그들을 도왔을 뿐이다. 이곳 칸에서 고귀한 임무를 수행하고 있듯이.

그리고 만일 그가 사랑하는 여인을 죽이게 되는 일이 있다면, 그것은 그녀가 미쳤다는 사실을 알게 되었을 때이다. 그녀가 길을 잃고 스스로의 삶을 파괴하기 시작하는 경우에. 정신의 쇠락이 찬란하고 풍요로운 과거를 망치는 일은 절대로 용납하지 않을 것이다. 그 길고도 고통스러운 자기파멸의 길에서 그녀를 구원하기 위해서라면 사랑하는 그녀를 죽일 수밖에 없으리라.

이고르는 마세라티 한 대가 굴러와 가게 앞의 비주차구역에 서는 것을 본다. 불편하면서도 터무니없는 자동차다. 그 강력한 파워엔진에도 불구하고 이 교통지옥인 시내 거리에서 다른 차들과 같은 속도로만 달려야 하는 차. 지방도로를 달리기에는 차체가 너무 낮고, 고속도로를 달리기에는 너무 위험한 차.

쉰 살가량으로 보이는—하지만 삼십대로 보이려 애쓰는—사내 하나가 차문을 열고 밖으로 빠져나오려고 진땀을 뺀다. 차문이 땅에 닿을 듯 낮은 것이다. 그는 피자가게에 들어와 '콰트로 포르마치' 한 판을 포장해달라고 주문한다.

마세라티와 피자. 뭔가 어울리지 않는 조합이지만, 이런 일들이 일어나고 있다.

유혹자가 다시 돌아온다. 이제 그는 더이상 용서와 관용에 대해 말하지 않는다. 과거를 잊고 다만 앞으로 나아가라고 권하지 않는다. 그는 이고르의 정신에 이번에는 심각한 의혹을 불어넣는다. 만일 에바가 그녀 말대로 정말로 불행한 상태라면? 그에 대한 깊은 사랑에도 불구하고 그릇된 결정의 구렁텅이에 떨어져 이제는 돌이킬 수 없는 상태가 되어버렸다면? 마치 그에게 내민 사과를 받아들여 결국에는 인류 전체를 파멸시킨 아담처럼.

'괜찮아. 난 모든 것을 완벽하게 계획해놓았어.'

그는 지금껏 수천 번 그러했듯 다시 한번 되뇐다. 그의 계획은 둘이 손을 잡고 함께 돌아가는 거였다. '안녕'이라는 말 한마디가 그들의 지난 삶을 완전히 파괴해버리는 그런 말도 안 되는 일을 막는 거였다. 결혼생활을 하다보면, 특히 결혼생활이 18년이나 되다보면 몇 번의 위기가 찾아오는 것은 오히려 당연한 일 아닌가?

하지만 뛰어난 전략가는 언제나 계획을 변경할 줄도 알아야 한다는 사실 또한 그는 잘 알고 있다. 그는 다시 한번 문자 메시지를 보낸다. 이제 그 목적은 오직 하나, 그녀가 어떻게 결정하든 최소한 메시지를 확실히 전달하기 위해서다. 그는 자리에서 일어나 짧게 기도를 드린다. 포기라는 그 고난의 잔을 마실 필요가 없게 해달라고.

수공예품 행상 처녀의 영혼이 그의 곁에 있다. 이제 그는 자신이 한 가지 불의를 저질렀음을 깨닫는다. 왜 내게 걸맞은 상대를 찾아낼 때까지 좀더 기다리지 못했을까? 런치파티 행사장에 있던 마호가니색 머리에 운동선수 같은 체격의 그 사내 같은 상대 말이다. 그 해변의 여인처럼 한 사람을 또다른 고통들에서 구해낸다는 절대적 필요가 생길 때까지 기다린다 해서 큰 차질이 생기는 건 아니었잖은가.

하지만 짙은 눈썹의 그녀는 마치 성녀처럼 그의 주위를 떠다니며 아무것도 후회하지 말라고 말하는 듯하다. 자기를 앞으로 올 수고와 고통으로부터 구해주었으니 올바로 행동했다고. 그녀의 순수한 영혼은 유혹자를 점차 물러나게 한다. 그녀는 이고르로 하여금 깨닫게 해주고 있다. 그렇다. 지금 그가 칸에 있는 것은 잃어버린 사랑을 억지로 되살리려 하는 게 아니다. 그것은 불가능한 일이다.

그가 여기 있는 건 타락과 부패의 쓰라린 고통으로부터 에바를 구원하기 위해서다. 물론 그녀가 그에 대해 부당하게 행동한 건 사실이지만, 그래도 그를 도우려고 많은 일들을 했고, 그것은 보상을 받아 마땅하니까.

"그래. 나는 선한 사람이야."

그는 계산대에 가서 음식값을 치르고 작은 광천수 한 병을 샀다. 밖으로 나온 그는 광천수를 몽땅 자기 머리 위에 들이붓는다.

생각을 다시 명료하게 정리해야 한다. 이날이 오기만을 그토록 꿈꿔왔건만, 지금 그는 너무도 혼란스럽다.

PM 05:06

 패션은 여섯 달마다 바뀌어도, 변하지 않는 옷차림이 있다. 행사장 입구를 지키는 안전요원의 검은 정장이 그렇다.
 하미드는 자신의 패션쇼에서는 거기에 변화를 주면 어떨까 생각한 적이 있다. 진행요원들에게 화려한 색상의 옷을 입히면 어떨까. 아니면 온통 흰옷으로 입혀볼까. 하지만 그렇게 일반적인 규칙에 어긋나는 짓을 했다간, 비평가들이 정작 중요한 무대의 컬렉션보다는 이런 '무의미한 혁신'에 대해 더 많이 떠들어낼 것이란 생각이 들었다. 게다가 검은색은 완벽한 색깔이다. 보수적이고도 신비로운 이 색은 할리우드의 옛날 영화들을 통해 대중의 무의식에 깊이 각인되어 있다. 선한 자는 흰 옷, 악한 자는 검은 옷, 마치 공식처럼.

백악관이 블랙하우스라고 상상해보라. 다들 그 안에 어둠의 세력이 살고 있을 거라고 생각하지 않겠는가?

사람들은 색깔이 우연히 선택된다고 생각한다. 하지만 모든 색에는 저마다 목적이 있다. 흰색은 순수함과 고결함을 내포하고, 검정색은 위압감을 준다. 붉은색은 충격을 주고 마비시킨다. 노란색은 주의를 끈다. 녹색을 쓰면 모든 게 문제없는 듯이 느껴져서 안심하고 나아갈 수 있다. 청색은 마음을 안정시키고, 주황색은 동요시킨다.

안전요원들은 그래서 검정색 차림이어야 한다. 이는 처음부터 그랬고, 앞으로도 그럴 것이다.

어디든 그렇듯이, 여기도 입구는 세 개다.

첫번째 입구는 기자 몇 사람과 무거운 장비를 들고 있는 수많은 사진기자들을 위한 것이다. 그들은 매우 친절해 보이지만, 최상의 앵글, 독특한 장면과 완벽한 순간, 혹은 눈에 띄는 실수를 포착해야 하는 순간이 오면 서슴지 않고 서로 팔꿈치로 밀쳐댄다.

두번째 입구는 일반인들을 위한 것이다. 이곳을 통해 들어오는 구경꾼들의 모습은 파리의 패션위크나 남프랑스의 이 휴양도시나 별반 차이가 없다. 그들 대부분은 무대 위에 소개될 옷들을 살 여유가 없기 때문에, 볼품없는 옷들을 걸치고 있다. 후줄근한 청바지에 형편없는 취향의 티셔츠, 그리고 이 모든 것들과 기괴한 부조화를 이루는 명품 운동화 차림이다. 그들은 그런 차림이 편안하고 안정되어 보인다고 믿겠지만, 그건 순전히 그들의 착각일 뿐이다. 게다가 어떤 이들은 아마도 꽤 비싼 값을 치르고 샀을 핸드백이나 벨트를 두르고 있는데, 그 모습은 한층 더 안쓰럽다. 흡사 벨라스케스의 그림을 플라스틱 액자에 넣어둔 꼴이랄까.

세번째 입구는 VIP를 위한 것이다. 안전요원들은 그곳으로 들어오는 사람들이 누가 누구인지 전혀 알아보지 못한다. 다만 팔짱을 끼고 위협적으로 눈을 부릅뜬 채 두리번거릴 뿐이다. 마치 자기가 이 장소의 진정한 주인이라도 되는 듯이. 유명인사의 안내는 예의바른 젊은 여자들이 맡는다. 훈련받은 그녀들은 유명인사들의 얼굴을 숙지하고 있다. 그녀들은 손에 명단을 들고 그들에게 다가간다.

"어서 오세요. 후세인 씨 부부시죠? 참석해주셔서 감사합니다."

그들은 모든 사람이 지켜보는 앞을 지나간다. 복도는 일반인들도 지날 수 있지만, 금속봉들을 붉은 벨벳 띠로 연결한 긴 울타리는 거기서 누가 중요한 인물인지 드러내준다. 그들이 특별대우를 받는 작은 영광의 순간이다. 비록 이 패션쇼가 축제의 공식행사는 아닐지라도—칸의 축제는 무엇보다 영화의 축제라는 사실을 잊지 말자—의전은 엄격히 지켜져야 한다. 이처럼 각종 부대행사(디너파티, 런치파티, 칵테일파티) 중에 있을 작은 영광의 순간을 위해, 남자들과 여자들은 몇 시간 동안을 거울 앞에서 보낸다. 햇빛보다는 인공 광선이 피부에 훨씬 덜 해롭다고 확신하는 까닭에 엄청난 양의 자외선차단크림을 소비하고, 엎드리면 코 닿을 곳에 해변이 있건만, 어느 호텔이나 바로 옆에 붙어 있는 미용실의 최신식 선탠기계를 선호한다. 또 바로 아래 있는 크루아제트 대로를 산책하면서 얼마든지 아름다운 경치를 즐길 수 있지만 그러지 않는다. 그래봐야 몇 칼로리나 소모할 수 있다고. 차라리 호텔 피트니스 센터의 러닝머신을 이용한다.

이렇게 몸 상태를 최적으로 만든 그들은 의도적으로 수수해 보이는 의상을 차려입고 마침내 호텔 문을 나선다. 공짜로 먹을 수 있고, 정식으로 초대받은 자신이 매우 중요한 존재임을 느끼게 해주는 런치파티들. 영향력 있는 연줄이 없으면 큰돈을 지불해야만 표를 구할 수 있는 갈라파티들. 디너파티 후에 시작되어 새벽까지 계속되는 다른 파티들. 그리고 마지막 커피 혹은 위스키를 마시러 들르는 호텔 바. 어디를 가든 그들은 분주히 화장실을 드나든다. 화장을 고치고, 넥타이를 바로잡고, 양복 어깨에 내려앉은 비듬이나 티끌을 털어내고, 립스틱이 아직 선명한지 확인하기 위해.

마침내 호화로운 호텔방에 돌아오게 된 그들을 기다리고 있는 것은 무엇일까? 정돈된 침대, 아침식사 메뉴판, 다음날의 일기예보, 초콜릿 쿠키(칼로리가 너무 많아서 휴지통으로 직행한다), 그들의 이름이 멋진 글씨체로 표기된 봉투(그 안에는 호텔 매니저가 보낸 그저 그런 환영인사가 적혀 있을 게 뻔하기 때문에 그들은 그걸 절대 열어보는 법이 없다), 그리고 과일바구니(그들은 과일만큼은 탐욕스럽게 먹어대는데, 식이섬유가 건강에 좋을 뿐 아니라, 뱃속에 가스가 차는 걸 방지해주는 데 최고라는 걸 알기 때문이다). 그들은 넥타이를 풀고 화장을 지우면서 거울에 비친 자신의 모습을 살펴보며 중얼거린다. '오늘은 그저 그랬어. 내일은 좀 그럴듯한 일이 생기겠지.'

에바는 단정하면서도 우아한 HH 브랜드의 의상을 아름답게 차려입었다. 그들 부부가 안내된 좌석은 런웨이의 정면에 위치해 있다. 그들 옆은 사진기자들을 위한 구역이다. 사진기자들 역시 이제 막 들어와 장비를 설치하고 있다.

한 기자가 하미드와 에바에게 다가와 지겨운 질문을 또다시 던진다.

"후세인 씨, 이번 영화제에서 보신 영화들 중에 어떤 영화가 가장 좋았습니까?"

하미드는 항상 똑같은 대답으로 응수한다.

"의견을 말하기엔 아직 이른 것 같네요. 흥미로운 영화들이 많더군요. 아무래도 영화제가 끝날 때까지 두고 봐야겠죠."

사실 그가 본 영화는 한 편도 없다. 굳이 그럴 필요도 없다. 나중에 깁슨에게, 그가 생각하는 이번 영화제 최고의 작품이 뭐냐고 물어보면 간단히 해결될 문제다.

단정한 정장 차림의 금발 아가씨가 다가와서 정중한 태도로 기자를 물려준다. 그리고 그녀는 하미드 부부에게 묻는다. 패션쇼가 끝난 직후에 있을 벨기에 정부가 주최하는 칵테일파티에 참석할 의향이 있느냐고. 벨기에 정부의 각료 한 명이 참석할 예정인데, 그가 하미드와 대화를 나누고 싶어한다는 거였다. 하미드는 이 제안을 잠시 생각한다. 지금 벨기에는 자국의 패션디자이너들을 키우기 위해 많은 돈을 투자하고 있다. 그들이 국제무대에서 명성을 얻음으로써, 아프리카의 식민지와 함께 상실했던 과거의 영광을 되찾아주기를 간절히 바라고 있는 것이다.

"그러죠. 샴페인 한잔 정도 마실 시간은 있을 거예요."

"우리, 패션쇼가 끝난 후에 깁슨과 약속이 있잖아요."

에바가 끼어든다.

하미드는 아내의 뜻을 이해한다. 그는 금발 아가씨에게 사과하고 말한다. 선약이 있다는 걸 잊었다. 장관에게는 나중에 연락하겠다고.

 하미드 부부가 거기 있는 것을 알아차린 사진기자들이 기관총을 쏘듯 셔터를 눌러대기 시작한다. 지금으로서는 언론의 관심을 끌 수 있는 사람은 그들 둘뿐이다. 잠시 후, 한때 인기 정상에 있었던 톱모델들이 도착한다. 그들은 포즈를 취하고 미소를 짓는다. 또 후줄근한 옷차림을 한 관중석의 몇몇 사람에게 사인을 해주기도 하면서 어떻게든 사진기자들의 눈에 띄려고 안간힘을 쓴다. 그들의 얼굴이 다시 매체에 실리기를 간절히 바라는 것이다. 사진기자들은 그들을 향해 카메라 렌즈를 돌리지만, 그건 단지 의무를 다함으로써 편집장을 만족시키기 위한 몸짓에 불과하다는 건 그들 자신이 더 잘 알고 있다. 이 사진 중 그 어느 것도 지면에 실리지 않을 것이다. 패션, 그것은 늘 현재이기 때문이다. 삼 년 전에 활약했던 톱모델들은—에이전트의 치밀한 각본에 따른 스캔들 덕분에 아직도 헤드라인을 장식할 수 있거나 정말로 성공을 거두어 차별화된 몇몇을 제외하고는—이제 까맣게 잊혀진 존재들이다. 그들을 기억하는 건 호텔 입구의 금속울타리 뒤에서 기다리는 사람들, 그리고 변화의 속도를 제대로 따라가지 못하는 부인네들뿐이다.

 방금 들어온 왕년의 톱모델들은 이 사실을 의식하고 있다. '왕년의 톱모델'이래봐야 이제 겨우 나이 스물다섯을 넘겼을 뿐이지만. 그들이 여기 온 건 다시 한번 무대에 서기를 꿈꿔서가 아니다. 이제 그들이 노리는 것은 영화 출연, 혹은 케이블 텔레비전 프로그램의 진행자 자리 같은 것이다.

하미드가 여기 온 것은 재스민을 보기 위해서였다. 재스민, 그리고 또 누가 런웨이에 서게 될까.

물론 세계적인 톱모델들 중 다섯 손가락 안에 꼽히는 모델들은 여기에 올 일이 없을 것이다. 그들은 출연료도 엄청나지만 무엇보다 자기가 원하는 일만 하니까. 한마디로 그들은 자신과 직접적인 관계가 없는 행사를 빛내주기 위해 칸까지 날아올 이유가 없다. 하미드는 오늘 패션쇼의 모델진이 어떻게 구성될 것인지 그려본다. 우선 재스민 같은 A급 모델이 두세 명 있을 것이고, 이들은 오늘 오후의 패션쇼에서 1,500유로 정도를 받을 것이다. 그 정도 수준에 오르기 위해서는 일단 카리스마가 있어야 할 테지만, 무엇보다 확실한 장래성을 갖춰야 한다. 또 B급 모델도 두셋 있을 것이다. 이들은 워킹도 완벽하고 이 분야에서 요구하는 용모와 신체조건을 갖추고 있지만, 아직 운이 없어 세계적인 명품그룹들이 주최하는 '축제에의 특별초대' 같은 부대행사들에는 참가해보지 못한 부류다. 이들은 600 내지 800유로를 받는다. 나머지는 C급 모델들로 채워진다. 패션쇼라는 광란의 세계에 갓 입문한 이들은 '경험을 쌓는다'는 명목으로 200 내지 300유로의 출연료로 만족해야 한다.

하미드는 이 세번째 그룹의 소녀들이 어떤 생각을 하는지 잘 알고 있다. '난 기필코 승자가 되고 말 거야. 모든 사람에게 내가 어떤 능력을 갖고 있는지 보여주겠어. 세계 최고의 톱모델이 되고 말 거라고. 그러기 위해 노친네들하고 자야 한대도 상관없어!'

하지만 '노친네'들은 그들이 생각하는 것처럼 그렇게 어수룩하지 않다. 이런 아가씨들은 대부분 미성년이기 때문에 그들과 관계를 갖는 것은 대부분의 나라에서 철창행이나 몰락을 의미한다. 현실은 전설과는 많이 다르다. 어떤 모델도 몸을 굴려서 정상에 오른 것은 아니다. 그보다는 다른 무언가가 필요하다.

카리스마, 기회, 유능한 에이전트, 그리고 무엇보다도 시대가 요구하는 외모를 갖춰야 한다. 시대가 요구하는 외모, 이 점에서 트렌드 어댑터들의 생각은 패션계에 갓 입문한 병아리 모델들의 생각과는 많이 다르다. 하미드가 읽은 최근 연구보고서에 따르면, 지금 대중은 거식증에 걸린 듯 바짝 마르고, 나이를 가늠키 힘든 용모와 도발적인 시선의 여자들에게 진력을 내고 있다. 그래서 모델을 선발하는 캐스팅 에이전시들은 극도로 찾기 힘든 누군가를 찾고 있다. 바로 평범한 여자다. 정상적인 여자, 포스

터나 잡지에 실린 그들의 모습에서 사람들이 동질감을 느낄 수 있는 여자다. 하지만 '평범한 사람'처럼 보이는 비범한 여자를 찾아내기란 쉬운 일이 아니다.

물론 마른 사람들에게 옷을 입히기가 더 쉬운 건 사실이다. 옷을 걸쳐놓으면 아무래도 모양이 더 사니까. 하지만 그런 마네킹 같은 모델들이 디자이너들의 걸어다니는 옷걸이 노릇을 하던 시대는 지나갔다. 남성들의 경우도 예외는 아니다. 꽃미남 모델의 시대는 갔다. 지난 세기의 80년대 말, 이른바 여피시대에는 그게 먹혔지만 이제는 아니다. 여성과는 달리, 남성에게는 정해진 미적 기준이라는 것이 없다. 남자들의 구매욕을 자극하는 건, 직장 동료나 술친구를 연상시키는 모델이다.

재스민을 하미드에게 추천한 이는 패션쇼 무대에 선 그녀를 한번 봤을 뿐이라고 했다. 하지만 그는 단언했다. '당신의 새 컬렉션에 딱 맞는 얼굴입니다'라고. 다른 전문가들의 의견도 그랬다. 그녀의 이름이 거론될 때면 항상 '굉장한 카리스마를 지녔으면서도, 동시에 사람들이 그 안에서 자기 자신을 발견할 수 있는 외모'라는 평이었다. 다른 업계도 마찬가지지만, 인맥이나 자신을 스타로 만들어줄 힘 있는 남자들을 찾아 헤매는 C급 모델들의 생각과는 달리, 신인에 대한 최고의 홍보는 업계에서 흘러나오는 평들이다. 업계는 '뜰' 시점이 된 신인에게 최대한으로 베팅하는 경향이 있다. 그 시점이란 게 아무런 근거가 없는 일이지만 일단 도박을 하는 것이다. 베팅은 때로 성공하기도 하고 때로 실패하기도 한다. 시장이란 그런 것이다. 항상 이길 수만은 없는 법이다.

***

홀 안은 사람들로 채워지기 시작한다. 객석 맨 앞열은 예약석이다. 정장 차림의 남자들과 우아하게 차려입은 여자들이 거기 놓인 안락의자 몇 개를 차지했고, 나머지는 비어 있다. 일반 관객들은 그 뒤의 2, 3, 4열에 앉았다. 축구선수와 결혼했고, 그녀가 '너무도 좋아하는 나라'인 브라질에 수차례 여행을 다녀온 유명 톱모델이 지금 신문기자들의 관심을 한몸에 받고 있다. '브라질 여행'이 곧 '성형수술'임은 만인이 다 아는 바이지만, 아무도 그 사실을 입 밖에 내지 않는다. 하지만 서로가 잘 아는 사이라면 얘기는 달라진다. 자기는 살바도르 주의 절경들이나 리우데자네이루의 카니발에 방문하는 대신 그곳의 경험 있는 성형외과 전문의를 만나보고 싶은데 혹시 아는 사람이 있는지 슬쩍 묻는 것이다. 그리고 재빨리 명함을 주고받는 것으로 대화를 끝낸다.

친절한 금발 아가씨는 기자들이 작업을 마칠 때까지(기자들은 톱모델에게도 지금까지 본 영화 중 최고의 작품이 무엇이냐고 묻는다) 기다린 다음, 그녀를 하미드와 에바 옆의 빈 좌석으로 인도한다. 사진기자들은 나란히 앉아 있는 세 사람—위대한 디자이너와 그의 부인, 그리고 가정주부로 변신한 톱모델—에게 다가와 열심히 촬영한다.

어떤 기자들은 이 패션쇼의 주인공인 여성 디자이너에 대한 하미드의 견해를 묻는다. 그는 이런 질문에는 이미 익숙하다.

"잘 모르기 때문에 어떤가 보러 왔어요. 사람들의 말로는 재능이 많다고 하더군요."

기자들은 그의 대답을 듣지 못하기라도 한 듯 또다시 묻는다. 거의 모두 벨기에 기자들이다. 프랑스 언론은 아직 그녀에 대해 관심이 없다. 친절한 금발 아가씨가 끼어들어 초대 손님들을 가만히 둬주십사 부탁한다.

기자들은 물러간다. 하미드 옆에 앉은 전직 톱모델은 그의 작업을 너무도 좋아한다며 대화를 시도한다. 그는 정중하게 감사를 표한다. 그녀가 하미드에게 기대한 게 '패션쇼 후에 우리 얘기 좀 나눌까요' 같은 대답이라면 돌아올 것은 실망뿐이다. 그녀는 요즘 자기 생활에 대해 늘어놓기 시작한다. 어떤 사진을 찍었다, 어디어디에 초대받았다, 어디를 여행했다는……

하미드는 무한한 인내심으로 들어주는 척하다가, 이 지겨운 대화에서 빠져나갈 틈이 생기자마자(모델이 누군가에게 한마디 건네려고 고개를 돌렸을 때) 에바에게 몸을 돌리고는 구원을 요청한다. 그러나 아내는 여전히 이상한 태도로 대화를 거부한다. 이제 그에게 남은 방법은 패션쇼를 소개하는 브로슈어에 시선을 고정하는 것뿐이다.

이 컬렉션은 벨기에 패션계의 선구자로 추앙받는 안 살렌스에게 바치는 오마주라는 내용이 실려 있다. 안 살렌스, 그녀는 1960년대 말에 조그만 의상실을 열면서 일을 시작했다. 곧이어 그녀는 암스테르담에 몰려온 세계 각지의 젊은 히피들이 옷 입는 방식에서 엄청난 가능성을 발견했다. 그녀는 당시 부르주아 사회에 유행하던 엄숙한 스타일에 맞섰고, 마침내 승리할 수 있었다. 파올라 여왕이나 프랑스 실존주의 운동의 뮤즈라 할 수 있는 쥘리에트 그레코 같은 당대의 아이콘들이 그녀의 옷을 입었다. 또 그녀는 런웨이에 조명과 음향, 예술적인 공연을 혼합하는 패션쇼를 처음 시도한 사람 중 하나다. 그녀는 평소 암을 끔찍이도 두려워했다. 그리고 '내가 가장 두려워하던 모든 것이 내게 닥쳤도다'라는 성경 욥기의 말씀처럼 그것은 그녀에게 현실이 되었다. 돈 관리능력이 전무한 탓에 사업이 서서히 기울어가는 중에 자신이 그렇게도 무서워하던 병에 걸리고 만 것이다.

그리고 여섯 달마다 새롭게 바뀌는 이 세계에서 늘 그렇듯이 그녀는 완전히 잊혀졌다. 그런 의미에서 몇 분 후 자신의 컬렉션을 선보일 이 여성 디자이너의 의도는 매우 용감한 것이다. 무턱대고 미래로 치닫기보다는, 과거로 돌아가 영감을 얻겠다는 것이니까.

하미드는 브로슈어를 주머니에 넣어둔다. 재스민이 그의 기대에 부응하지 못한다 해도, 어쨌든 쇼가 끝나면 디자이너를 한번 만나볼 것이다. 그리고 그들이 공동으로 작업할 만한 프로젝트가 있을지 얘기해볼 생각이다. 그는 항상 새로운 아이디어에 대해 열려 있다. 경쟁자라 하더라도 그렇다. 물론 그의 완벽한 통제하에 놓여야 한다는 전제가 있긴 하지만.

그는 주위를 둘러본다. 스포트라이트의 위치도 좋았고, 사진기자의 수는 그가 예상한 것보다 많다. 이 컬렉션에 뭔가 볼 만한 게 있는 모양이다. 아니면 벨기에 정부가 기자들을 불러모으기 위해 힘을 좀 썼거나. 여행경비와 체재비를 제공했을 수도 있다. 언론의 이러한 관심을 설명할 수 있는 또 하나의 가설이 있긴 하다. 재스민이다. 하미드로서는 그게 아니기를 바랄 뿐이지만. 그의 계획이 제대로 진행되려면 그녀의 존재가 일반 대중에게 널리 알려져선 곤란하다. 지금까지 그가 들은 그녀에 대한 얘기는 모두 패션업계의 전문가들에게서 나온 것들이었다. 만에 하나 그녀의 얼굴이 벌써 여러 잡지에 실렸다면 그가 지금 여기 앉아 있는 건 순전히 시간낭비다. 첫째, 누군가가 선수를 쳐서 그녀를 점찍어뒀을 것이고, 둘째, 그렇다면 그녀의 이미지를 신선하고 새로운 무언가에 연결시킨다는 건 말도 안 되는 일이니까.

하미드는 계산을 해본다. 그래, 이 정도 행사를 준비하려면 돈깨나 들었겠군. 하지만 벨기에 정부의 판단은 옳다. 셰이크 역시 같은 생각이었다. 여자는 패션을, 남자는 스포츠를 좋아하니까. 그리고 스타들을 좋아하는 데는 남녀가 따로 없다. 모든 사람의 관심을 끌 수 있는 유일한 주제가 바로 이런 것들이다. 국제무대에서 한 국가의 이미지를 높이려면 이만한 게 없다. 물론 패션의 경우에는 먼저 '프랑스 오트쿠튀르 협회'와의 길고 긴 협상이 필요하긴 하다. 하지만 협회의 고위인사 중 하나가 벨기에 정치가들과 나란히 앉아 있는 걸 보면, 그들은 일을 빨리 진척시켜가는 모양이었다.

다른 VIP들이 도착한다. 친절한 금발 아가씨의 안내를 받으면서 그들은 동서를 분간하지 못하겠다는 듯 좀 어리둥절한 표정이다. 다들 과도한 정장 차림인 걸 보면, 이런 프랑스 패션쇼에는 처음 와보는, 브뤼셀에서 곧장 날아온 사람들이리라. 영화제 때문에 지금 이 도시를 온통 점령하고 있는 부류에는 속하지 않는 이들인 것만은 분명하다.

시작이 벌써 오 분이나 늦어지고 있다. 기자들은 투덜대고 있으리라. 패션쇼가 예정대로 시작되는 법이 거의 없는 파리의 패션위크와는 달리, 다른 행사가 너무 많은 이곳 칸에서는 오래 기다릴 시간이 없을 것이다. 하지만 하미드는 이내 자신의 생각이 틀렸음을 깨닫는다. 기자들 대부분이 벨기에 장관에게 몰려가 인터뷰하고 있었다. 그러고 보니 그들은 대부분 벨기에에서 몰려온 기자들이었다. 하긴 이런 경우가 아니라면 언제 정치와 패션이 서로 만나볼 수 있겠는가.

친절한 금발 아가씨는 기자들이 모여 있는 곳으로 다가가 제자리로 돌아가달라고 부탁한다. 쇼가 곧 시작된다면서. 그때까지 하미드와 에바는 한마디도 나누지 않았다. 에바는 기분이 좋아 보이지도, 나빠 보이지도 않는다. 그저 무표정할 뿐이다. 그건 더 고약한 일이다. 제발 뭐라고 불평이라도 했으면, 미소라도 한번 지어줬으면, 하다못해 뭐라고 한마디만이라도 해줬으면. 하지만 그녀는 아무 말도, 아무 표정도 없다. 그녀의 마음 깊은 곳에서 무슨 일이 일어나고 있는지 짐작할 만한 표시가 아무것도 없다.

그냥 무대의 저쪽 끝, 모델들이 줄지어 나올 벽이나 쳐다보는 게 나을지도 모른다. 최소한 그 뒤에서 무슨 일이 벌어지고 있는지는 잘 아니까.

　몇 분 전에 모델들은 속옷을 다 벗어버리고 알몸이 되었을 것이다. 그들이 선보일 의상에 속옷이 비치면 안 되니까. 첫번째로 선보일 옷을 입고 그들은 대기하고 있을 것이다. 실내조명이 꺼지고, 음악이 시작되고, 누군가가—대개 여자다—그들의 등을 탁 치면서 스포트라이트와 관객을 향해 나가야 할 정확한 순간을 지시해주기를 기다리면서.

　정도는 다르지만 모델들은 다들 긴장했고, 그중 가장 경험이 적은 모델이 가장 흥분해 있다. 기도를 드리는 모델도 있고, 아는 사람이 와 있는지, 아버지나 어머니가 좋은 자리를 차지했는지 보려고 커튼 틈으로 살그머니 내다보는 모델도 있다. 그들은 모두 열 명에서 열 두 명 정도고, 각각 입어야 할 옷들이 순서대로 걸려 있는 행거 위에는 확인하기 쉽도록 각 모델의 사진이 붙어 있다. 그들은 이 옷들을 단 몇 초 안에 갈아입은 뒤, 마치 오후 내내 그 옷을 입고 있었던 양 태연하고도 여유 있는 표정을 지으며 다시 무대로 걸어나올 것이다. 이제 메이크업과 헤어스타일에도 마지막 손질이 가해졌다. 그들은 속으로 되뇐다.

　'미끄러지면 안 돼. 옷자락을 밟아도 안 되고. 디자이너는 육십 명의 모델들 중에서 날 특별히 선택했어. 난 지금 칸에 있어.

객석에는 누군가 중요한 인물이 앉아 있을 거야. HH가 와 있다고 하던데. 그가 자기 브랜드 모델로 날 선택할 수도 있어. 기자들도 꽉 차 있어.

얼굴에 미소를 지으면 안 돼. 그게 규칙이니까. 보이지 않는 선을 똑바로 따라가며 발을 내디뎌야 해. 하이힐이 높으니까 행진하듯 걸어야 해. 인위적이고 불편해 보이는 걸음걸이인 건 사실이지만, 그건 중요하지 않아. 명심해!

표시된 곳까지 가서 한쪽으로 돌고 이 초간 정지한 다음, 곧바로 다시 출발해야 해. 그렇게 다시 같은 속도로 걸어서 무대에서 내려오자마자 누군가 기다리고 있다가 옷을 벗겨주고 재빨리 다음 옷을 입히고는 내보내지. 거울 볼 시간도 주지 않고…… 자신감을 가져야 해. 다 잘될 거니까. 내 몸과 내 옷, 그리고 내 강렬한 시선을 한껏 보여줘야 해!'

하미드는 천장을 올려다본다. 거기에는 다른 조명보다 훨씬 강한 스포트라이트가 달려 있다. 런웨이를 가장 환하게 비추는 지점이다. 모델이 그 지점보다 더 앞으로 나가거나 그 전에 멈춰서면 사진이 잘 나오지 않는다. 그렇게 되면 잡지 편집장들은 그녀 대신 다른 모델의 사진을 실을 것이다. 꼭 집어 말하자면 벨기에 잡지의 편집장들이. 지금 프랑스 기자들은 각 호텔 앞이나 레드카펫 근처, 칵테일파티 등에 가 있든가 아니면 샌드위치를 먹거나 오늘 저녁에 있을 갈라파티 참석을 준비하느라 바쁘다.

홀의 조명이 꺼진다. 그리고 스포트라이트들이 일제히 켜지며 런웨이를 비춘다. 드디어 기다리던 순간이 왔다.

강력한 스테레오시스템에서 흘러나오는 60년대와 70년대의 노래들이 홀을 가득 채운다. 하미드의 정신은 그 자신, 직접 체험해보지 못했으나, 얘기만큼은 익히 들은 바 있는 미지의 세계로 옮겨간다. 그는 겪어보지도 못한 그 세계에 대한 묘한 향수에 사로잡히는 동시에 살짝 분한 마음이 든다. '왜 내겐 세계를 누비고 다니던 젊은이들의 그 위대한 꿈을 체험해볼 기회가 없었을까.'

첫번째 모델이 입장한다. 그녀가 연출하는 화려한 비주얼이 음향과 뒤섞인다. 생명력과 에너지가 넘치는 화려한 컬러의 드레스는 아주 오래전에 일어난, 하지만 아직도 이 세계가 즐거이 귀를 기울이는 이야기를 다시 한번 들려준다. 바로 옆에서 백여 개의 조리개들이 일제히 열리고 닫히는 소리가 들려온다. 카메라들은 모든 것을 기록하고 있다. 첫번째 모델의 걸음걸이는 완벽하다. 그녀는 스포트라이트로 표시된 지점까지 걸어가 오른쪽으로 돌고 이 초간 머문 다음, 다시 몸을 돌린다. 이제는 십오 초 만에 다시 무대 뒤로 돌아가야 한다. 지금까지 취했던 멋진 포즈는 내려놓고, 다음 옷이 기다리는 옷걸이 쪽으로 달려가 재빨리 옷을 벗고는 다른 옷으로 갈아입어야 한다. 그러고는 다른 모델들 뒤에 서서 다음 차례를 준비해야 한다. 디자이너는 이 모든 광경을 내부 폐쇄회로 화면들을 통해 지켜보고 있다. 아랫입술을 깨문 채, 아무도 미끄러지지 않기를, 관객이 그녀의 의도를 이해해주기를, 그리고 마지막에는 박수갈채가 터져나오고, '협회'에서 파견된 사람들까지도 깊은 인상을 받기를 간절히 바라면서.

쇼는 계속된다. 런웨이의 정면인 하미드의 자리는 모델들의 모습을 가장 잘 볼 수 있다. 가까이에 자리잡은 텔레비전 카메라가 모델들의 모습을 담고 있다. 그들의 워킹은 우아하고도 당당하다. 반면, 런웨이의 양쪽 측면에 앉은 사람들—여기 온 대부분의 VIP들이 그렇듯 패션쇼에 익숙하지 않은 사람들—은 이상한 느낌을 받는다. 왜 저렇게 행진하듯이 걷는 걸까? 텔레비전에서 본 다른 모델들은 정상적으로 걷는 것 같던데. 이번 쇼만의 독창성을 위해 디자이너가 지시한 걸까?

'그게 아니지……'

하미드는 속으로 대답해준다.

'그건 하이힐 때문이야. 저렇게 걷지 않으면 넘어질 수 있거든. 정면에서 잡은 카메라를 통해 보는 모델들의 모습은 실제 현장에서 보는 것과는 좀 다르지.'

컬렉션은 그가 예상했던 것보다 훨씬 더 멋지다. 현대적이고도 창조적인 터치가 느껴지는 과거로의 여행, 그러면서도 상식을 벗어난 과도함이 전혀 없다. 재료를 적당량 가미하는 것, 요리에서도 그렇지만 이것이 바로 패션의 비결이다. 정신없던 그 시대를 환기하는 꽃이며 진주 들은 모두 적절히 배치되어 매우 현대적인 느낌을 준다. 벌써 여섯 명의 모델이 런웨이를 지나갔는데, 그중 한 사람의 무릎에 화장으로도 완전히 가리지 못한 주삿자국이 보인다. 공연이 시작되기 몇 분 전에 헤로인이라도 한 방 맞았나보다. 마음을 가라앉히거나 식욕을 억제하기 위해서겠지.

홀연 재스민이 나타난다. 그녀는 백 퍼센트 손으로 수놓은 하얀 긴소매 블라우스와, 무릎 아래까지 내려오는 하얀 치마를 입고 있다. 앞서 지나간 다른 모델들과는 달리 그녀의 엄숙한 분위기는 계산된 것이 아니라 전적으로 자연스러운 것이다. 하미드는 재빨리 관객의 반응을 살핀다. 홀 안에 있는 모두가 재스민의 존재로 인해 최면에 걸린 듯하다. 그녀가 무대를 행진하는 동안, 그녀의 앞과 뒤에서 입장하고 퇴장하는 다른 모델들에게 눈길을 주는 사람은 아무도 없다.

'완벽해!'

그녀는 두 번 더 무대에 나왔다. 하미드는 그녀의 몸을 구석구석 빠짐없이 살핀다. 몸의 선도 완벽하지만, 그녀에게서는 그보다 훨씬 강력한 무언가가 발산되고 있었다. 그것을 어떻게 정의할 수 있을까. 마치 천국과 지옥이 결합하고, 사랑과 증오가 손을 맞잡고 걸어가는 것 같다고 할까.

여느 패션쇼처럼 이번 쇼도 십오 분을 넘지 않았다. 비록 그것을 계획하고 준비하기 위해 수개월의 작업이 필요했겠지만. 마지막으로 디자이너가 박수갈채 속에 무대에 등장한다. 홀의 조명이 다시 들어오고, 음악도 끝났다. 그제야 하미드는 자신이 그 음악을 진정 즐기고 있었다는 사실을 깨닫는다. 친절한 금발 아가씨는 그들 부부에게로 돌아와 벨기에 정부에서 나온 모 인사가 그와 대화하기를 학수고대하고 있다고 알려준다. 그는 가죽지갑을 열어 명함을 한 장 건네주면서, 자기는 마르티네스 호텔에 묵고 있고 내일은 그분과 기꺼이 약속을 잡을 수 있다고 말한다.

"그런데 저 디자이너분과 흑인 모델과는 꼭 얘기를 나누고 싶군요. 혹시 저분들이 오늘 저녁에 어느 디너파티에 가는지 알아봐주시겠소? 여기서 기다리겠습니다."

그는 친절한 금발 아가씨가 빨리 돌아오기를 빈다. 벌써 신문기자들이 몰려와 뻔한 질문들을 퍼붓고 있기 때문이다. 아니, 사실 그들이 앵무새처럼 반복하고 있는 질문은 단 하나다.

"이 패션쇼를 어떻게 보셨습니까?"

"아주 흥미로웠습니다."

대답 역시 항상 똑같다.

"좀더 자세히 말씀해주신다면요?"

경험 많은 전문가다운 세련됨으로 그는 다음 기자에게 질문의 바통을 넘긴다. 절대로 기자들을 무시하듯 대하지 말라. 하지만 어떤 질문에도 직접 대답하지 말라. 오로지 상황에 맞는 의례적인 답변만을 던지라.

친절한 금발 아가씨가 돌아온다. 그들은 오늘 저녁 갈라파티에 갈 계획이 아직 잡혀 있지 않다고 했다. 장관 여럿이 참석한 대단한 행사였지만, 영화제의 정치학은 그와는 다른 힘이 지배하고 있다.

하미드는 두 사람을 위해 디너파티 초대장을 구해주겠다고 말하고, 그의 제의는 즉각 받아들여진다. 분명 그 디자이너는 이런 반응을 기대하고 있었으리라. 자신의 손에 쥐고 있는 상품의 가치를 잘 알고 있을 테니까.

재스민.

그렇다. 바로 그녀다. 재스민은 하미드의 패션쇼에는 아주 가끔 나가게 될 것이다. 그녀는 그녀가 걸치는 옷보다 훨씬 더 강력한 존재감을 지녔기 때문이다. 대신 그녀는 '하미드 후세인 브랜드의 공식 얼굴'이 될 것이다. 이를 위해서는 그녀만한 모델이 없다.

에바는 입구에서 다시 휴대폰을 켠다. 몇 초 후, 봉투 하나가 푸른 하늘에서 둥실 날아와 휴대폰 화면 하단에 사뿐히 내려앉은 다음, 사르륵 펼쳐진다. '메시지가 도착했습니다.' 겨우 그걸 전하려고 이 호들갑이다.
'유치한 애니메이션 하고는.'
에바는 생각한다.
이번에도 발신자의 번호와 이름은 없다. 읽어야 하나 말아야 하나, 에바는 망설인다. 하지만 결국 호기심이 두려움을 이긴다.
"어떤 숭배자가 당신 번호를 알아낸 모양이군."
하미드는 농담을 던진다.
"오늘처럼 메시지를 많이 받은 날도 별로 없잖소?"
"글쎄 말예요."
사실 그녀는 이렇게 말하고 싶다.
'아직도 이해 못 하겠어요? 같이 산 지 벌써 이 년이나 되었는데, 지금 내가 얼마나 두려움에 떨고 있는지 모르겠냐고요. 내가 지금 생리중이라서 이러는 줄 알아요?'
그녀는 애써 태연을 가장하며 메시지를 읽는다.

'난 당신을 위해 또 한 세계를 파괴했소. 그리고 이제, 정말 그럴 만한 가치가 있는지 자문해보고 있소. 당신은 아무것도 이해하지 못하고 있는 것 같으니 말이오. 당신 가슴은 이미 죽어버렸소.'

"누구 메시지요?" 하미드가 묻는다.

"전혀 모르겠어요. 번호가 안 찍혀 있어요. 어쨌든 미지의 숭배자가 있다는 것은 언제나 좋은 일이죠."

PM 05:15

세 건의 살인사건. 불과 몇 시간 사이에 일 년 평균치를 50퍼센트나 초과했다.

그는 자기 차로 가서 무전기를 특정주파수에 맞춘다.

"지금 시내에는 연쇄살인범이 있어요."

무전기 저쪽에서 뭐라고 떠드는 소리가 들린다. 몇 마디가 지직거리는 잡음에 묻혀버리지만, 사부아는 무슨 말인지 알아듣는다.

"그게 확실하다고 말씀드리는 건 아닙니다. 하지만 그 사실을 의심하진 않습니다."

다시 뭐라고 대꾸하는 소리와 함께 지직대는 소리가 들려온다.

"아니오, 서장님. 제가 미친 게 아닙니다. 모순이 아니라고요.

예를 들어볼까요? 월말에 제 은행계좌에 봉급이 들어오는 게 백 퍼센트 확실하다고 할 수는 없죠. 하지만 전 그 사실을 의심하지 않습니다. 무슨 말인지 아시겠어요?"

다시 잡음과 함께 성난 목소리가 들려온다.

"전 지금 봉급 인상을 요구하는 게 아닙니다. 단지 의심과 확신이라는 게 공존할 수 있다는 걸 말씀드리는 겁니다. 특히 우리 직업에서는요. 좋아요. 그 얘긴 그만두고 본론으로 들어가죠.

병원에 실려온 남자도 숨을 거뒀습니다. 그러니 오늘 저녁 텔레비전 뉴스에서 이 세 건의 살인사건이 보도될 가능성이 큽니다. 물론 이 세 사건에 고도의 테크닉이 사용된 걸 아는 건 현재로선 우리뿐이죠. 따라서 아무도 이 세 사건 사이에 어떤 연관성이 있다는 사실을 눈치채지 못할 겁니다. 하지만 텔레비전 보도만으로도 이 도시는 갑자기 위험한 곳으로 느껴지게 되겠죠. 그리고 내일까지 이런 상태가 계속되면 어떻게 될까요? '이거, 연쇄살인범의 소행 아냐?' 하는 소리가 슬슬 나오지 않겠어요? 상황이 이런데 저보고 모른 척하고 있으란 말입니까?"

서장의 목소리가 다시 잡음에 섞여 들려온다.

"그래요. 기자들이 이 근처에 와 있어요. 살인을 목격한 아이가 그들에게 이것저것 떠벌이고 있죠. 이 영화제가 열리는 십이 일 동안, 이 도시 구석구석에는 기자들이 쫙 깔려 있다고요. 전 그들이 레드카펫 주위에만 득시글대는 줄 알았습니다. 하지만 지금 보니 제가 잘못 생각했던 거예요. 이 영화제의 문제가 뭔지 아세요? 기자들은 많은데 취잿거리는 별로 없다는 점입니다."

또다시 지직거리는 목소리. 그는 호주머니에서 수첩을 꺼내 주소를 하나 받아적는다.

"알겠습니다. 몬테카를로로 가서 그 사람과 얘기해보죠."

지직거리는 소리가 멈춘다. 무전기 저쪽의 인물이 통신을 끊은 것이다.

잔교 끝까지 걸어간 사부아는 사이렌을 차 지붕에 올려놓고 볼륨을 최고로 높이고는 맹렬한 속도로 출발한다. 마치 다른 급한 범죄라도 발생한 양, 기자들의 주의를 돌리기 위해서다. 하지만 이런 속임수를 익히 알고 있는 기자들은 꿈쩍 않고 소년과의 인터뷰를 계속 이어간다.

사부아의 몸속에 흥분이 스멀스멀 퍼져가기 시작한다. 항상 꿈꿔오던 그 순간이 드디어 찾아온 것이다. 하루종일 사무실에 앉아 긁적이던 한심한 서류 나부랭이들은 모두 부하에게 맡겨버리고, 이제 모든 논리를 벗어나는 살인사건을 해결하는 데 주력할 수 있게 되었다. 그는 자신의 추측이 옳기를 바란다. 다시 말해 지금 이 도시 안에, 주민들을 공포에 떨게 할 연쇄살인범이 실제로 존재하기를 바라고 있는 것이다. 오늘날 정보가 얼마나 빨리 퍼지는지를 감안할 때, 그는 곧 쏟아지는 스포트라이트를 받게 되리라. 그는 기자들에게 '아직 증명된 것은 아무것도 없습니다'라고 설명할 터이지만, 그러면서도 아무도 그 말을 곧이듣지 않도록 교묘하게 냄새를 풍길 것이다. 범인이 잡힐 때까지 그렇게 그는 스포트라이트를 계속 받게 될 것이다. 이렇게 화려하게 빛나는 것도 잠시, 결국 칸은 손바닥만한 지방 소도시일 뿐이다. 이렇게 좁은 곳이니 범인을 잡는 건 결국 시간 문제다.

영광! 그리고 명성.

그런데 지금 내가 시민들의 안전보다 내 생각만 하고 있는 거 아냐?

하지만 약간의 개인적 영달을 추구한다 해서 크게 죄될 건 없지 않은가. 세상에 제 능력 이상의 영광을 얻으려고 안달하는 자들이 얼마나 많은가. 지난 몇 년, 해마다 십이 일 동안은 그런 인간들을 질리도록 봐오지 않았던가. 그들의 욕망에 나까지 감염된 걸까. 하지만 자신이 하는 일이 여러 사람들로부터 인정받기를 원하는 건 인지상정 아닌가. 이 도시에 바글대는 저 영화인들도 그 때문에 여기 몰려온 것이고.

앞날의 영광에 대해서는 다음에 생각하자! 일만 똑바로 하면 그런 건 저절로 따라오게 마련. 게다가 명성이란 변덕스러운 거지. 좋은 면이 있으면, 그 반대도 있는 법. 만일 내가 임무수행에 실패하기라도 하면 어떻게 되겠는가. 만천하에 망신살만 뻗칠 것 아닌가. 정신 차리고 일에나 집중하자고.

이십여 년의 경찰생활을 통해 갖가지 직무를 수행해오면서, 또 무수한 보고서와 자료들을 읽어오면서 그가 깨달은 사실이 하나 있다. 대부분의 경우, 범인을 잡는 데는 논리만큼이나 직관도 중요하다는 점이다. 몬테카를로를 향해 달리는 지금 이 순간, 그의 직관은 이렇게 말하고 있다. 지금 정말로 위험한 것은 살인범이 아니다(그자는 지금까지 핏속에 엄청난 양의 아드레날린을 쏟아내느라 기진맥진해 있을 테고, 또 누군가가 자기를 알아보지나 않을까 하고 바짝 얼어붙어 있을 거다). 지금 이 순간 최대의 적은 바로 언론이다. 일을 할 때 직관과 논리를 병용하는 건 경찰뿐만이 아니다. 기자들도 마찬가지다. 그들이 경찰이 제공하는 논리적인 설명에 만족하고 그냥 넘어갈까? 천만의 말씀. 만일 그들이 이 세 사건 사이에서 실낱 같은 연관성이라도 찾아내는 날에는, 그야말로 낭패가 아닐 수 없다. 경찰은 완전히 통제력을 상실할 테고, 영화제는 혼돈에 빠질 것이다. 사람들은 더이상 거리에 나오려 하지 않을 테고, 상인들은 무능한 경찰을 규탄하며 시위를 벌이고, 전세계 언론들은 이 사태를 톱기사로 다루리라. 연쇄살인범은 영화 스크린보다는 현실 속에 나타날 때 더 흥미로운 법이니까.

그리고 내년부터는 어떻게 되겠는가. 영화제는 더이상 예전 같지 않을 것이다. '럭셔리와 화려함'의 세계는 그들의 상품을 전시하기에 더 적합한 다른 장소를 선택할 테고, 60년 전통에 빛나는 영화제는 점차 삼류로 전락해 스포트라이트와 잡지들로부터 외면당하게 될 것이 뻔하다.

지금 그에게는 할 일이 엄청나다. 정확히 말하자면 두 가지 일을 해야 한다. 첫째는, 범인을 찾아내 그의 관할구역 안에서 또 다른 시체가 발견되는 일을 막아야 한다. 둘째는 언론을 통제하는 일이다.

논리적으로 생각해보자. 지금 이 칸에는 세계 각지에서 온 기자들이 득시글거린다. 그런데 과연 그들 중에 이곳의 연간 범죄 발생수치가 얼마쯤 되는지 파악한 이들이 있을까? 정확한 통계 수치를 알아보기 위해 내무부에 전화해볼 생각을 할 이가 그들 중 과연 몇 명이나 되겠는가?

논리적으로 생각할 때, 그런 기자는 단 한 명도 없다. 그들은 지금, 방금 전에 일어난 사건만 주목하고 있을 것이다. 물론 다소 흥분하기도 했겠지. 영화제중에 개최된 전통 있는 런치파티에서 세계적인 영화배급업자가 심장마비를 일으켰으니. 하지만 그가 독살당했다는 걸 아는 기자는 아무도 없다. 법의학자의 보고서는 지금 이 차의 뒷좌석에 놓여 있고, 오직 그만이 그 사실을 알고 있다. 또 그가 국제적인 돈세탁조직에 속해 있다는 건 기자들은 아직 아무도 모른다. 어쩌면 영원히 모르게 될 수도 있다.

그렇다면 논리를 넘어서서 생각해보자. 모든 사람이 늘 같은 방식으로 생각하는 건 아니다. 따라서 가급적 빠른 시간 내에 기자회견을 열어서 기자들에게 적절한 설명을 제공해야 할 필요가 있다. 대신 잔교의 벤치에서 죽은 미국인 여자 영화감독의 사건에 대해서만 얘기해야 한다. 그러면 다른 사건들은 당분간 묻힐 것이다.

영화계의 '주요 여성인사'가 살해되었다. 그런데 누가 이름 없는 노점상 처녀의 죽음 따위에 관심을 갖겠는가. 그들 역시 그가 이 사건을 처음 접했을 때 내렸던 결론을 내리게 되리라. 그 처녀는 마약남용으로 죽은 것이라고.

그럼 그 문제는 일단은 슬쩍 넘어갈 수 있다.

이제 여자 영화감독 사건으로 돌아가보자. 그녀는 그가 생각하는 것보다 그리 중요한 인물이 아닐지도 모른다. 만일 그렇지 않다면 지금 경찰국장이 직접 전화를 걸고 난리가 났을 테니까. 이제 지금까지 드러난 사실들을 정리해보자. 말쑥한 옷차림에 잿빛 머리칼의 사십대 사내. 바위 뒤에 숨어서 목격한 아이의 증언에 따르면, 사내는 수평선을 바라보며 희생자와 얼마간 얘기를 나눴다. 그리고 외과의 같은 정확함으로 그녀의 몸에 비수를 찔러넣은 다음 유유히 떠났고, 지금은 그와 비슷한 외모를 한 수백, 아니 수천의 군중 사이에 섞여 있다.

그는 사이렌을 끈다. 지금 사건현장에서 심문을 하기는커녕 되레 심문을 당하느라 정신이 없을 부하 형사에게 전화하기 위해서다. 기자들은 저희들끼리 벌써 결론을 내리고 그에게 질문을 퍼부어대고 있으리라. 사부아는 부하에게 지시한다. 이 사건은 치정에 의한 범죄임이 '거의' 분명하다, 라고만 대답하라.

"하지만 '확실하다'고는 하지 마. 그냥 정황상 그런 것 같다고만 얘기해. 왜냐면 두 사람은 연인 같은 모습으로 나란히 앉아 있었으니까. 이건 강도사건도 아니고 복수극도 아니야. 개인적인 문제를 드라마틱하게 끝내버린 사건일 뿐이야. 무슨 말인지 알겠지?

절대 거짓말은 하지 마. 그랬다간 큰일 나니까. 자네가 한 말은 모두 녹취될 거야. 잘못하면 나중에 자네에게 불리하게 사용될 수도 있어."

"왜 제가 그렇게 설명해야 하는데요?"

"정황이 그러니까. 그리고 뭐가 됐든 빨리 그들에게 한마디 던져줘야 해. 그들이 잠잠해져야 우리가 일하기 편하니까."

"기자들은 범행에 사용된 무기가 뭔지 묻고 있어요."

"'정황상' 그건 송곳칼인 것 같다고 해. 증인도 그렇게 말했잖아."

"하지만 그애는 확실치 않다던데요."

"증인도 자기가 뭘 봤는지 잘 모르는 판에, 우리가 '정황' 이상의 무얼 말할 수 있겠나? 꼬마한테 겁 좀 주라고. 네가 한 말은 다 녹음될 거고, 나중에 너에게 불리하게 사용될 수도 있다고 말해."

그는 전화를 끊어버린다. 부하가 눈치 없는 질문들을 던지기 전에.

그렇다. '정황상' 이것은 단순한 치정사건에 불과하다. 당분간은 그렇게 밀고 가야 한다. 비록 희생자가 바로 얼마 전에 미국에서 날아온 사람이고, 호텔에 혼자 묵고 있긴 하지만. 그가 알아낸 얼마 안 되는 사실에 따르면 그날 아침, 팔레 데 페스티발 근처에서 열린 영화 견본시에서 있었던 사소한 미팅 말고는, 지금까지 그녀가 여기 와서 누군가를 만난 일은 전무하다. 하지만 기자들은 절대 이런 사실들을 모를 것이다.

그리고 그들이 모르는 훨씬 더 중요한 사실이 하나 있다. 그의 다른 팀원들도, 이 세상 누구도 모르는, 오직 그만이 간직하고 있는 비밀이다.

희생자는 병원에 왔었다. 그들은 이야기를 나눴고, 사부아는 그녀를 돌려보냈다. 그렇게 죽음의 길로 내보낸 것이다.

그는 다시 사이렌을 작동시킨다. 그 요란한 소리에 모든 죄책감이 날아가버리기를 바라면서. 아니야. 그녀의 몸에 송곳칼을 꽂아넣은 건 내가 아니다.

사실 다른 설명도 가능하지 않은가. '그래. 그 여자가 병원 대기실에 온 건 마약 밀매 세력과 어떻게든 연관돼 있기 때문이었을 거야. 암살자의 작업이 성공했는지 확인하고 싶었던 게지.' 지극히 논리적인 가설이다. 따라서 그녀와 우연히 만났던 일을 상부에 보고하면 그들은 당연히 이 방향으로 수사를 진행해나갈 것이다. 그리고 실제로 그것이 사실일지도 모른다. 그녀는 할리우드의 영화배급업자와 마찬가지로 아주 교묘한 방식으로 살해되었다. 또 둘 다 미국인이고, 둘 다 끝이 날카로운 도구로 살해되었다. 이 모든 사실이, 이들은 서로 연관되어 있고 범행이 동일한 그룹의 소행이라는 걸 가리키고 있지 않은가.

그래, 어쩌면 내가 잘못 생각하고 있는 건지도 몰라. 지금 이곳에는 연쇄살인범 따위는 없을지도 모르지.

어느 전문 킬러에 의해 교살된 걸로 보이는 그 소녀는, 어쩌면 지난밤 영화배급업자를 찾아온 무리 중 누군가와 만났을지도 모른다. 또 어쩌면 그녀는 길바닥에 늘어놓고 팔던 것 외에 다른 것, 즉 마약을 팔았는지도 모른다.

사부아는 그 장면을 상상한다. 외국인들이 그들 사이의 문제를 해결하러 이 도시에 찾아온다. 이곳의 수많은 술집 중 어딘가에서, 이 지역 마약 딜러가 그 외국인 중 하나에게 짙은 눈썹의 처녀를 소개한다. '우리랑 일하는 애예요.'라고. 그들은 잠자리를 같이하게 된다. 하지만 외국인은 술을 많이 마신 탓인지, 아니면 유럽의 색다른 환경에 약간 흥분했는지, 제 혀를 간수하지 못하고 소녀에게 너무 많은 것을 떠들어댄다. 다음날 아침 이른 시각, 자신의 실수를 깨달은 그는—이런 패거리에 항상 붙어다니는—전문킬러를 시켜 문제를 해결한다.

이렇게 설명하면 모든 게 분명해지고, 모든 게 딱 맞아떨어진다.

그런데 문제는 너무도 완벽히 맞아떨어지기 때문에 오히려 난센스에 가깝다는 것이다. 이렇게 완벽한 이야기는 허구에서나 가능하다. 그리고 또 한 가지 문제가 있다. 코카인 카르텔이 그들의 문제를 해결하는 데 왜 하필 이 도시를 고른단 말인가. 지금 영화제 때문에 전국에서 증원되어 불려온 경찰들까지 쫙 깔려 있는 이 도시를. 뿐이랴. 경호원들, 행사를 위해 특별히 고용된 안전요원들, 거리마다 홀마다 넘쳐나는 엄청나게 비싼 보석들을 24시간 철통 감시하는 탐정들까지 있는데.

어쨌든 이 가설이 사실이라 해도, 그의 경력에 플러스가 되는 건 마찬가지다. 마피아들 사이의 원한 청산은 연쇄살인범만큼이나 세인의 관심을 끄는 뉴스가 될 테니까.

이제는 긴장을 좀 풀어도 될 것이다. 어느 경우든, 그의 이름을 떨치는 데는 문제가 없다. 내가 얻을 만하다고 늘 생각해온 그 명성을 말이다.

그는 이제 사이렌을 끈다. 반시간 만에 벌써 고속도로를 거의 주파한 그는 보이지 않는 국경을 넘어 모나코 공국 몬테카를로에 들어섰다. 목적지까지는 이제 몇 분 남지 않았다. 그런데 지금 그의 머릿속에는 원칙적으로는 하지 말아야 할 생각들이 떠오르고 있다.

하루 만에 세 사람이 살해되었다. 정치가들의 표현을 빌리자면, 그 역시 '희생자들의 가족을 위해 엄숙히 기도'해야 마땅하다. 국가가 그에게 봉급을 주는 이유가 무엇인가. 바로 사회질서를 유지하라는 것 아닌가. 그 질서가 이렇게 난폭하게 파괴되는 꼴을 보면서 신난다고 팔짝팔짝 뛰며 박수치라고 주는 건 아니잖은가. 지금 서장은 주먹으로 벽을 쾅쾅 쳐대고 있을 것이다. 그의 어깨에 지워질지도 모르는 엄청난 책임 때문이다. 한편으로는 범인을(연쇄살인범의 소행이라는 사부아의 말을 믿지 않는다면 '범인들'이 되겠지만) 찾아내야 하고, 다른 한편으로는 언론의 주의를 분산시키는 이중의 과제 앞에서 노심초사하고 있을 것이다. 다른 사람들도 걱정이 태산 같기는 마찬가지일 터이다. 인근 모든 파출소에는 비상이 걸려 있고, 살인범의 몽타주가 인터넷을 통해 순찰차마다 전달돼 있을 것이다. 또 지금 이 사건 때문에 모처럼 휴식중이던 어떤 정치가가 휴식을 포기하게 될지도 모른다. 사안의 민감함을 감지한 서장이 이 뜨거운 감자를 더 높은 양반들에게 넘겨버릴 가능성도 충분하니까.

하지만 정치가들이 어떤 존재인가. 그는 결코 덫에 걸려들지 않을 것이다. 다만 이렇게 한마디 던져주고 말겠지. '이건 수백만 유로, 아니 수억 유로가 걸려 있는 문제요. 따라서 칸이 가급적 빨리 평온함을 회복할 수 있도록 최선을 다해야 해요.' 그는 이런 귀찮은 일로 방해받고 싶지 않다. 그에게는 더 중요한 일들이 산더미다. 예를 들어 오늘 저녁 초대한 외국 대표단에게 어떤 포도주를 대접할까 고민하는 일 같은.

'그렇다면 나는? 과연 나는 올바른 길을 걷고 있는가?'

해서는 안 될 생각들이 다시 떠오른다. 사실 그는 이번 일로 기분이 썩 나쁘지 않다! 서류나 긁적이고 시시한 사건들을 처리하며 따분하게 흘러온 그의 경력이 이번 일로 빛나는 정점에 오르게 될지도 모른다. 이런 상황에 직면한 자신이 이렇게 큰 행복감을 느끼게 될 줄은 꿈에도 상상 못 했다. 그는 자신의 자랑스러운 모습을 그려본다. 모든 논리를 초월하는 가설을 세우고, 그 누구도 보지 못한 것을 꿰뚫어보아 마침내 훈장을 받게 된 진정한 수사관. 물론 이런 생각은 아무에게도 고백할 수 없다. 아내에게조차도. 마누라는 이런 말을 들으면 경악할 테니까. 위험한 업무 속에서 부대끼다가 드디어 실성했구나, 생각하겠지.

'하지만 난 행복하다! 짜릿하게 흥분된다고!'

그의 이성은 희생자들의 가족을 위해 기도하고 있을지 모르지만, 그의 가슴은 오랜 무기력에서 깨어나 산 자들의 세계로 돌아오고 있다.

먼지 덮인 책들이 빼곡한 커다란 서가, 구석마다 높이 쌓인 잡지들, 서류가 어지러이 널린 탁자…… 사부아가 예상했던 풍경은 이랬다. 하지만 실제 풍경은 사뭇 다르다. 그의 사무실은 세련된 취향의 램프 몇 개, 안락의자, 투명한 상판이 달린 탁자가 놓인 순백색의 방이다. 그리고 탁자 위에는 거대한 컴퓨터 모니터, 무선 키보드, 조그만 노트와 그 위에 놓인 명품 만년필 몬테그라파뿐이다.

"표정관리 좀 하시오. 지금은 심각한 표정이 어울리지 않겠소?"

흰 수염의 남자가 살짝 비꼰다. 더운 날씨인데도 트위드 재킷을 껴입고 거기에 넥타이와 양복바지 차림이다. 이 사무실의 분위기와도, 그들이 나눌 대화의 주제와도 그다지 어울리지 않는 옷차림이다.

"무슨 말씀이십니까?"

"지금 당신이 뭘 느끼는지 난 정확히 알지. 아무 일도 일어나지 않는 소도시에서 일하는 당신에게 일생일대의 기회가 온 거야. 나 역시 영국 웨스트글러모건 주의 SA9 1GB에 위치한 스완지 계곡의 페니케에서 일할 때 그런 감정이었거든. 그리고 이와 매우 흡사한 사건 덕분에 일명 '스코틀랜드 야드', 런던경시청으로 전근할 수 있었고."

'내 꿈 역시 파리에서 일하는 거지요.'

하지만 사부아는 그 말을 입 밖에 내지 않는다. 외국인은 그에게 앉으라고 청한다.

"어쨌든 당신의 꿈을 이루기 바라겠소. 반갑소. 난 스탠리 모리스요."

사부아는 대화의 주제를 바꾼다.

"지금 우리 서장님은 걱정이 태산 같으십니다. 언론이 연쇄살인범이 있을 거라 가정하고 갖가지 추측기사를 쏟아낼까봐서요."

"우리는 자유국가에서 살고 있지. 그들이 원한다면 무슨 추측을 하든 자유 아니겠소? 더욱이 이런 주제라면 신문은 날개 돋친 듯 팔려나가지. 무미건조한 삶을 살던 은퇴자들은 이런 뉴스 덕분에 갑자기 흥미진진한 모험의 세계로 떠나게 되고. 그런 사람들은 온갖 매체를 뒤져서, 사건에 관련된 소식이라면 아무리 조그만 사실이라도 빼놓지 않고 수집하거든. 한편으로는 불안감이, 다른 한편으로는 그들에게는 아무 일도 일어나지 않으리라는 확신이 뒤섞인 야릇한 감정을 느끼면서 말이오."

"희생자들을 묘사한 상세보고서를 이미 받으셨으리라 생각합니다만. 선생님 생각엔 연쇄살인범의 소행 같습니까, 아니면 어떤 거대 카르텔의 복수극일까요?"

"자료는 받았소. 그런데 그 사람들은 보고서를 팩스로 보냈더군. 이런 시대에 팩스라니 말이 되나! 그래서 이메일로 보내달라고 했더니만 뭐라고 한 줄 아오? 이메일은 잘 사용하지 않는다는 거야. 생각해보시오! 전세계에서 최고의 장비를 갖춘 조직 중 하나라고 자부하는 프랑스 경찰이 아직도 팩스 따위에 의존하고 있다니!"

사부아는 의자 위에서 답답한 듯 몸을 꼰다. 그는 현대 테크놀로지의 진화와 퇴보를 논하러 여기 온 건 아니다.

"자, 그럼 본론으로 들어가볼까."

모리스가 말한다. 과거 런던경시청의 '스타'였으며, 지금은 남프랑스에 은퇴하여 살고 있는 그는 사부아만큼이나 이 사건 덕분에 고양된 기색이다. 그에게도 강연, 음악회, 자선 티파티, 디너파티로 점철된 단조로운 일상에서 빠져나올 좋은 기회니까.

사부아가 먼저 입을 연다.

"저로서는 이런 상황은 처음 겪습니다. 그래서 이 모든 게 연쇄살인범의 소행이라는 제 가설에 대한 선생의 고견을 듣고 싶습니다. 제대로 가고 있는지 궁금합니다."

모리스는 이론적으로는 그의 생각이 옳다고 설명한다. 세 건의 살인사건이 공통적으로 어떤 특별한 양상들을 보인다면 그 뒤에 연쇄살인범이 숨어 있다고 가정할 수 있지 않겠는가. 이런 살인사건들은 (이번의 칸에서처럼) 동일지역 내에서 발생하는 게 일반적이며……

"그렇다면 대량살상범은……"

사부아가 끼어들자, 모리스는 그의 말을 끊으며 용어를 정확히 사용하라고 지적한다. 대량살상범이란 학교나 패스트푸드점 같은 데 들어가 눈에 띄는 대로 아무에게나 총을 난사하다가 결국은 경찰에 의해 사살당하거나 자살해버리는 테러리스트, 혹은 미성숙한 청소년들을 지칭한다는 것이다. 그들이 주로 사용하는 무기는 최소의 시간—일반적으로 길어야 이삼 분—에 최대의 피해를 초래할 수 있는 총기나 폭탄이다. 이런 위인들은 자신이 저지른 행위의 결과에 대해서는 조금도 개의치 않는다. 결말을 이미 알고 있기 때문이다.

대중의 무의식은 대량살상범을 비교적 쉽게 받아들인다. 그들은 '정신적으로 불안정한 인간'이고, '우리'와 '그들' 사이에 명확한 구분선을 그을 수 있기 때문이다. 하지만 연쇄살인범에겐 설명하기 훨씬 더 복잡한 무언가가 있다. 그는 모든 사람의 내면에 내재된 파괴본능을 상기시킨다.

모리스는 잠시 말을 멈춘다.

"로버트 루이스 스티븐슨의 소설 『지킬 박사와 하이드 씨』 읽어보았소?"

사부아는 업무에 쫓겨 독서할 시간이 많지 않다고 대답한다. 모리스의 시선이 차가워진다.

"그럼 나는 일 안 하고 노는 사람으로 보이오?"

"그런 뜻은 아닙니다. 보세요, 모리스 선생. 제가 여기 온 것은 급히 해결해야 할 임무가 있기 때문입니다. 테크놀로지나 문학 이야길 하러 온 게 아니란 말입니다. 단지 선생께서 보고서를 읽고서 어떤 결론을 내리셨는지 알고 싶을 뿐입니다."

"미안하오. 하지만 이 사건을 다루기 위해선 문학을 참조할 필요가 있소. 『지킬 박사와 하이드 씨』는 평소에는 완전히 정상인인 지킬 박사가 통제할 수 없는 파괴적 충동에 이끌려 하이드라는 전혀 다른 인물로 변하는 이야기를 담고 있지. 그렇소, 형사

양반. 우리는 모두 이런 파괴적인 본능을 지니고 있는 거요. 왜 사람들이 연쇄살인범을 두려워하는지 아시오? 그건 그들이 우리의 안전뿐만 아니라, 우리의 건전한 정신까지 뒤흔들기 때문이오. 그래요, 지구상의 모든 인간은 원하든 원치 않든 엄청난 파괴적 충동을 내면에 숨기고 있지. 그리고 어느 시점에 도달했을 때, 우리의 감정 중에 가장 억눌린 그놈, 다른 사람의 생명을 없애버리고픈 욕망이란 놈의 고삐를 풀어주면 어떨까 하는 충동에 사로잡히지.

이유야 여러 가지가 있겠지. 세계를 정의롭게 만들고 싶다든지, 먼 과거에 일어난 어떤 일에 대한 복수, 혹은 사회에 대한 억눌린 증오심의 분출이라든지 등등. 하지만 의식적이든 무의식적이든, 모든 인간은 그런 욕구를 느낀다는 거요. 어린 시절에는 그렇지 않겠지만, 그렇다고 해서 또 아예 없는 일은 아니지."

또다시 의도적인 침묵이 이어진다.

"당신도 경찰 신분이긴 하지만 내가 말하는 이런 '감각'이 뭔지 잘 알 거요. 고양이를 학대하거나, 당신에게 아무 해도 끼치지 않는 곤충들을 태워 죽이면서 쾌감을 맛본 적이 있을 테니까."

사부아는 아무 대답 없이 냉랭한 시선을 던질 뿐이다. 하지만 그의 침묵을 긍정으로 해석한 모리스는 여전히 학생을 가르치는 듯한 느긋한 어조로 설명을 이어간다.

"이런 사람들이 야수처럼 봉두난발을 하고 얼굴에는 증오가 가득한, 한눈에도 비정상으로 보이는 그런 사람일 거라고 생각하진 마시오. 바쁘겠지만 그래도 읽어볼 생각이 있다면, 이와 관련해서 한나 아렌트의 저서 『예루살렘의 아이히만』이라는 책을 추천하오. 역사상 최악의 살인마 중 한 사람의 재판을 분석한 책이지. 물론 이 살인마가 '인류의 정화'라는 어마어마한 과업을 혼자 저지른 건 아니지만 말이오. 잠깐만."

모리스는 컴퓨터의 키보드를 두드린다. 그는 자기 앞에 앉은 사내가 단번에 결과를 얻어가길 바라고 있다는 걸 잘 알고 있다. 하지만 이 분야에서 그건 불가능하다. 앞으로 겪게 될 어려운 시간들에 대비할 수 있도록, 사내를 어느 정도나마 교육시켜야 한다.

"자, 여기 있소. 아렌트는 6백만 유대인을 멸절시키려 한 나치 독일이라는 기계장치에서 하나의 톱니바퀴 역할을 수행한 아돌프 아이히만의 재판을 치밀하게 분석하고 있소. 25쪽에서 그녀는 이렇게 말하지. '그를 검진했던 열두 명의 정신과 의사들은 그가 너무도 평범한 사람이었다고 결론지었다. 그의 심리적 프로필, 아내와 자식들과 부모에 대한 그의 태도는 우리가 책임감 있는 남자에게 요구하는 모든 사회적 규범들을 충족시키고 있었다.' 그리고 아렌트는 이렇게 덧붙이고 있소.

'아이히만의 문제는 그가 사악하거나 가학적인 경향이라고는 조금도 보이지 않는 수많은 보통사람들과 똑같다는 사실이다. 사실 이런 사람들은 전적으로 정상적인 사람들이다. 우리의 제도와 도덕의 관점에서 볼 때, 그의 평범함은 그가 저지른 범죄만큼이나 섬뜩한 것이었다.'"

이제 그는 본론으로 들어간다.

"내가 읽은 부검보고서에 따르면, 희생자들에게는 성폭행의 흔적이 전혀 없다던데……"

"모리스 선생, 문제가 시급합니다. 전 지금 과연 칸에 연쇄살인범이 존재하는지 그걸 알고 싶단 말입니다. 파티에 참석중인 남자나 대로변 벤치에 앉아 있는 처녀를 강간하기 힘든 건 당연한 일 아닙니까?"

모리스는 마치 아무 얘기도 못 들은 듯 그의 말을 무시해버리고 설명을 계속한다.

"……이는 수많은 연쇄살인범의 공통점이라 할 수 있소. 어떤 이들은 이른바 '인간적인' 동기로 범행을 저지르오. 간호사들이 죽음의 문턱에 다다른 환자들을 살해하고, 누군가는 아무도 모르게 걸인들을 죽이지. 이건 최근에 캘리포니아에서 실제로 일어난 사건인데, 거동이 불편한 양로원 노인들을 동정한 나머지 그들에게 다른 삶을 주는 게 나을 거라는 결론에 이르게 된 사회

운동가들이 있었지. 또 사회를 바로잡으려는 자들도 있는데, 이들의 주요 타깃은 매춘부라오."

"모리스 씨. 내가 여기 온 것은 그런 설명을 들으려는 게 아니라……"

모리스가 이번에는 약간 언성을 높인다.

"내가 당신한테 여기 와달라고 부탁한 건 아니오. 난 부탁을 받고 당신을 만나주는 거란 말이오. 원한다면 지금 가도 좋소. 하지만 남아 있으려면 내 말을 끊는 짓일랑 삼가주시오. 범인을 잡고 싶소? 그렇다면 먼저 그자의 사고방식을 이해해야 해."

"그럼 범인이 연쇄살인범이라고 생각하시는 건가요?"

"내 말은 아직 끝나지 않았소."

사부아는 조급한 마음을 억누른다. 사실 그렇게 서둘 필요는 없다. 매체들이 제멋대로 떠들게 놔둔 다음, 결국 한계에 이르러 허둥지둥하고 있을 때 해답을 가지고 나타나는 것도 재미있지 않겠는가.

"좋습니다. 계속해보세요."

모리스는 사부아가 잘 볼 수 있도록 컴퓨터 모니터를 돌려준다. 거대한 화면에는 19세기 것으로 보이는 판화가 떠 있다.

"이게 역사상 가장 유명한 연쇄살인범으로 꼽히는 잭 더 리퍼요. 런던에서 활동했던 그는 1888년 하반기에만 공공장소에서

다섯 내지 일곱 명의 여자를 살해했지. 희생자들의 배를 가르고 내장과 자궁을 꺼냈소. 하지만 끝내 붙잡히지 않았소. 결국 그는 하나의 신화가 됐고, 아직까지도 사람들은 그의 진정한 정체를 알아내려 애쓰고 있지."

이번에는 컴퓨터 화면에 점성술 기호와 흡사한 무언가가 나타났다.

"이것은 조디악의 서명이오. 열 달 동안 캘리포니아에서 다섯 커플을 살해한 것으로 알려진 자요. 주로 둘만의 은밀한 시간을 즐기려 으슥한 곳에 차를 주차시킨 십대들을 범행 대상으로 삼았지. 경찰에 편지를 한 통씩 보내곤 했는데, 거기에 켈트 십자가와 비슷한 이 상징을 서명으로 남겼소. 그가 누구인지는 아직까지도 밝혀내지 못했고.

전문가들은 잭 더 리퍼나 조디악이 그들이 살던 곳의 도덕과 질서를 회복하려 했던 자들이라고 믿고 있소. 말하자면 그들에겐 어떤 완수해야 할 사명이 있었던 거지. '보스턴의 교살자' '툴루즈의 아동살인범'. 무시무시한 이름 아니오? 매체들은 사람들을 겁주려고 이런 별명들을 지어냈지. 하지만 실상은 완전히 달라요. 이 살인범들은 주말을 이웃들과 함께 보내고, 열심히 일하는 생활인들이었소. 범죄를 통해 물질적 이득을 취한 자는 하나도 없었고."

사부아는 그의 이야기에 흥미를 느끼기 시작했다.

"다시 말해, 범인은 그 누구일 수도 있다는 얘기군요. 어떤 특정한 부류가 아니라 영화제 기간 동안 칸에 들어온 모든 사람이 가능성을 가지고 있다는 말……"

"…… 어떤 터무니없는 목적을 위해 공포 분위기를 조성하겠다고 작정한 사람일 수 있지. 예를 들어 '패션의 독재에 맞서 싸우겠다' 혹은 '폭력을 조장하는 영화를 끝내버리겠다' 등등. 매체들은 듣기만 해도 오싹한 별명을 지어내고, 여러 갈래의 억측을 쏟아내기 시작할 거요. 범인과는 아무런 관계도 없는 범죄들까지 그에게 전가되기 시작하고. 그렇게 지역사회는 공황상태에 빠지고, 이 상태는 우연히—다시 말하지만 아주 우연히—범인이 체포될 때까지 계속되오. 대개의 경우, 이런 범인은 일정 기간 동안만 활동한 다음, 완전히 사라져버리지. 그렇게 역사에 자신의 자취를 남기는 거요. 간혹 사후에 일기가 발견되기도 하지만, 그게 전부라오."

사부아는 더이상 손목시계를 들여다보지 않는다. 휴대폰이 울리지만 응답하지 않기로 마음먹는다. 설명을 듣고 보니 사건의 본질은 생각보다 훨씬 더 복잡한 것이었다.

"그럼, 선생도 저와 같은 의견이시군요."

"그렇소."

런던경시청 최고의 권위자가 대답한다. 모든 사람이 포기했던 다섯 건의 사건을 해결하여 전설이 된 사내가.

"그런데 어떤 점에서 이게 연쇄살인범의 소행이라고 생각하십니까?"

모리스는 이메일 한 통이 도착한 것을 확인하고는 미소 짓는다. 사부아는 이제 자신이 완전히 그에게 신뢰를 느끼고 있다는 걸 깨닫는다.

"그가 저지르는 범죄에 아무런 동기가 없다는 점에서 그렇소. 그런데 이런 종류의 범죄자에는 두 부류가 있지. 첫째는 대부분의 경우에 해당되는데, 이른바 '서명'이란 걸 남기는 부류지. 예를 들어 동성애자, 매춘부, 걸인, 혹은 숲속에서 재미 보는 커플 등, 어떤 특정 유형의 희생자만을 선택하는 부류요. 이와는 대조적으로 '비대칭형 살인마'라고 불리는 자들이 있소. 이들은 순간의 충동을 억제하지 못해 사람을 죽이지. 그런데 어느 순간 이런 충동이 충족되면, 그들은 다시금 살인충동이 견딜 수 없을 정도가 될 때까지는 활동을 멈춰요. 내 생각에, 우리가 쫓는 자는 이 유형에 속하는 것 같소.

이 사건에는 고려해야 할 점이 한두 가지가 아니오. 우선 범인은 아주 교묘한 자요. 완력, 독, 비수 등 다양한 무기를 사용하고 있소. 또 그에게서는 고전적인 범행동기를 찾아볼 수 없소. 섹스를 탐하는 것도 아니고, 알코올중독자도 아니고, 겉으로 명백한 정신이상 증세를 드러내는 것도 아니지. 그는 인간 신체에 대한 해부학적 지식을 가지고 있는데, 이것이 현재로서는 그가 남긴 유일한 '서명'이오. 그는 아마 범행을 오래전부터 치밀하게 계획해왔을 거요. 왜냐면 그가 사용한 독극물은 쉽게 구할 수 있는 것이 아니거든. 이 모든 점들로 볼 때 우리는 그자를 자신이 '어떤 사명을 수행하고 있다'고 믿는 범주로 분류할 수 있을 것 같소. 그 '사명'이 뭔지는 우리로서야 알 길이 없지만. 노점상 처녀의 경우를 가지고 판단해보건대, 그는 '삼보'라 불리는 러시아 무술을 썼소. 이것이 현재 우리에게 주어진 유일한 단서인 셈이지.

또 희생자에게 접근하여 얼마 동안 친절하게 행동하는 것도 그의 '서명'이 될 수 있지 않을까 싶소. 하지만 이 가설은 해변의 런치파티에서 벌인 살인과는 일치하지 않소. 당시 희생자는 두 경호원과 함께 있어서 아무도 접근할 수 없는 상태였으니까. 더구나 그때 희생자는 유로폴의 감시를 받고 있는 상황이었고."

러시아인. 사부아는 당장이라도 전화를 걸어 칸 시의 모든 호텔에 긴급 수색을 요청하고 싶었다. 말쑥한 차림에 잿빛 머리칼을 가진 사십대의 러시아 남자.

"그가 러시아 무술을 사용했다고 해서 반드시 러시아인이라는 건 아니오."

 모리스는 노련한 전직 형사답게 사부아의 생각을 훤히 읽고 있다.

 "그가 쿠라레 독을 사용했다고 해서 남아메리카 인디오라고 결론 내릴 수 없는 것처럼."

 "그럼 어떻게 하죠?"

 "다음 범죄를 기다리는 수밖에."

PM 06:50

신데렐라!

무언가를 시도하려 할 때마다 현실은 만만찮고 불가능하다고 말리는 남편이나 가족들의 말에 귀를 기울이기보다는 동화의 세계를 더 믿는 여자들이라면 지금 이 순간 가브리엘라의 심정을 이해할 수 있으리라. 레드카펫, 그 지상 최대의 런웨이를 향해 서서히, 그러나 확실하게 나아가고 있는 수많은 리무진들 중 하나에 앉아 있는 그녀를 말이다.

스타는 그녀 옆에 앉아 있다. 우아한 연미복 차림에 미소 띤 모습으로. 그는 그녀에게 긴장되느냐고 묻는다. 물론 아니다! 긴장, 떨림, 초조함, 두려움, 이런 감정들은 꿈속에는 존재하지 않는 법이니까. 모든 것이 완벽하다. 마치 영화처럼, 온갖 고난을 겪은 여주인공이 마침내 소망하던 모든 것을 이루는 영화처럼.

"하미드 후세인이 이 프로젝트를 진행하기로 최종 결정하고 영화가 성공을 거두게 되면, 앞으로 이런 순간이 수없이 찾아올 거라고 기대해도 좋을 거예요."

하미드 후세인이 프로젝트를 진행하기로 결정한다면? 그럼 아직 확실히 결정된 게 아니란 말인가?

"옷을 갈아입으러 그 '기프트룸'에 갔을 때 벌써 계약서에 서명했는데요."

"내 말에 신경쓰지 말아요. 당신이 누리는 이 특별한 순간을 망치고 싶지 않으니까."

"아니에요, 무슨 말인지 설명해주세요. 제발요."

스타가 이 어수룩한 아가씨의 입에서 튀어나오기를 기다리고 있던 말이다. 그는 희열을 느끼며 그녀의 청을 들어준다.

"난 멋지게 출발했다가 중도에 엎어진 프로젝트를 수없이 겪어봤어요. 뭐, 이것도 게임의 일부죠. 하지만 지금은 그것 때문에 불안해할 필요는 없어요."

"그럼 계약서는요?"

"계약서란 건 원래 그걸로 돈 버는 변호사들에게나 의미 있을 뿐이죠. 내가 한 말은 잊어버려요. 지금은 이 순간을 즐기라고요."

그 '순간'이 다가오고 있다. 교통이 정체되어 이제 사람들은 리무진의 내부를 들여다볼 수 있다. 물론 부옇게 선팅한 차창 덕분에 가련한 중생들과 선택받은 이들의 위치가 분명히 나뉘긴 하지만. 스타는 손을 흔들어준다. 그러자 차창을 두드리는 손들이 잠깐만이라도 창문을 열어달라고 애원한다. 사인 한 번 해달라고, 사진 한 번 찍게 해달라고 간청한다.

스타는 그들이 원하는 것을 전혀 이해 못 한 듯이 그냥 손만 한 번 더 흔들어준다. 자신의 미소 한 방이면 세상을 환하게 비춰줄 수 있으리란 확신에 찬 표정으로.

바깥은 그야말로 광기에 가까운 분위기다. 아침부터 휴대용 접이의자에 앉아 뜨개질하며 기다렸을 여자들. 지루해 죽겠다는 표정의 배불뚝이 남자들. 그들은 마치 레드카펫의 주인공인 양 나이보다 젊어 보이게 차려입은 중년의 아내들을 따라나서지 않을 수 없었을 것이다. 도대체 무슨 일인지 의아해하면서도 그래도 뭔가 중요한 사건이 일어나고 있음을 느끼는 아이들. 다양한 피부색을 가진 모든 연령대의 사람들. 리무진의 행렬을 따라 이어지는 금속울타리 뒤에 몰려선 사람들. 그들은 세계적인 위대한 전설들로부터 자신이 불과 2미터 거리에 있다고 믿는다. 하지만 사실 그 거리가 수만 킬로미터는 된다는 것을 그들은 알고 있을까? 그들을 나누는 건 단지 금속울타리와 선팅한 차창뿐만이 아니라, 행운과 기회와 재능이라는 것을.

재능? 그렇다. 가브리엘라는 재능도 중요한 요소라고 믿고 싶다. 하지만 그녀는 잘 알고 있다. 재능을 포함한 이 모든 게 신들이 던지는 주사위 놀이의 결과라는 것을. 그들이 주사위를 한 번 던질 때마다 한편에는 선택된 자들이 서게 되고, 그 나머지는 감히 건널 수 없는 심연 저쪽에 세워진다. 심연 저편에 세워진 선택받지 못한 자들, 그들은 다만 갈채를 보내고 숭배할 수 있을 뿐이다. 그들이 할 수 있는 건 선택된 자의 운이 다했을 때 그들을 비난하는 것뿐이다.

스타는 그녀와 대화를 나누는 시늉을 하고 있다. 하지만 그는 사실 아무 말도 하지 않고 있다. 단지 그녀를 바라보며 기계적으로 입술을 놀리고 있을 뿐이다. 욕망도 기쁨도 느끼지 못하지만 뛰어난 배우답게 숙녀와 대화하는 멋진 모습을 보여주고 있을 뿐이다. 순간 가브리엘라는 스타의 마음을 읽는다. 지금 그는 밖에 있는 팬들에게 불친절한 모습을 보이지 않으려 애쓰지만, 동시에 손을 흔들어주거나 미소나 키스를 보내줄 기분도 전혀 아니다.

"아마 당신은 나를 돌 같은 마음을 지닌 교만하고 냉소적인 사람으로 여기고 있겠죠."

그가 비로소 진짜로 '말'을 한다.

"언젠가 당신이 원하는 자리에 서게 되면 지금 내가 느끼고 있는 걸 이해하게 될 거요. 그게 뭐냐고? 출구가 없다는 거죠. 성공은 사람을 중독시키고 결국 노예로 만들어요. 화려한 하루가 끝나고, 매일같이 다른 남자 혹은 여자와 함께 침대에 누운 채 당신은 스스로 묻게 될 거예요. 이게 정말로 가치 있는 길이었나? 왜 내가 이런 것을 원했었지?"

그는 잠시 말을 멈춘다.

"계속하세요."

"그런데 왜 내가 당신에게 이런 말을 하고 있는지 모르겠군."

"나를 보호하려는 마음에서겠죠. 당신은 좋은 분이니까요. 계속해주세요. 부탁이에요."

가브리엘라는 아직 순진한 사람인지도 모른다. 하지만 그녀는 여자고, 남자에게서 자기가 원하는 것을 빼낼 줄 안다. 이런 경우 그녀가 눌러야 할 버튼이 그의 허영심이라는 것도.

"왜 항상 이런 것을 원해왔는지 나 자신도 모르겠어요."

그녀의 덫에 걸린 스타는 이제 약한 면을 드러내고 있다. 차창 밖의 팬들은 여전히 그에게 손을 내밀고 있는데.

"너무도 피곤한 하루를 마치고 호텔에 돌아오는 날이면 난 샤워기를 틀어놓고 그 아래 오래도록 서 있어요. 몸 위로 물이 떨어지는 소리를 들으며 그렇게 서 있으면 내 안에서 두 개의 힘이 싸우고 있는 게 느껴지죠. 하나는 내게 신께 감사해야 한다고 말하고, 다른 하나는 아직 늦지 않았을 때 모든 걸 내려놓으라고 말하죠.

그런 순간에는 나 자신이 세상에서 가장 배은망덕한 사람처럼 느껴져요. 나를 좋아하는 팬들을 나는 귀찮아하니까요. 모든 사람이 부러워하는 파티에 초대받지만, 난 빨리 그곳을 떠나 내 방으로 돌아가 조용히 좋은 책이나 읽고 싶은 마음뿐이죠. 사람들은 진심으로 나를 위하는 마음으로 상을 주고 행사를 열어주고 행복하게 해주려고 최선을 다하지만, 난 그저 당황스럽고 피곤할 뿐이에요. 그 모든 것을 내가 받을 자격이 있는지 모르겠고, 이런 성공을 누릴 만한 가치가 내게 있는지도 모르겠어요. 무슨 말인지 이해하겠어요?"

아주 짧은 순간, 가브리엘라는 그에게 동정심을 느낀다. 그녀는 일 년 내내 쉴새없이 참석해야 하는 그 모든 파티들을 상상해본다. 언제나 괴로운 사람들을 참아내야 하는 파티를. 사진 한 장 같이 찍자고, 사인 좀 해달라고 부탁하는 사람. 아무 흥미도 없는 이야기를 떠벌이는 사람. 새 프로젝트를 들이미는 사람. '나, 기억 못 하겠어요?'라는 고전적인 질문으로 당황하게 만드는 사람. 휴대폰을 건네며 자기 아들, 아내, 누이에게 한마디 해달라고 부탁하는 사람. 그는 그들 앞에서 항상 쾌활한 표정으로 상대의 말을 주의 깊게 들어줘야 할 것이다. 친절하고도 정중한 태도를 잃지 않은 완벽한 프로의 모습을 보여줘야 하리라.

"이해하겠어요?"

"네. 하지만 전 아직 그 경지에 이른 적이 없어서 당신이 느끼는 갈등을 한 번쯤 느껴보고 싶은 게 솔직한 심정이에요."

이제 리무진 네 대만 더 지나면 그들은 목적지에 이르게 된다. 운전기사는 그들에게 준비해야 한다고 일러준다. 스타는 차내 천장에 달린 조그만 거울을 내려 넥타이를 고쳐 매고, 가브리엘라 역시 머리를 매만진다. 아직 계단은 보이지 않지만 레드카펫의 끝부분이 보인다. 바깥의 광기는 마치 마법처럼 사라졌다. 이제 차를 둘러싼 대부분이 ID카드를 목에 건 행사관계자들이다. 그들은 저희끼리 얘기를 나눌 뿐, 차 안의 사람들은 거들떠보지도 않는다. 하루 종일 반복되는 똑같은 광경에 진력이 난 탓이다.

이제 그들 앞에는 차 두 대만 남았다. 왼쪽에 계단 몇 개가 나타난다. 넥타이를 맨 정장 차림의 사내들이 차문을 열어주고 있다. 공격적인 금속울타리는 이제 목재와 황동으로 만든 조그만 기둥들 위에 걸쳐진 벨벳 울타리로 대체되어 있다.

"이런, 빌어먹을!"

갑자기 스타가 소리를 지른다. 가브리엘라는 깜짝 놀란다.

"이런 젠장! 저길 봐요! 저기 지금 차에서 내리는 게 누군지 좀 보라고!"

가브리엘라의 눈에 한 여성 슈퍼스타의 모습이 들어왔다. 가브리엘라처럼 하미드 후세인의 드레스를 걸친 그녀는 차에서 내려 이제 막 레드카펫에 발을 딛고 있다. 슈퍼스타는 팔레 데 페스티발을 등지며 몸을 돌린다. 그녀의 시선이 향하는 쪽으로 눈길을 돌린 가브리엘라는 너무도 놀라운 광경을 본다. 거기, 거의 삼 미터에 달하는 인간 벽이 솟아 있고, 카메라 플래시가 끝도 없이 터져나오고 있었다.

"좋아! 엉뚱한 곳을 보고 있잖아. 방향을 완전히 잘못 짚으셨어!"

스타가 약간 안도하며 말한다. 방금 전에 보여주었던 그 매력과 예의바름, 그리고 실존적인 고민을 토로하던 모습은 이제 온데간데없다.

"저치들은 공식 취재허가도 못 받은 사진기자들이야. 삼류 매체 기자들이지."

"그런데 왜 '빌어먹을'이라고 하셨어요?"

스타는 치미는 짜증을 숨기지 못한다. 이제 한 대만 더 지나면 그들 차례다.

"보면 모르겠소, 아가씨? 당신은 대체 어떤 별나라에서 온 거야? 이따가 우리가 레드카펫을 걸어서 중간쯤 가면 공식 사진기자들이 기다리고 있을 텐데, 그들의 카메라가 누구에게 집중되겠어? 저 여자한테 아니겠냔 말야."

그리고 운전기사에게 고개를 돌리며 말했다.

"좀 천천히 갑시다!"

운전기사는 평상복 차림으로 ID카드를 목에 건 한 사내, 늘어선 리무진들에게 흐름이 끊기지 않게끔 빨리빨리 나아가라고 지시하고 있는 사내를 턱 끝으로 가리켜보인다.

스타는 깊이 한숨을 내쉰다. 일진이 좋지 않다. 게다가 뭐 하러 아무것도 모르는 이 햇병아리에게 그 많은 말들을 떠들어댔는지도 모르겠다. 그렇다. 그는 지금 영위하고 있는 삶에 지치긴 했다. 하지만 그렇다 해도 이 삶을 내려놓을 생각은 추호도 없다.

"서두르지 말아요."

그가 이른다.

"차에서 내린 후에도 최대한 시간을 끌어야 해요. 저 여자애하고 충분한 거리를 두자고요."

'저 여자애'란 슈퍼스타를 말한다.

바로 앞차에 탄 커플은 그렇게 많은 관심을 끄는 것 같지 않다. 물론 인생의 수많은 산을 넘어 이 레드카펫에 이르렀으니 그들 또한 보통사람들은 아니겠지만.

스타의 표정은 한결 누그러져 있다. 하지만 이제는 가브리엘라가 바짝 긴장이 된다. 그녀는 어떻게 행동해야 할지 모른다. 그녀의 두 손바닥은 땀으로 축축이 젖어 있다. 그녀는 종이만 잔뜩 구겨넣은 핸드백을 꼭 움켜쥐고서, 깊이 호흡을 하며 짧게 기도한다.

"천천히 걸어요."

스타가 다시 주의를 준다.

"그리고 나한테 너무 가까이 붙지 말아요."

리무진이 멈춰 선다. 두 개의 차문이 열린다.

순간, 실로 어마어마한 소음이 우주 전체를 채우고, 사방에서 고함치는 소리가 들려온다. 그때까지 그녀는 방음장치가 완벽한 차 안에 있어서 바깥 소리를 전혀 듣지 못하고 있었던 것이다. 스타는 환하게 미소 띤 얼굴로 차에서 내린다. 불과 이 분 전에 그토록 짜증을 냈던 일은 아예 기억에도 없는 듯이. 차 안에서의 그 절절한 고백과는 상관없이 여전히 우주는 자신을 중심으로 돌아야 한다는 듯이. 자기 세계, 자신의 과거와 갈등을 겪고 있다는 이 남자, 하지만 그는 역시 물러설 수도, 되돌아갈 수도 없는 사람이었다.

'내가 지금 무슨 생각을 하고 있지? 지금 이 순간에 집중해야 해. 현재를 살아야 해! 계단을 올라야 할 때라고!'

두 사람은 '삼류 매체'의 사진기자들에게 손을 흔들며 잠시 시간을 보낸다. 사람들은 그들에게 종이를 내밀고, 그는 사인을 해주며 팬들에게 감사를 표한다. 가브리엘라는 뭘 해야 할지 알지 못한다. 스타 옆에 붙어 있어야 할까, 아니면 레드카펫을 따라 팔레 데 페스티발의 입구 쪽으로 향해야 할까. 이때 누군가가 종이를 내밀며 사인을 요청해 그녀를 구해준다.

비록 태어나서 처음 해보는 사인은 아니지만, 지금까지 한 것 중 가장 중요한 사인이다. 그녀는 이 통제구역까지 용케도 뚫고 들어온 여인을 쳐다보고 미소를 지어준 후, 그녀의 이름을 묻는다. 하지만 사진기자들의 고함소리 탓에 아무 소리도 들리지 않는다.

아! 이 레드카펫 통과의례가 전세계로 생중계된다면 얼마나 좋을까! 눈부신 드레스를 입은 자신이 너무나도 유명한(그에 대해 약간의 의혹이 일기 시작하고 있지만, 이런 부정적인 기운은 일찌감치 몰아내는 편이 낫다) 스타배우와 함께 도착해서 그녀의 이십오 년 삶 가운데 가장 중요한 사인을 하고 있는 이 모습을 어머니가 볼 수만 있다면! 여자의 이름을 잘 알아듣지 못한 그녀는 그냥 미소를 지으며 '사랑을 담아'라고 적어준다.

스타가 그녀에게 다가온다.

"자, 길이 뚫렸소. 갑시다."

하지만 친절한 말을 넣어 해준 사인을 받아든 여인은 볼멘소리로 투덜댄다.

"사인해달라는 게 아니에요! 난 사진기자예요. 당신 이름을 물어본 거라고요!"

가브리엘라는 못 들은 척한다. 이 세상 그 무엇도 이 소중한 마법의 순간을 깨뜨려서는 안 되니까.

그들은 유럽 최고의 계단을 오르기 시작한다. 이제 군중은 멀리 떨어져 있지만, 계단 양쪽으로 경찰들이 일렬로 늘어서서 일종의 안전울타리를 만들어주고 있다. 건물 전면의 양편에 걸린 두 개의 거대한 플라스마 스크린이 이 성소에서 일어나고 있는 일들을 멀리 늘어선 가엾은 평민들에게 생중계하고 있다. 멀리서 광적인 비명과 박수소리가 들려온다. 그들은 마치 이층에 오른 듯 널찍한 계단참에 이르렀고, 거기에도 한 무리의 사진기자들이 기다리고 있다. 하지만 아래의 기자들과는 달리 턱시도를 빼입은 그들은 스타의 이름을 악쓰듯 불러대면서 '이쪽으로 돌아보세요, 아니 이쪽으로, 한 번 더요, 제발 좀더 가까이 와주세요, 눈을 위쪽으로 올려주세요, 아래로 내려주세요' 하고 요구한다. 뒤이어 오던 다른 사람들이 그들 곁을 지나쳐 계단을 올라가지만 사진기자들은 별 관심이 없다. 스타는 그의 여전한 매력을 한껏 발산하고 있다. 이 모든 게 자신에게는 너무도 일상적이고도 익숙한 일이라는 듯이, 그는 여유 있는 모습으로 주위에 농담도 건넨다.

가브리엘라는 기자들이 자기에게도 관심을 보이고 있다는 사실을 깨닫는다. 그들은 그녀의 이름을 부르지는 않지만(그녀는 생판 처음 보는 얼굴이니까), 그녀가 스타의 새 애인이라고 상상한 것이다. 기자들은 두 사람에게 좀더 가까이 붙어달라고 요청한 다음 사진을 찍는다. 스타는 그들의 부탁대로 해주지만 그것은 단 몇 초뿐이며, 그후로는 신중하게 거리를 유지하여 그녀와의 신체적 접촉을 피하는 걸 잊지 않는다.

그렇다. 그들은 슈퍼스타를 피하는 데 성공한 것이다! 슈퍼스타는 지금 팔레 데 페스티발의 정문에서 영화제위원장과 칸 시장과 인사를 나누는 중이다.

스타는 다시 계단을 오르자고 손짓한다. 그녀는 그를 따른다.

시선을 앞으로 향하니, 거기에는 올라가는 사람들이 자신의 모습을 볼 수 있도록 매달아놓은 또다른 초대형 스크린이 보인다. 건물에 설치된 대형 스피커에서 외치는 소리가 들린다.

"지금 도착하시는 분은……"

그리고 스타의 이름과 그의 대표작이 흘러나온다. 가브리엘라는 나중에 들은 얘기지만, 홀 안에 있던 사람들도 거기 설치된 스크린을 통해 바깥 플라스마 화면에 비춰진 광경을 다들 보고 있다.

그들은 마지막 몇 계단을 올라 정문에 이르러 영화제위원장과 칸 시장과 인사를 나눈 후, '팔레' 즉 '궁전' 안으로 들어간다. 이 모든 일은 채 삼 분도 걸리지 않았다.

이제 스타는 사람들에게 둘러싸여 있다. 그와 몇 마디 나누고, 그에게 기분 좋은 말을 해주고, 그와 함께 사진 찍기를 원하는 (그렇다, 선택받은 자들 역시 다른 유명인사들과 사진을 찍고 싶어한다) 사람들에게. 건물 안은 숨막힐 듯 덥다. 가브리엘라는 메이크업이 망가질까봐 걱정이 된다……

맞아, 메이크업!

그녀는 까맣게 잊고 있었다. 지금 그녀는 왼쪽에 난 문으로 빠져나가, 밖에서 기다리고 있는 누군가를 찾아야 한다. 그녀는 기계적으로 계단을 내려가며 두세 명의 안전요원 앞을 지나친다. 그들 중 하나는 그녀가 혹시 담배를 피우러 나가는 건지, 영화관람을 위해 다시 들어올 건지 묻는다. 그녀는 아니라고 대답하고는 다시 걸음을 재촉한다.

그녀는 몇 개의 철제울타리를 지나지만 아무도 제지하지 않는다. 들어오려는 게 아니라 나가고 있기 때문이다. 그녀는 끊임없이 도착하는 리무진에게 손짓하며 소리치는 군중의 뒷모습을 본다. 한 남자가 그녀에게 다가와 이름을 묻고는, 자기를 따라오라고 말한다.

"잠시만 기다려주실래요?"

남자는 놀란 표정을 짓더니 고개를 끄덕인다. 가브리엘라의 시선은 오래된 회전목마에 못 박혀 있다. 아마 지난 세기 초부터 거기서 그렇게 계속 돌고 있었을 저 거대한 기계, 그 목마들을 타고 아이들이 신이 나서 폴짝대고 있다.

"자, 이젠 가도 될까요?"

남자가 조심스레 묻는다.

"잠깐만, 일 분만 더요."

"잘못하면 늦겠어요."

하지만 가브리엘라는 좀전에 느낀 삼 분간의 긴장과 떨림과 격심한 두려움 끝에 터져나오는 눈물을 억누를 수 없다. 그녀는 경련하듯 흐느낀다. 메이크업은 더이상 신경쓰지 않는다. 어차피 다시 할 거니까. 남자는 하이힐 위에 위태롭게 서 있는 그녀가 넘어지지 않도록 팔을 내민다. 두 사람은 크루아제트 대로 쪽으로 나 있는 광장을 함께 걷는다. 군중이 내지르는 소음은 멀어지는데, 그녀의 발작적인 흐느낌은 점점 더 거세지기만 한다. 그렇게 그녀는 그날의, 그 주의, 아니 이 순간만을 꿈꾸어왔던 그 오랜 세월의 모든 눈물을 한꺼번에 쏟아낸다. 어떻게 지나갔는지도 모르게 끝나버린 그 순간을 등뒤에 두고.

"죄송해요."

그녀는 자신과 동행해주는 남자에게 사과한다.

그는 그녀의 머리를 어루만지면서 따스함과 이해와 연민이 가득한 미소를 보인다.

PM 07:31

 마침내 이고르는 깨달았다. 어떤 대가를 치르고라도 행복을 되찾겠다는 생각은 잘못되었다는 것을. 삶은 이미 그에게 퍼줄 만큼 퍼주었다. 삶은 늘 그렇게 너그럽지 않았던가. 인생에서 이 이상의 행복은 불가능하지 않겠는가. 이제부터 삶의 남은 시간 동안, 그는 고통 속에 숨겨진 보물들을 찾아내며 살아야 하리라. 매순간의 행복을 생의 마지막 행복인 듯 여기며.

 그는 유혹을 이겨냈다. 올리비아의 영이 그를 보호해주었다. 영은 그가 짊어진 사명의 본질을 꿰뚫고 있었고, 그로 하여금 새로이 눈을 뜨게 하여 칸에 온 진정한 목적을 깨닫게 했다.

 피자가게에서 잠시 동안 녹음테이프에 담긴 에바의 말들을 되새겨보고 있을 때, 유혹자는 그를 비난했다. 사랑의 이름으로 모든 것이 허용되리라고 믿는 정신병자라고. 하지만 신의 은총으로 그는 그 어려운 순간을 무사히 견뎌낼 수 있었다.

아니다. 그는 지극히 정상이다. 이고르가 누구인가. 규율과 정확함, 그리고 협상과 기획력을 요구하는 일을 해내는 사람 아닌가. 친구들은 언제부터인가 그가 함께 어울리지 않고 고독한 사람이 되었다고 말하지만, 그건 그들이 모르는 소리일 뿐. 그는 언제나 고독했다. 그 역시 파티에 가고, 결혼식이나 세례식에 참석하고, 일요일에는 골프회동을 가지며 즐거워하는 모습을 보였지만, 그 모든 건 사업상의 목적을 이루기 위한 전략일 뿐이었다. 그는 그런 사교계의 삶을, 영혼의 슬픔을 미소로 감추는 사람들을 혐오해왔다. 그가 슈퍼클래스의 진실을 깨닫는 데는 오랜 시간이 걸리지 않았다. 슈퍼클래스, 그들은 마약중독자들이 마약에 의존하듯 성공에 의존하고 있다. 그들은 집 한 채, 정원, 뛰노는 아이, 식탁 위에 놓인 접시, 그리고 겨울에 훈훈하게 타오르는 벽난로 하나만을 소망하는 사람들보다 훨씬 더 불행한 삶을 살고 있다. 그런 소박한 꿈을 가진 사람들은 자신들의 한계를 의식하고 있으며, 인생이 짧다는 사실을 안다. 그러니 뭣 하러 무작정 더 멀리 나아가려 하겠는가.

슈퍼클래스는 자신들의 가치들을 널리 선전한다. 때문에 보통 사람들은 신이 불공평하다고 불평하고, 권력을 부러워하며, 다른 사람들이 재미나게 사는 걸 보며 고통스러워한다. 하지만 그들은 알지 못한다. 세상 그 누구도 그들이 생각하는 것처럼 재미난 삶을 사는 게 아니라는 것을. 모든 사람이 걱정거리를 안고 불안해한다는 것을. 보석과 자동차, 현금으로 빵빵한 지갑 뒤로 각자 엄청난 열등감을 숨기고 살아간다는 것을.

이고르는 소박한 취향을 지닌 사람이다. 에바가 항상 그의 옷 입는 방식을 불평할 정도였다. 하지만 목깃에 화려한 상표가 달린 비싼 셔츠를 굳이 사 입어야 할 이유가 있을까. 어차피 대단한 얘기를 나눌 것도 아닌데 단지 요즘 인기 있다는 이유만으로 고급 레스토랑에 가야 할 이유는 또 무엇인가. 에바는 종종 말하곤 했다. 사업상 어쩔 수 없이 가야만 하는 파티며 행사장에서 그가 너무 과묵하다고. 그래서 이고르는 자신의 행동을 고치고, 사람들에게 호감을 주기 위해 노력했다. 하지만 그는 이 모든 데서 그 어떤 의미도 발견할 수 없었다. 주위를 둘러보면 사람들은 쉴새없이 떠들어대고 있었다. 주식 가격을 비교하고, 새로 산 요트의 기막힌 점들을 설명하고, 파리의 미술관에서 관광 가이드에게 귀동냥한 것들을 주워섬기며 표현주의 화가들에 대해 장광설을 늘어놓고, '시간이 없어서' 소설은 읽지 못하고 신문 서평을 읽은 게 전부이면서도 작가들 중 누가 누구보다 더 뛰어나다고 단언하고 있었다.

슈퍼클래스. 그들은 모두 교양인이고 부자고 너무나도 매력적인 사람들이다. 하지만 하루를 마감할 때가 되면 그들 모두 자문한다. '이제는 멈춰야 하지 않을까?' 그리고 그들 모두 이렇게 대답한다. '그러면 내 인생은 의미를 잃고 말 거야.'

마치 삶의 의미가 무엇인지 알고 있기라도 한 듯이.

유혹자는 싸움에서 패했다. 그는 이고르가 스스로 미쳤다고 믿게 하려 했다. 누군가를 희생시키겠다고 마음먹는 것과 그들을 실제로 죽일 능력과 용기가 있는가는 별개의 문제라고, 누구나 범죄를 꿈꿀 수는 있지만 그런 소름끼치는 생각을 현실로 옮기는 건 미친 자들뿐이라고.

유혹자는 말했다. 이고르는 정신병자다. 성공한 사람으로서 그에겐 여러 가지 다른 방법들도 있었다. 원하기만 한다면 세계 최고의 전문 킬러를 고용할 수도 있었고, 그들이 그를 대신해 임무를 수행하여 에바에게 메시지를 보낼 수도 있었다. 혹은 세계 최고의 홍보대행사와 계약을 맺어도 된다. 그러면 일 년 후에는 경제전문지뿐만 아니라, 성공과 명성과 화려함을 다루는 모든 잡지들이 이고르에 대해 말하기 시작할 테고, 분명 그의 전부인은 그녀의 결정이 잘못되었음을 깨닫게 되리라. 그럼 적당한 때를 잡아 그녀에게 꽃을 보내며 모든 걸 용서했으니 돌아오라고 말하기만 하면 된다. 이고르는 사회 각계각층의 다양한 사람들을 알고 있다. 끈기와 노력으로 정상에 이른 대기업 회장들부터 자신의 긍정적인 면모를 한 번도 보여줄 기회가 없었던 범죄자들에 이르기까지, 이런 일을 도와줄 사람들이 얼마든지 있었다.

아니다, 그렇지 않다. 이고르가 지금 칸에 있는 건, 피할 수 없는 죽음과 대면한 자의 얼어붙은 눈을 들여다보는 병적인 쾌감을 맛보기 위해서가 아니다. 그가 이 사선 위에, 지금 서 있는 이 위험천만한 위치에 직접 서기로 결심한 건 다른 이유에서였다. 그것은 그의 내면에 있는 새로운 이고르가 이 비극의 잿더미에서 다시 태어나기 위해서는 영원히 끝나지 않을 것 같은 이 하루 동안 그가 통과하고 있는 이 모든 단계들이 반드시 필요하다는 확신 때문이었다.

이처럼 어려운 결정을 내린 게 이번이 처음은 아니다. 지금까지 살아오면서 그는 항상 결단해야 했고, 그것을 끝까지 밀고 나가야 했다. 아무도, 심지어 에바조차도 그의 영혼의 어두운 구석에서 어떤 일들이 일어나는지 짐작조차 하지 못했다. 많은 세월 동안 그는 특정인들과 특정 집단의 위협을 묵묵히 견뎌냈고, 위협자들을 제거해버릴 힘이 충분하다고 판단했을 때에야 조심스럽게 행동했다. 그는 자신이 겪고 있는 고약한 경험들이 삶에 흉터를 남기는 일이 없도록 엄격히 통제했다. 그는 두려움과 고뇌를 결코 집 안으로 들이지 않았다. 에바만큼은 평온한 삶 속에 머물러야 했고, 모든 사업가들이 겪는 모진 풍파를 알지 못해야 했다. 그것은 절대적으로 필요한 일이었다. 그는 그렇게 그녀의 방패가 되어주었다. 하지만 그는 그녀에게 아무런 보답도 받지 못했다. 이해조차도.

올리비아의 영은 그를 위로한다. 그러면서 그가 지금까지 한 번도 생각해보지 못했던 것을 말해준다. 그가 여기 칸에 온 것은 그를 저버린 여인을 다시 데려가기 위해서가 아니라고. 그녀는 그럴 만한 가치가 없다고. 그녀는 이 모든 고통의 세월들, 몇 달 동안의 준비, 그리고 그의 용서와 관용과 인내를 받을 자격이 없는 존재라고. 그가 여기 온 것은 그걸 깨닫기 위해서라고.

이고르는 지금까지 에바에게 메시지를 하나, 또 하나, 그리고 다시 하나를 보냈다. 하지만 에바는 아무런 반응이 없다. 마음만 먹으면 그가 어디 묵고 있는지 정도는 쉽게 알아낼 수 있었을 것이다. 물론 고급 호텔 몇 곳에 전화한다고 해서 해결될 일은 아니다. 그는 가명을 사용하고 있고, 직업도 가짜로 적어놓았으니까. 하지만 에바에게 찾으려는 마음만 있다면 찾아낼 방법은 얼마든지 있었다.

그는 통계자료를 보았다. 칸의 시민은 7만 명밖에 되지 않는다. 이 숫자는 영화제 기간에는 세 배로 뛰지만, 사람들은 늘 비숫비슷한 곳에 묵는 법이다. 지금 그녀는 어디에 있는가. 이고르와 같은 호텔에 묵고 있지 않은가. 또 어제 저녁에는 그 사내와 함께 호텔 바에도 내려왔다. 그녀는 거기 앉아 있는 이고르를 정말로 못 봤던 것일까. 에바는 이 크루아제트 대로 주변에서 그를 찾아보려 하지 않았고, 그들 공동의 친구에게 전화해서 그가 어디 있는지 묻지도 않았다. 사실 이고르는 그 친구들 중 하나에게 자신의 연락처를 모두 알려주고 있었다. 그의 '인생의 여자'였던 그녀가 자신이 칸에 있다는 것을 알게 되면 반드시 접촉해오리라 믿었기 때문이다. 친구는 이고르의 의도를 알고 있기 때문에, 에바가 물으면 그들이 만날 방법을 일러줄 것이다. 하지만 지금까지 아무 소식도 없다.

그는 옷을 벗고 물이 쏟아지는 샤워기 아래에 선다. 그래, 에바는 이 모든 것들을 받을 가치가 없는 여자다. 오늘 저녁 그녀를 만나게 될 게 거의 분명하지만, 시간이 지남에 따라 그의 가슴에 새겨진 그녀는 점점 빛을 잃어가고 있다. 그의 사명은, 그를 배신하고 다른 사람에게 그에 대해 부정적인 말들을 지껄이고 있는 그 여자의 사랑을 되찾는 것 따위가 아닐 것이다. 그럴 리가 없다. 짙은 눈썹을 지닌 소녀의 영은 그에게 어떤 이야기를 떠올리라고 했다. 그 옛날, 전투중에 잠시 휴식을 취할 때 아프간 노인에게서 들은 이야기다.

헤라트의 황량한 산지에 한 도시국가가 있었다. 도시 주민들은 혼란과 부패한 통치자들로 인해 수세기 동안 절망에 빠져 있었다. 그들은 여러 세대 전부터 군림해온 오만하고 이기적인 왕들을 견디기 힘들었다. 하지만 군주제를 폐지하기도 어려웠다. 그들은 현인들의 평의회인 '로야 지르가'를 소집했다.

로야 지르가는 이렇게 결정했다. 사 년마다 왕을 선출할 것이며, 왕은 절대권력을 지닌다. 왕은 세금을 올릴 수도 있고, 절대복종을 요구할 수도 있고, 매일 밤 다른 여자를 침대에 들일 수도 있고, 지겨워질 때까지 먹고 마실 수도 있다. 가장 아름다운 옷을 입어도 되고, 최고의 명마를 골라 질주해도 좋다. 그리고 그가 아무리 터무니없는 명을 내릴지라도 모두 복종해야 하며, 아무도 그 근거를 따지거나 그 정당함에 이의를 제기하지 않을 것이다.

하지만 사 년이 지나면 그는 왕좌에서 내려와, 걸친 옷만을 가지고 가족과 함께 이 도시를 떠나야 한다. 이것이 죽음을 의미한다는 사실은 모두가 알고 있었다. 분지에 위치한 도시 주위에는 겨울에는 얼어붙고 여름에는 견딜 수 없이 뜨거운 광활한 사막이 펼쳐져 있는 까닭이었다.

로야 지르가의 현인들은 이렇게 위험한 권력을 탐하는 사람은 아무도 없을 터이니, 과거의 민주제로 돌아갈 수 있을 거라고 생각했다. 그들의 결정은 선포되었다. 왕좌는 비어 있었지만, 그것을 차지하기 위한 조건은 너무도 엄격했다. 그래도 거기에 흥미를 가진 사람이 여럿 있었다. 암에 걸린 한 노인이 도전했고, 그는 임기 도중 병으로 죽었다. 물론 얼굴에 미소를 머금은 채로. 한 광인이 그의 뒤를 이었다. 하지만 그는 조건을 잘못 이해하여 사 개월 만에 왕궁을 떠나 사막에서 실종되고 말았다. 그때부터 왕좌가 저주받았다는 소문이 돌기 시작했고, 아무도 위험을 무릅쓰려 하지 않았다. 통치자 없는 도시에는 혼란이 일기 시작했고, 주민들은 이제 군주제의 전통을 영원히 잊고 관습을 바꿔야 할 때가 되었다고 생각했다. 로야 지르가는 그들의 현명한 결정을 자축했다. 그들은 백성들에게 선택을 강요하지 않았다. 단지 어떤 대가를 치르더라도 권력을 얻고 싶어하는 사람들의 야심을 없애버렸을 뿐이다. 그때 한 젊은이가 나타났다. 그는 참한 여자와 결혼해서 슬하에 세 자녀를 두고 있었다.

"제가 왕위에 오르겠습니다."

그가 말했다.

현인들은 권력에 포함된 위험한 점들을 설명해주려 했다. 그에게는 가족이 있음을 상기시키면서, 이 모든 게 야심가들과 폭

군들을 꺾기 위한 하나의 방책에 불과하다고 말했다. 하지만 청년은 조금도 뜻을 굽히지 않았다. 그들이 세운 법을 철회할 수는 없는 법. 결국 로야 지르가는 그들의 계획을 실현하기 위해 사년을 더 기다리는 수밖에 없었다.

청년은 훌륭한 통치자가 되었다. 그는 공의로웠다. 부를 공평하게 분배했고, 식료품값을 내렸고, 계절의 바뀜을 축하하는 민중의 축제를 열었고, 수공업과 음악을 발전시켰다. 그런데 이상한 일이 일어났다. 밤마다 말들이 끄는 무거운 수레들이 왕궁을 떠났다. 수레 위에는 황포가 덮여 있어 뭘 싣고 가는지 아무도 알 수 없었다.

그리고 한 번 떠난 수레들은 결코 돌아오는 법이 없었다.

로야 지르가의 현인들은 왕이 국고를 털고 있는 것이라 생각했다. 하지만 곧 그들은 청년이 도시 성벽 밖으로 한 걸음도 나간 적이 없다는 사실을 생각하고, 그것으로 마음을 다스렸다. 재물을 훔쳐간들 무슨 소용이겠는가. 도성을 나가 첫번째 산만 넘으면 더이상 나아가지 못하고 말들과 함께 시체가 될 텐데. 그들의 도시는 지구상에서 가장 험악한 산악지역의 한복판 아닌가. 현인들은 다시 모여 이렇게 말했다.

"하고 싶은 대로 하게 놔둡시다. 그의 통치기간이 끝나는 대로 우리는 말들과 마부들이 피로와 갈증으로 죽어 있을 장소를 찾아가 모든 것을 되찾아오면 될 것이오."

그들은 더이상 염려하지 않았고 차분하게 기다렸다.

그렇게 사 년이 지났다. 청년은 왕좌에서 내려와 도시를 떠나야 했다. 주민들은 분개했다. 그들로서는 실로 오랜만에 만난 현명하고 공의로운 통치자였던 것이다.

하지만 로야 지르가의 결정은 존중되었다. 청년은 아내와 아이들에게 자기를 따라오라고 말했다.

"저는 당신을 따르겠어요."

아내가 말했다.

"하지만 아이들은 이곳에 남겨요. 여기서 살아남아 사람들에게 당신의 이야기를 들려줄 수 있도록 말예요."

"나를 믿어요."

부족의 율법은 매우 엄격했으므로 여자는 남편의 뜻에 순종하는 수밖에 없었다. 그들은 말에 올라 성문으로 향했고, 거기서 권좌에 있을 때 사귄 친구들과 작별인사를 나누었다. 로야 지르가는 만족했다. 비록 그를 지지하는 사람들이 많았지만, 그들의 운명은 바뀔 수 없었다. 이제 그 누구도 왕위에 오를 생각을 못 할 테고, 마침내 민주적 전통을 회복할 수 있을 것이다. 그리고 젊은 왕이 빼돌린 보물들을 모두 회수해올 것이다. 기껏해야 사흘 거리의 사막에 버려져 있을 테니까.

승자는 혼자다 145

청년의 가족은 묵묵히 죽음의 땅을 향해 나아갔다. 아내는 감히 입을 열지 못했고, 아이들은 무슨 일이 일어나고 있는지 이해하지 못했다. 청년은 깊은 생각에 잠겨 있었다. 그들은 언덕을 하나 넘었고, 하루 꼬박 걸려 거대한 평원을 건넜으며, 그다음에 만난 언덕 위에서 잠을 잤다.

아내는 새벽녘에 잠이 깼다. 이제 살 날이 얼마 남지 않았으므로, 너무나도 사랑하는 고향의 산들을 한번 둘러보고 싶었다. 언덕 꼭대기에 올라간 그녀는 아래를 내려다보았다. 그저 황량하기만 한 또다른 평원이 펼쳐져 있으리라 생각한 그 아래를. 그리고 그녀는 펄쩍 뛸 듯이 놀랐다.

지난 사 년 동안, 밤마다 도성을 떠난 수레들이 실어나른 것은 보석도 금화도 아니었다. 그것은 벽돌과 곡물, 목재와 기와와 천과 향신료와 가축들이었다. 그리고 우물을 파기 위한 전통적인 기구들이었다.

그녀의 눈앞에는 새로운 도시가 펼쳐져 있었다. 모든 것이 제대로 돌아가는, 훨씬 더 현대적이고 아름다운 도시였다.

"자, 이게 당신의 왕국이오."

잠이 깨어 그녀를 뒤따라온 남편이 말했다.

"로야 지르가의 법령을 들었을 때부터 난 알고 있었어. 수세기 동안 계속된 부패와 실정이 망쳐놓은 걸 불과 사 년 만에 고치려

드는 게 의미가 없다는 사실을. 하지만 확신하고 있었지. 모든 걸 다시 시작하는 것은 가능하다고 말이오."

지금 얼굴에 물줄기 세례를 받고 있는 이고르에게도 똑같은 일이 일어나고 있다. 이제야 그는 이해하게 되었다. 칸에 와서 처음으로 진정한 대화를 나눈 사람이 왜 지금 그의 곁에 머물러 그를 올바른 길로 되돌리고, 잘못된 것들을 바로잡고 있는지를. 왜 자신의 희생이 우연도 불필요한 것도 아니었노라고 설명해주고 있는지를. 올리비아는 그로 하여금 분명히 깨닫게 해주었다. 에바는 언제나 신분상승에만 마음을 뺏겨 눈썹도 까딱하지 않고 가정을 버릴 수 있는 사악한 존재였다는 사실을.

'모스크바에 돌아가면 스포츠를 즐기세요. 거기에 푹 빠져보세요. 당신을 괴롭히는 긴장감을 떨쳐버리는 데 도움을 줄 거예요.'

올리비아의 영이 속삭인다 그는 뜨거운 물에서 피어오르는 부연 수증기 속에서 그녀의 얼굴을 본다. 지금 이 순간, 짙은 눈썹의 올리비아가 바로 그의 옆에 있는 것만 같다. 누군가가 이렇게까지 가깝게 느껴진 적은 이제껏 없었다.

'계속 나아가세요. 확신이 들지 않을지라도 계속 가세요. 신은 언제나 인간을 신비로운 방식으로 인도하고, 길은 당신이 걷기

시작할 때 비로소 모습을 드러내는 법이니까요.'

고마워, 올리비아. 어쩌면 지금 내가 여기 있는 건 이 시대의 미친 양상을 세상에 폭로하기 위한 게 아닐까. 그 궁극의 체현인 칸의 진실을 세상에 알리기 위해서 말이지.

과연 그게 가능할지는 확신할 수 없다. 어찌 됐든 그가 여기 오게 된 데는 분명 어떤 이유가 있으리라. 지난 이 년 동안 겪었던 모든 스트레스와 준비과정, 두려움과 회의는 마침내 정당성을 얻게 된 것이다.

다음번 칸 영화제는 어떤 모습일까. 이고르는 상상한다. 해변의 런치파티에 입장하기 위해서도 마그네틱카드가 필요하리라. 지붕마다 특급 저격수들이 배치되고, 수백 명의 사복경찰이 군중에 섞여들 것이며, 호텔 정문마다 금속탐지기가 설치될 것이다. 슈퍼클래스들도 경찰관들의 가방 검색에 응해야 하고, 하이힐을 벗고, 호주머니 속에 든 무언가를 잊어버리는 바람에 금속탐지기가 삑삑거리기라도 하면 다시 돌아와 조사받으라는 명령을 견뎌야 할 것이다. 희끗희끗한 머리의 신사들은 두 팔을 들어올리고 마치 범죄자라도 되는 양 온몸을 더듬는 손길을 참아내야 하리라. 여자들은 입구 옆에 마련된, 천으로 가린 유일한 탈의실에 끌려가―과거의 우아함에 비하면 얼마나 충격적인 풍경인가—몸수색당할 차례를 기다리며 참을성 있게 줄서야 하리라. 탐지기가 울린 이유가 고작 브래지어에 든 와이어 때문이었다 해도 말이다.

도시는 그때 진정한 얼굴을 드러내기 시작하리라. 럭셔리와 화려함은 팽팽한 긴장과 모욕적인 상황과 경찰관의 냉담한 시선과 지루한 기다림의 시간들로 대체되리라. 이 나라 안에서 도시는 점점 더 고립되어 가리라. 선택받은 자들의 치유 불가능한 오만함 때문이 아니라, 국가의 시스템 자체 때문이다. 단순히 놀고 즐기기 위해 모여드는 사람들을 보호하기 위해 조그만 휴양도시에 배치될 병력에 들어가는 엄청난 비용은 고스란히 납세자의 어깨 위에 지워지게 될 테니까.

시위가 일어나리라. 성실하게 일하는 노동자들은 그들이 보기에 터무니없는 그런 상황에 대해 항의할 것이다. 정부는 치안비용을 영화제 스폰서들에게 떠맡기는 방안을 검토하고 있다고 대응할 테지만, 스폰서들은 흥미를 잃게 되리라. 그 엄청난 비용을 감당하기도 어렵거니와, 입 닥치고 안전법규에 따르라는 말단 공무원의 모욕을 참을 수 없기 때문이다.

칸은 그렇게 죽어가리라. 이 년쯤 후, 그들은 공공질서를 유지하기 위해 행한 모든 노력이 결실을 거두었다고 믿게 되리라. 영화제 기간 동안 아무런 범죄도 발생하지 않았으니까. 공포를 몰고 오는 테러리스트도 더이상 나타나지 않았으므로.

그들은 이제 과거로 복귀하려 하지만, 그것은 불가능한 일이다. 칸은 계속 죽어간다. 새 바빌론은 그렇게 붕괴될 것이다. 현대의 소돔은 이제 지도에서 사라지게 되리라.

욕실에서 나왔을 때, 이고르는 결심이 서 있었다. 러시아에 돌아가면 비서에게 올리비아에 대해 알아보라고 지시할 것이다. 중립국 은행을 통해 익명으로 기부하리라. 재능 있는 작가에게 의뢰하여 그녀의 이야기를 쓰게 하고, 모든 비용을 대서 그 책을 전세계 언어로 번역할 것이다.

'공예품을 팔면서 약혼자에게 구타당하고 부모에게 착취당하며 살아가다가, 어느 날 한 외국인의 손에 영혼을 맡김으로써 지구의 한 부분을 바꾸어놓은 소녀의 이야기.'

그는 옷장을 열고 티 없이 새하얀 셔츠와 말끔히 다림질한 턱시도, 그리고 반짝이는 맞춤 구두를 꺼낸다. 나비넥타이를 매는 건 전혀 어렵지 않다. 일주일에 최소 한 번은 하는 일이니까.

그는 텔레비전을 켠다. 지역뉴스 시간이다. 뉴스의 대부분은 레드카펫 행사로 채워져 있지만, 잔교에서 살해당한 여인에 대한 보도도 짤막하게 방송된다.

화면은 범행 장소 주변을 통제하는 경찰과 범행 장면을 목격한 아이가 진술하는 모습을 보여준다(이고르는 귀를 기울이지만 아이에게 복수할 생각은 전혀 없다). 아이는 말한다. 연인처럼 보이는 남녀가 앉아 얘기하는 것을 보고 있었다. 그런데 남자가 조그만 송곳칼을 꺼내어 희생자의 몸 위에 미끄러뜨렸고, 그래도 여자는 계속 흡족한 표정을 짓고 있었다. 그래서 두 사람이 장난치나보다 생각하고 곧장 경찰을 부르지 않았다, 고.

"그 사람은 어떻게 생겼지?"

백인이고 사십대이며 이러이러한 옷을 입고 있고, 예의 바르게 행동하는 사람이었다.

불안해할 필요는 없다. 그는 가죽 서류케이스를 열어 두 개의 봉투를 꺼낸다. 봉투 하나는 한 시간 후에 시작되는 행사의 초대장으로(하지만 시작이 최소한 한 시간 반쯤 늦어지리라는 사실은 누구나 알고 있다), 그는 거기서 에바를 만나게 될 것이다. 그녀가 그가 있는 쪽으로 다가오지 않더라도 그는 기다릴 것이다. 이미 너무 늦어버리긴 했지만, 어쨌든 그는 그녀를 만날 작정이다. 그가 결혼했던 여자가 어떤 인간인지, 지난 이 년 동안 괴로워한 게 얼마나 무익했는지를 깨닫는 데는 채 24시간도 걸리지 않았다.

다른 하나는 은빛이 감도는 봉투다. 조금의 빈틈도 없이 밀봉되어 있는 봉투 겉봉에 여자의 것인지 남자의 것인지 분간하기 어려운 멋진 필체로 '당신을 위해'라는 글이 적혀 있다.

호텔들이 다 그렇듯, 이곳 복도 역시 CCTV로 감시되고 있다. 건물 지하실에는 모니터들이 빼곡히 들어찬 어두운 방이 하나 있고, 거기서 한 무리의 인력들이 복도에서 일어나는 일들을 세밀하게 지켜보고 있다. 그들의 에너지는 상궤를 벗어나는 모든 일에 집중된다. 예컨대 몇 시간 전부터 호텔 복도를 오르락내리락하는 사내는 특별한 관심의 대상이다. 그들은 무슨 일인지 알아보기 위해 직원을 보내고, 직원은 '그냥 심심해서 운동하는 것'이라는 답변을 듣는다. 그래도 엄연한 고객인지라 직원은 사과를 하고 멀어져간다.

직원들은 자기 방이 아닌 다른 투숙객의 방에 들어가서 대개 아침식사 룸서비스가 들어간 이후에야 나오는 고객들에 대해서는 신경을 쓰지 않는다. 그것은 정상적인 상황에 속한다.

모든 모니터는 특수 디지털 녹화시스템에 연결되어 있으며, 여기서 녹화된 모든 자료는 호텔 지배인만이 열 수 있는 금고에 6개월간 보관된다. 어떤 호텔도 녹화자료를 허술히 관리하여 고객을 잃고 싶지는 않을 것이기 때문이다. 예컨대 질투심에 불타는 부자 남편이 아내가 투숙한 호텔의 직원을 매수하여 복도에 설치된 CCTV의 녹화자료를 손에 넣을 수도 있다. 그리고 그것을 타블로이드 잡지에 넘기고, 그 잡지를 법원에 증거물로 제출

하여 아내가 자기 재산에서 한 푼도 가져갈 수 없게 활용할 수도 있다.

만일 그런 일이 발생한다면, 고객의 프라이버시를 최대한 존중한다고 자부하는 호텔의 명예는 심각한 타격을 입게 되고, 호텔의 객실 점유율은 급락하게 된다. 커플들이 고급 호텔을 선택하는 이유가 무엇이겠는가. 그곳 종업원들은 보라고 교육받은 것 이외의 것은 절대로 보지 않기 때문 아니겠는가. 예컨대 룸서비스를 주문했을 때, 웨이터는 카트에 눈을 고정시키고 들어와서 문을 열어준 사람에게 서명해달라고 계산서를 내밀 뿐, 침대 쪽은 절대, 절대 쳐다보지 않는다.

이런 곳을 드나드는 몸 파는 남녀는 사람들의 이목을 끄는 옷을 입지 않지만, 모니터가 늘어선 지하실 방에 있는 사람들은 경찰이 제공한 데이터 덕분에 그들을 단번에 알아본다. 이것 역시 직원들이 관여할 문제는 아니지만, 그래도 그런 경우에는 매춘부가 객실을 나설 때까지 특별한 주의를 기울인다. 어떤 호텔에서는 프런트 직원이 고객에게 아무런 문제가 없는지 확인하기 위해 거짓 전화를 걸기도 한다. 고객이 전화를 받으면 엉뚱한 사람을 찾는 여자 목소리가 들리고, 고객은 '전화 잘못 걸었어!' 하고 소리친 다음 전화를 끊는다. 그것으로 프런트 직원은 임무 완수다. 걱정하지 않아도 되는 것이다.

술에 만취해 바닥에 고꾸라지거나, 다른 방 열쇠구멍에 열쇠를 넣고 돌리다가 문이 열리지 않아 마구 두드려대는 손님은 놀라운 일을 경험하게 된다. 마치 땅에서 솟아난 듯 갑자기 호텔직원이 나타나 우연히 지나가는 길이었다면서, 그의 방(층도 다르고 번호도 다른 경우가 대부분이다)까지 모셔다드리겠다고 하는 것이다.

이고르는 그의 모든 행동이 호텔 지하 보안실에서 녹화되고 있다는 사실을 알고 있다. 그가 로비 홀에 들어설 때, 엘리베이터에서 나올 때, 그의 스위트룸까지 걸어갈 때, 그리고 열쇠 대용의 마그네틱카드를 사용할 때, 그 모든 순간순간이 날짜와 시간과 분과 초와 함께 기록되고 있는 것이다. 하지만 방문을 통과한 다음에는 숨을 쉴 여유가 있다. 방 안에서 일어나는 일들은 아무도 보지 못한다. 거기까지 들여다보는 것은 프라이버시 침해에 해당하니까.

그는 방문을 닫고 밖으로 나온다.

어젯밤에 그는 호텔의 CCTV들을 체크할 시간이 있었다. 자동차에는 백미러가 여러 개 달려 있지만 상대 차가 추월하는 순간에는 이른바 '사각'이 생기기 마련이다. 마찬가지로 CCTV들 역시 복도에서 일어나는 모든 일을 보여주지만, 코너에 위치한 네 개의 방은 예외다. 물론 보안실의 남자는 모니터에 보이던 한 인물이 어느 장소를 지나간 뒤, 다음 모니터에 나타나지 않으면 그 사이에 어떤 일—예를 들어 기절했다든가—이 일어났음을 직감하고는 즉시 사람을 보내 확인한다. 현장에 도착해보니 아무도 없다면 분명히 그는 누군가의 초대로 다른 방에 들어갔을 테고, 그것은 고객 간의 사적인 문제이니 더이상 상관하지 않는다.

하지만 이고르는 어떤 방에 들어가려는 게 아니다. 그는 자연스럽게 복도를 걸어가다가 엘리베이터 쪽으로 도는 코너 부근에 위치한 방문—아마도 스위트룸이리라—밑에 은색 봉투를 슬쩍 밀어넣는다.

이 모든 일에 걸리는 시간은 채 일 초도 되지 않는다. 모니터 감시 직원들이 그의 모든 움직임을 주시하리라 마음먹는다 해도, 무슨 일이 일어났는지 전혀 알 수 없다. 또 훨씬 더 나중에 경찰이 범인을 찾아내기 위해 녹화자료를 요구하여 검토한다 해도, 정확한 사망시간을 밝혀내는 것은 극히 어려운 일이다. 우선 고객이 방을 비웠다가 저녁 늦게야 들어와서 봉투를 열어볼 수도 있다. 또 즉시 열어볼 수도 있지만 그 속에 담긴 물질은 그 즉시 작용하지 않는다.

그 사이에 그 문 앞으로 여러 사람이 지나갈 수 있고, 이들이 전부 용의자가 될 수 있다. 특히 허름한 옷차림을 한—혹은 마사지, 매춘, 혹은 마약배달 같은 그다지 바람직하지 못한 일들을 하는—사람이 재수 없게도 그 앞을 지나게 된다면, 즉각 체포되어 심문받게 될 것이다. 그리고 영화제 기간에는 이런 특성을 지닌 인물이 모니터에 나타날 가능성이 대단히 높다.

예측하지 못했던 위험이 존재하고 있음을 이고르는 의식한다. 해변에서 여인의 살해 장면을 목격한 소년이다. 이 목격자는 통상적인 절차에 따라 경찰에 출두하여 호텔의 녹화자료를 보게 될 것이다. 하지만 호텔에 기록된, 그의 위조여권에 적힌 이름은 가명이고, 거기에 붙어 있는 사진도 콧수염에 안경을 쓴 모습이다. 호텔은 실물과 여권사진을 대조해보려고도 하지 않았다. 설사 그랬다 하더라도 그는 콧수염을 밀어버렸으며 이제는 콘택트렌즈를 끼고 있다고 설명할 작정이었다.

만일 그들이 세계에서 가장 신속한 경찰이고, 이 모든 일 뒤에는 영화제의 순조로운 진행을 방해하려 하는 누군가가 숨어 있다는 결론에 이미 도달했다면? 그가 돌아오기를 기다리다가 그가 방에 들어서자마자 진술을 요구할 가능성이 있다. 하지만 이고르는 알고 있다. 이렇게 마르티네스 호텔 복도를 어정거리는 것도 이번이 마지막이라는 것을.

그들은 그의 방에 들어올 것이다. 그리고 지문이 전혀 남아 있지 않은 텅 빈 가방 하나를 발견하게 될 것이다. 욕실까지 둘러본 그들은 중얼거릴 것이다. '이거야 원! 그렇게 돈이 많은 친구가 호텔 세면대에 빨래를 하려고 담가놨어? 아니, 세탁을 맡길 돈도 없단 말이야?'

혹 경찰관이 'DNA 프린트, 지문, 모발 등이 집중적으로 묻어 있을 증거물'이라고 믿고 그가 남긴 무언가를 집어들려고 손을 대는 순간, 그는 비명을 지르게 될 것이다. 그가 버리고 간 모든 물건을 파괴하고 있는 황산에 손가락이 타버릴 테니까. 그에게 필요한 것은 위조여권과 신용카드와 현금뿐이고, 이것들은 전문가들이 경멸하는 무기인 조그만 베레타 권총과 함께 그의 턱시도 속에 들어 있다.

그는 늘 간편하게 여행했다. 무거운 짐을 가지고 다니는 걸 극도로 싫어했다. 칸에서 완수해야 할 임무는 무척 복잡한 것이었지만, 그는 가지고 다니기 쉬운 가벼운 장비를 선택했다. 그는 불과 하루이틀 집을 떠나는 데도 어마어마한 가방들을 들고 다니는 사람들을 이해하지 못했다.

그는 누가 이 봉투를 열어보게 될지 알지 못한다. 또 누가 열어보든 그로서는 관심 없는 일이다. 선택은 그가 아니라 죽음의 천사가 할 거니까. 선택이 이루어질 때까지 실로 많은 일들이—아무 일도 일어나지 않는 것까지 포함하여—일어날 수 있다.

고객이 프런트에 전화를 걸어, 누가 방을 착각하고 무언가를 놓고 갔으니 찾아가라고 말할 수 있다. 혹은 불편한 점이라도 없는지 물어보는 호텔 지배인이 보낸 친절한 쪽지라 생각하고 뜯어보지도 않고 휴지통에 던져버릴 수도 있다. 그것 아니라도 읽을거리는 쌓였고, 또 파티 갈 준비도 해야 하니까. 곧 아내가 도착하기로 돼 있는 사내라면 곧장 호주머니에 집어넣을지도 모른다. 아까 오후에 만나 어떻게든 해보려던 여자가 긍정적인 답을 보내온 것이라 상상하고서 말이다. 한 커플이 함께 봉투를 발견하게 될 수도 있다. 두 사람은 '당신을 위해'라는 표현이 누구를 가리키는지 피차 알 수 없으므로, 서로를 의심하는 게 좋지 않다고 판단하고 그냥 창밖으로 던져버릴 수도 있다.

이 모든 가능성들에도 불구하고 죽음의 천사가 그의 날개로 수신자의 얼굴을 살며시 스치기로 마음먹었다면, 그(혹은 그녀)는 봉투 윗부분을 찢어 안에 무엇이 있는지 들여다볼 것이다. 그 안에는 이고르가 어렵사리 구해 넣은 무언가가 들어 있다. 그것을 구하기 위해서는 옛 '친구들과 협력자들'의 도움이 필요했다. 그가 회사를 설립할 수 있도록 상당한 액수의 돈을 빌려준 사람들이었다. 그들은 그가 돈을 다 갚아버리기로 마음먹었을 때, 몹시 못마땅해했다. 그들은 자신들이 원하는 때에 돈을 회수하고 싶었던 것이다. 출처를 설명하기 어려운 돈을 러시아의 경제시스템 속으로 편입시키는 데는 완벽하게 합법적인 이고르의 사업만큼 만족스러운 금고도 없었던 것이다.

하지만 얼마간의 냉각기를 거친 후에 그들의 관계는 회복되기 시작했다. 그들이 무언가를 부탁해올 때마다―딸내미를 어느 대학에 넣어달라, 혹은 그들의 '고객들'이 꼭 가고 싶어하는 연주회 입장권을 얻어달라―그는 그들을 만족시키려 최선을 다했다. 속셈이야 어떻든 간에 그들은 그의 꿈을 믿어준 유일한 사람들이 아니었던가. 에바는 그들을 무기밀매로 번 돈을 세탁하기 위해 순수한 남편을 이용해먹는 자들이라고 비난하곤 했다. 하지만 이제, 그런 그녀를 생각할 때마다 이고르는 부아가 치밀어오른다. 그것이 바로 현실인데 어쩌란 말인가. 주는 게 있으면 받는 게 있지 않겠는가. 더욱이 그 자신은 직접 무기를 산 일도, 판 일도 없다.

누구에게나 어려운 시기가 있다. 과거 그에게 돈을 댔던 사람들 중 몇 명은 감옥에 들어가 있지만, 그는 그들을 결코 저버리지 않았다. 그들에게서 더이상 도움받을 일이 없다는 걸 잘 알면서도 그랬다. 한 인간의 존엄은 성공의 절정에 있을 때 주위에 모여든 사람들의 숫자로 결정되는 게 아니다. 그가 가장 어려울 때 그에게 내밀어준 손들을 잊지 않는 데서 찾을 수 있다. 그 손이 피에 물든 손이든 땀에 젖은 손이든 그게 무슨 대수인가. 벼

랑 끝에 매달린 사람은 지금 자신을 끌어당겨주는 사람이 누구인지 묻지 않는 법이다.

사람은 은혜를 잊어선 안 된다. 어려웠을 때 곁에 있어준 사람들을 잊어버리는 사람은 더 뻗어나가지 못한다. 하지만 자기가 누군가를 도와주었거나 혹은 도움받은 사실을 반드시 기억해야 할 필요는 없다. 당신의 자녀들을 항상 지켜보고 계시는 하느님은, 받은 축복에 걸맞게 행동하는 사람들에게만 보답하신다.

그러했기에, 쿠라레가 필요할 때 이고르는 누구에게 가야 할지 잘 알고 있었다. 열대의 숲에서는 꽤 흔한 물건치고는 터무니없는 액수를 지불해야 했지만, 그는 개의치 않았다.

이고르는 호텔 로비에 다다랐다. 파티 장소는 차로 가도 30분이 넘는 거리인데, 거리에서는 택시 잡기가 하늘의 별따기이다. 하지만 경험 많은 그는 알고 있다. 이런 장소에 도착해서 처음 할 일은 도어맨에게 팁을 듬뿍—그 대가로 아무것도 요구하지 말고—쥐여주는 일이라는 사실을. 똑똑한 사업가들은 다들 그렇게 한다. 그리하여 그들은 항상 최고의 레스토랑을 예약할 수 있고, 보고 싶은 공연의 입장권을 구할 수 있고, 중산층 가족들이 눈살을 찌푸리는 일이 없도록 관광안내서에는 빠져 있는 이 도시의 가장 화끈한 곳들에 대한 정보를 쉽게 얻어낼 수 있다.

그는 미소를 지으며 지시를 하고, 그 즉시 택시를 한 대 얻어 낸다. 그 옆에 서 있던 다른 고객이 이 도시의 피할 길 없는 교통 문제에 대해 투덜대는 사이에. 세상에 얻지 못할 것은 없다. 감사의 마음, 필요, 그리고 인맥, 이 세 가지 요소만 잘 다루면 말이다. 멋진 글씨체로 '당신을 위해'라는 암시적인 글이 적힌 은빛 봉투와 그 안의 물건 역시 그렇게 얻은 것이다. 그는 이것을 임무 수행의 마지막 단계에 사용할 계획이었다. 혹시 에바가 다른 메시지들의 의미를 이해하지 못하는 일이 생기더라도, 여기 담긴 메시지는 너무도 분명하여—동시에 가장 교묘한 것이기도 하다—그 어떤 불확실함도 남기지 않을 것이기 때문이다.

그의 옛 친구들은 필요한 것을 구해주었다. 그들은 대가 없이 제공하려 했지만, 그는 값을 치렀다. 그에겐 돈이 있었고, 빚지는 게 싫었기 때문이다.

그는 불필요한 질문은 하지 않았다. 단지 그것을 밀봉한 사람이 장갑과 방독면을 착용해야 했다는 사실만큼은 알고 있었다. 다시 말해 그것은 극도로 위험한 작업이었고, 그가 거기에 지불한 거액은 쿠라레보다는 훨씬 정당한 가격이라고 할 수 있었다. 사실 제품 자체는 그다지 구하기 힘든 것은 아니다. 제철산업과 종이, 의류, 플라스틱 등의 제조에 사용되는 비교적 흔한 물질이니까. 냄새는 아몬드와 비슷하고, 겉으로는 그렇게 살벌해 보이지 않는 그 물질은 '시안화수소' 혹은 '청산'이라는 약간은 오싹한 명칭으로 불린다.

이고르의 생각은 봉투를 밀봉한 사람이 아니라 그것을 열어보게 될 사람에게로 넘어간다. 봉투를 열 때는 당연히 얼굴 가까이에 들고 있게 될 것이다. 그 안에 든 하얀 카드에는 컴퓨터프린터로 인쇄된 문구가 적혀 있다.

'카튜샤. 난 당신을 사랑해.'

"카튜샤? 그게 누구야?"

카드를 열어본 사람은 중얼거리다가 카드가 온통 가루로 뒤덮여 있다는 사실을 알게 될 것이다. 공기와 접촉한 가루는 가스로 변하고, 아몬드 향이 방 안에 퍼지리라.

그 사람은 놀라면서 생각할 것이다.

'향이 썩 좋지는 않은데. 무슨 향수 판촉물인가?'

그는 봉투에서 카드를 꺼내어 이리저리 돌려볼 테고, 그러면 가루에서 발산되는 가스는 점점 더 빨리 퍼져나가리라.

'이게 대체 무슨 웃기는 장난질이야?'

이것이 그의 의식에 떠오른 마지막 생각이 될 것이다. 그는 카드를 입구의 탁자 위에 올려놓은 다음, 샤워를 하거나 화장을 끝내거나 혹은 넥타이를 고쳐 매러 욕실로 향한다.

바로 그 순간, 그는 자신의 심장이 거세게 뛰기 시작하는 것을 느낀다. 그는 이 현상과 지금 방 안을 가득 채운 냄새가 무슨 관계인지 곧바로 연결하지 못한다. 경쟁자나 적들은 있어도 불구대천의 원수까지는 없을 테니까. 욕실에 이르기도 전에 제대로 서 있을 힘도 없음을 느끼고, 그는 침대 모서리에 앉는다. 견딜 수 없는 두통과 호흡곤란이 이어진다. 그리고 잠시 후에는 구토하고 싶어진다. 하지만 그럴 시간은 없다. 그는 빠르게 의식을 잃어간다. 봉투의 내용물과 자신의 상태가 무슨 상관인지 미처 깨닫지도 못한 채.

몇 분 내로 — 이고르가 특별히 최대한 많은 양의 가루를 사용하기를 원했기 때문에 — 폐는 기능을 멈추고, 전신이 위축되며 경련이 시작된다. 심장은 더이상 피를 뿜어내지 못하고 죽음이 찾아온다.

고통 없는, 자비로운, 그리고 인간적인 죽음이다.

이고르는 택시에 올라 기사에게 주소를 건넨다.

카프당티브, 에덴 록의 카프 호텔.

오늘 저녁, 갈라 디너파티가 열리는 곳이다.

PM 07:40

 중성은 검은 셔츠에 흰 나비넥타이를 맸지만, 스키니 바지에 인디언 튜닉을 걸치고 있어서 그러잖아도 부스스한 모습이 한층 추레해 보인다. 그는 가브리엘라에게 파티장에 도착하게 될 타이밍이 좋을 수도 있지만, 반대로 아주 나쁠 수도 있다고 설명한다.
 "길이 생각했던 것보다는 훨씬 잘 뚫리네요. 이거 이러다가 우리가 에덴록에 제일 먼저 도착하겠어요."
 가브리엘라는 머리와 메이크업을 다시 손보고 오는 길이다. 이번 메이크업 아티스트는 자기 일에 대한 권태와 혐오가 뚝뚝 묻어나는 여자였다. 가브리엘라는 중성의 말을 이해하지 못하고 묻는다.

"이렇게 교통체증이 심한 도시에서는 서두르는 편이 좋지 않나요? 일찍 도착한다 해서 나쁠 게 뭐가 있어요?"

중성은 대답에 앞서 한숨을 푹 내쉰다. 영광과 화려함의 이 세계에서 통용되는 가장 기초적인 룰조차 모르는 풋내기에게 일일이 설명해야 한다는 게 한심한 모양이다.

"좋다는 건, 지금 가면 포토존에 당신밖에 없을 거라는 얘기고요……"

그는 그녀를 쳐다본다. 하지만 그녀가 여전히 그의 말을 이해하지 못하는 걸 눈치채고 다시 한숨을 푹 내쉰다. 그리고 말을 이었다.

"이런 행사에서는 파티 장소로 곧장 들어가는 사람은 아무도 없어요. 항상 어떤 복도를 거치게 되거든요. 한쪽에는 사진기자들이 죽 늘어서 있고, 다른 쪽 벽 전체에 파티 스폰서의 로고가 새겨진 그런 복도 말예요. 〈피플〉지 같은 거 본 적 없어요? 거기 보면 스타들이 카메라를 보면서 미소 짓고 있고, 그 뒷벽에는 항상 어떤 상표 같은 게 붙어 있잖아요."

스타라니. 지금 이 거만한 중성은 단어 하나를 실수로 흘려버렸다. 그는 지금 가브리엘라가 그런 스타들 중 하나라는 걸 얼결에 인정해버린 것이다. 가브리엘라는 속으로 승리감을 만끽한다. 물론 자신은 갈 길이 아직 멀다는 사실을 잘 알고 있지만.

"그런데 제 시각에 도착하는 게 뭐가 잘못이죠?"

또다시 한숨.

"왜냐면 아직 사진기자들이 도착하지 않았을지도 모르니까요. 그들 역시 약아빠져서 언제 와야 사진을 찍을 수 있는지 잘 안단 말이죠. 하지만 일이 잘되기만을 비는 수밖에. 그래야 나도 당신 약력이 실린 이 전단지 뭉치를 처리해버릴 수 있으니까."

"내 약력이요?"

"그럼 사람들이 당신이 누군지 다 알고 있을 것 같아요? 오, 아녜요, 아가씨. 내가 먼저 가서 이 빌어먹을 전단지를 그들에게 일일이 나눠주면서 설명해야 한다고요. 조금 있으면 깁슨의 차기작의 위대한 여성스타가 들어올 것이다. 그러니 사진 찍을 준비를 하고 있어라. 그리고 당신이 복도에 나타나는 순간, 그들에게 신호할 거란 말이죠.

그렇다고 물론 그들에게 공손하게 부탁하는 건 아니에요. 그런 치들은 칸의 권력체계의 가장 낮은 위치에 있고, 그런 취급을 받는 데 익숙해져 있으니까요. 난 그냥 '내가 당신들에게 크게 선심 쓰는 거다'라고만 할 거예요. 그러면 그들은 이게 웬 떡이냐며 우르르 몰려들게 되는 거죠. 어차피 그런 인간들은 언제든지 잘릴 수 있는 신세거든요. 지금이 어떤 세상이죠? 카메라 하나와 인터넷에 접속된 컴퓨터 한 대만 있으면, 전세계의 웹에 아무도 보지 못한 무언가를 띄우겠다는 인간들로 넘쳐나는 세상이에요. 내 생각엔 몇 년 안에 신문들은 익명의 사진가들이 찍은 사진만 사용하게 될 거예요. 신문과 잡지들의 발행부수가 점점 줄어들고 있으니 비용을 절감해야 하지 않겠어요?"

그는 미디어에 대한 자신의 지식을 좀더 드러내고 싶지만, 옆에 있는 여자는 관심 없는 표정이다. 그녀는 전단지를 한 장 집어 읽기 시작한다.

"리사 위너가 누구죠?"

"당신이에요. 우리가 당신 이름을 바꿨어요. 아니, 더 정확히 말하자면 당신이 뽑히기 전부터 골라놓은 이름이죠. 이제부터 당신은 이 이름으로 불리게 될 거예요. 가브리엘라, 이건 너무 이탈리아 냄새가 나요. 리사는 어느 나라든 가능하죠. 트렌드 분석회사들의 설명에 따르면, 대중들은 알파벳 네 자 내지 여섯 자로 이루어진 이름을 좋아한다고 해요. 기억하기 쉽기 때문이죠. 판타, 테일러, 버튼, 데이비스, 우즈, 힐튼. 계속해볼까요?"

"아뇨, 됐어요. 당신이 시장에 대해 아는 게 많다는 건 알겠어요. 이젠 그럼 내가 누구인지 좀 알아봐야겠네요. 내 새 전기에 뭐라고 나왔는지 좀 들여다볼게요."

가브리엘라는 목소리에 배어나오는 비꼬는 어조를 감출 수 없었다. 얼마 안 되는 시간에 그녀는 꽤나 발전했다. 자신도 모르게 스타처럼 굴고 있는 것이다. 그녀는 전단지를 읽기 시작한다. 세계적인 디자이너이자 기업가인 하미드 후세인의 첫 영화의 여주인공 역을 맡게 될, 천여 명이 넘는 지원자 중에서 선발된 신성으로……

"이 전단지는 벌써 한 달 전에 인쇄된 거예요."

중성이 말한다. 이렇게 말함으로써 저울의 추가 다시 자기 쪽으로 기우는 걸 느끼면서 그는 작은 승리감을 맛본다.

"거기 적힌 내용은 하미드 그룹의 마케팅팀이 써둔 거예요. 그들은 틀리는 법이 없죠. 거기 적어놓은 표현들 보이죠? '모델 일을 하다가 연극학교를 다녔으며……'. 당신 경우와 완전히 일치하잖아요."

"다시 말해서 내가 선발된 건 오디션에서 보여준 내 실력 때문이 아니라, 내 약력 때문이라는 얘기인가요?"

"뭐, 어차피 오디션에 온 모든 사람의 약력이 거기서 거기라는 얘기죠."

"우리 서로를 도발하는 말은 그만하는 게 어때요? 좀더 인간적인 모습을 보이면 안 되나요? 친구처럼 서로를 이해해주면 안 되냐고요."

"이 바닥에서? 그딴 건 잊어버려요. 여기에 친구는 없어요. 다만 이해관계가 있을 뿐이지. 인간도 없어요. 다만 앞에 걸리는 건 모두 넘어뜨려버리는 미친 기계들만 있을 뿐이죠. 그토록 갈망하던 것에 이르러, 결국에는 거기 박힌 표지판 말뚝에 머리를 처박아버리는 미친 기계들."

여전히 퉁명스러운 대답이었지만, 가브리엘라는 자신이 적절한 말을 던졌다는 걸 느끼며 그에 대한 반감을 거두어들인다.

"그 다음을 읽어봐요. '그녀는 오랫동안 영화계 진출을 거부해왔다. 자신의 재능을 표현하는 데는 연극이 더 낫다고 판단했기 때문이다.' 자, 이렇게 되면 당신에게 많은 점수가 가산돼요. 당신은 올곧은 사람이라는 걸 증명하니까요. 정말로 배역이 좋기 때문에 영화 출연을 수락한 여배우. 연극계에서는 셰익스피어, 베케트, 장 주네 등을 계속 연기해달라는 제의가 끊이지 않음에도 불구하고."

그러고 보니 이 사람, 꽤 교양 있는 사람이다. 셰익스피어 정도야 다들 안다 쳐도, 베케트나 장 주네는 그쪽 사람들이나 아는 이름인데.

가브리엘라―혹은 리사―는 고개를 끄덕인다. 리무진은 목적지에 도착했고, 그 앞에는 어딜 가나 눈에 띄는 경비원들이 늘어서 있다. 그들은 검은 정장과 흰 와이셔츠와 넥타이 차림에 조그만 무전기를 들고서 진짜 경찰관이라도 되는 양 폼을 잡고 서 있다(경찰관이 되는 게 아마도 이들의 공통된 꿈일지도 모른다).

그들 중 하나가 손짓으로 아직 너무 이른 시간이니 차를 거기에 세우지 말라고 이른다.

중성이 이미 예상했던 일이다. 그는 늦느니 차라리 일찍 들어가는 편이 낫겠다고 생각한다. 그는 리무진에서 뛰어내려 그보다 덩치가 두 배는 큰 사내에게 다가간다. 가브리엘라는 초조함을 피하려고 다른 데 신경을 돌리려 애쓴다.

"이 차종이 뭐죠?"

그녀는 운전사에게 묻는다.

"마이바흐 57S죠."

그는 독일 억양이 섞인 목소리로 대답한다.

"진정한 예술품, 완벽한 기계이며, 럭셔리의 절정이라 할 수 있죠. 이것을 설계한 사람은……"

그녀는 더이상 귀를 기울이지 않는다. 그녀의 시선은 자기보다 두 배나 큰 사내와 이야기하고 있는 중성에게 가 있다. 사내는 중성의 말을 듣고 있는 것 같지 않다. 어서 차로 돌아가서 길이 막히지 않도록 차나 빼라고 손짓할 뿐이다. 모기 같은 중성은 코끼리 같은 그에게서 등을 돌리고 차를 향해 돌아온다.

그는 문을 열고 가브리엘라에게 내리라고 말한다. 기어코 지금 들어가야겠다는 거였다.

가브리엘라는 최악의 상황이 우려된다. 소동이 일어나면 어쩌

나. 그녀는 모기와 함께 코끼리 앞을 지나친다.

"어이, 그렇게 들어가면 안 돼요!"

하지만 둘 다 걸음을 멈추지 않는다. 다시 들리는 목소리.

"어이, 규칙을 좀 지켜주세요! 아직 문도 안 열었단 말입니다."

그녀는 뒤를 돌아볼 용기가 나지 않는다. 당장이라도 사냥개들이 쫓아와 그들을 발기발기 찢어죽일 것만 같다.

하지만 아무 일도 일어나지 않는다. 긴 드레스를 입은 그녀를 배려하려는지 중성이 느릿느릿 걸어가는데도 말이다. 그들은 완벽하게 관리된 정원 안을 걷고 있다. 핑크빛과 푸른빛으로 물들어가는 지평선 아래로 서서히 해가 지고 있었다.

중성은 자신이 거둔 또다른 승리를 만끽한다.

"저런 자들은 세게 나가지 않으면 더 거칠게 나와요. 언성을 높이고 눈을 똑바로 쳐다보면서 물러서지 않고 맞서면 움츠러들죠. 자기네들도 위험을 무릅쓰고 싶지 않으니까요. 내겐 초대장뿐 아니라, 그들에게 들이댈 것들이 얼마든지 있어요. 덩치만 컸지, 머리는 비어 있는 치들이죠. 뭔가 중요한 사람이니까 자기네를 그렇게 막 대하는 거라 믿는 거예요."

이어 그는 예상치 못했던 겸허함을 살짝 곁들이면서 덧붙였다.

"그래요. 나도 중요한 사람인 양 행세하는 게 몸에 배어 있네요."

승자는 혼자다

그들은 럭셔리한 호텔 정문 앞에 이른다. 칸의 떠들썩함에서 멀리 떨어져 있는 그곳은 크루아제트 대로를 분주히 돌아다닐 필요가 없는 손님들을 위한 최적의 장소다. 중성은 가브리엘라에게 말한다. 바에 들어가서 샴페인 두 잔을 주문해놓아라, 그러면 동행이 있는 줄 알고 추근대는 사람이 없을 것이다, 낯선 사람과 대화해선 안 된다, 절대 천박한 모습을 보이지 마라, 제발 부탁이다. 자기는 복도 쪽 동정을 살피고 기자들에게 전단지를 돌리고 오겠다는 거였다.

"형식적인 일일 뿐이에요. 당신 사진을 실제로 잡지에 올릴 사람은 아무도 없을 거거든요. 하지만 난 돈을 받았으니 할 일은 해야죠. 곧 돌아올게요……"

"하지만 아까 하신 말씀으로는 사진기자들은……"

중성은 다시 아까의 그 거만한 존재로 돌아가 있다. 가브리엘라가 말을 끝맺기도 전에 그는 등을 돌려버렸다.

빈 테이블이 없다. 바는 턱시도 차림의 남자들과 긴 드레스의 여자들로 꽉 차 있다. 대화하는 사람들은 모두 나직한 소리로 속삭이지만, 그마저도 드문 풍경이다. 대부분의 사람들은 입을 다문 채 대형 유리창 너머의 바다를 바라보고 있다. 이런 장소에 처음 와본 사람도 분명히 느낄 수 있다. 이 모든 영광스러운 머리들 위를 떠도는 손에 잡힐 듯 선연한 감정의 실체를. 그것은 깊은 권태다.

그들 모두 이런 파티에 수백 번, 아니 수천 번 참석해본 사람들이다. 그들에게도 이런 모임에 오면서 기대에 차서 한껏 들뜨던 때가 있었으리라. 미지의 세계를 접하고, 새로운 사랑을 만나고, 직업적으로 중요한 접촉을 가졌으리라. 하지만 이제 경력의 정상에 이른 그들에게 더이상의 도전은 없다. 단지 자기 요트를 다른 요트와, 자기 보석을 옆에 있는 여자의 보석과 비교하고, 혹은 대형 유리창 가까운 테이블에 앉은 사람들을 더 멀리 떨어진 사람들과—전자가 후자보다 우월하다는 틀림없는 증거이므로—비교하는 일만 남았을 뿐이다. 그렇다. 끝없는 권태와 비교, 이것이 바로 길의 끝이다. 그들은 지금 있는 곳에 이르고자 수십 년 동안 갈망해왔지만, 이제 남은 것이라곤 아무것도 없다. 이렇게 멋진 장소에서 일몰을 바라보는 기쁨조차 남지 않은 것이다.

저기 있는 저 여자들, 돈은 주체할 수 없을 만큼 많지만 남편들에게서 멀리 떨어져 말없이 앉아 있는 저 여자들은 대체 뭘 생각하고 있을까?

아마도 그들의 나이일 것이다.

그녀들은 다시 성형전문의를 찾아가 시간이 파괴하고 있는 것들을 수선해야 한다. 가브리엘라는 이것이 언젠가 그녀에게도 일어날 일이라는 것을 안다. 그리고 갑자기—아마도 시작과는 너무도 다른 방식으로 끝나고 있는 이 하루 동안 그녀를 뒤흔든 그 모든 격렬한 감정들 때문이리라—부정적인 생각들이 다시 떠오르기 시작한다.

다시금 행복하면서도 한편으로는 더럭 겁이 나는 그 묘한 감정이 되살아난다. 지금껏 악착같이 노력해온 건 사실이지만, 넌 이 모든 걸 받을 자격이 없어. 열심히 애쓰기는 하지만 인생에 대해 전혀 준비돼 있지 않는 미숙한 여자애일 뿐이야. 이 세계의 룰도 모르면서 무식하게 들이대기만 하는 꼴사나운 존재일 뿐이라고. 이 세계는 네 것이 아니야. 넌 결코 이 세계의 일원이 될 수 없어. 갑자기 모든 게 겁이 나고, 모든 게 막막하게만 느껴진다. 대체 어쩌겠다고 이 유럽 땅까지 왔는지 스스로도 알 수 없다. 미국의 소도시에서 연극배우 생활을 하는 것도 나쁘지 않았는데. 최소한 그곳에서는 사람들이 시키는 일이 아닌, 자기가 좋아하는 일을 할 수 있었다. 그녀가 원하는 것은 행복인데, 지금 자신이 올바른 길에 있는 건지 확신할 수 없다.

'그만해! 이딴 생각들은 쫓아버려!'

그렇다고 여기서 요가를 할 수는 없는 노릇이다. 그녀는 붉은 빛과 황금빛으로 물든 하늘과 바다에 정신을 집중하려 애쓴다.

지금 그녀는 황금 같은 기회 앞에 서 있다. 이 거부감을 극복해야 하고, 포토존에 들어서기 전에 남은 시간 동안 중성에게서 더 많은 얘기를 들어둬야 한다. 여기서 꼴사나운 실수를 범해서는 안 된다. 그녀에게 찾아온 행운을 이용할 줄 알아야 한다. 입술선을 다시 그려야겠다고 생각한 그녀는 립스틱을 꺼내려 핸드백을 연다. 하지만 그 안에 든 것은 구겨진 실크지 뿐이다. 그녀는 권태가 뚝뚝 묻어나던 여성 메이크업 아티스트와 함께 '기프트룸'에 다시 돌아갔었지만, 거기서 그녀의 옷과 소지품을 챙겨나오는 것을 또 잊었던 것이다. 아니, 거기 생각이 미쳤다 해도 결과는 마찬가지였을 것이다. 그것들을 대체 어디에 담아갖고 다니겠는가.

그녀가 들고 있는 이 핸드백, 그것은 지금 그녀가 겪고 있는 상황의 완벽한 은유다. 예쁘고 사랑스러운 외모에 내면은 텅 비어 있는 존재.

정신 차리자!

태양은 수평선 아래로 져버렸지만, 내일이면 다시 힘차게 떠오를 거야. 나도 다시 태어나야 해! 지금 이 순간은 수없이 꿈꿔온 바로 그 순간이잖아. 난 충분히 준비된 사람이야! 자신감을 가져도 돼! 난 기적을 믿어. 하느님은 날 축복해주실 거야. 내 기도를 들어주시는 분이니까. 연극 리허설 전에 감독이 늘 내게 했던 말을 기억해야 해. 그는 말했지. "항상 똑같은 걸 반복할지라도, 거기서 늘 새롭고 환상적이고 경이로운 것을 발견해야 해. 이전에는 미처 보지 못하고 지나쳤던 무언가를."

장인의 솜씨가 느껴지는 멋진 턱시도에 잿빛이 감도는 머리칼의 잘생긴 사십대 남자가 바에 들어오더니 그녀 쪽으로 걸어온다. 하지만 그는 그녀 앞에 놓인 다른 잔을 보고는 스탠드의 끝쪽으로 걸어간다. 그녀는 그와 얘기를 나누고 싶다. 중성은 빨리 돌아오지 않고 있다. 하지만 그가 남기고 간 말이 떠오른다.

'절대 천박한 모습을 보이지 말아요.'

이렇게 럭셔리한 호텔 바에서 홀로 있는 젊은 여자가 나이 많은 사내에게 다가가 말을 건다면 사람들이 뭐라고 할까? 분명 적절하고 점잖은 광경은 아니라고 생각하겠지.

그녀는 샴페인 잔을 비우고 한 잔을 더 주문한다. 만약 중성이 완전히 사라져버린 거라면, 그녀에겐 술값을 계산할 돈도 없다. 하지만 상관없다. 그녀의 내면에서 솟았던 의혹과 불안감은 술기운에 날아가버렸고, 지금은 파티에 들어가지 못할까봐, 그래서 그들과의 약속을 지키지 못하게 될까봐 두려울 뿐이다.

아냐. 난 더이상 성공하기 위해 몸부림치는 시골처녀가 아니야. 절대 그 과거로 돌아갈 순 없어. 가야 할 길이 내 앞에 있어.

그녀는 샴페인을 한 잔 들이켠다. 그녀를 휩싸고 있던 미지의 세계에 대한 두려움은, 이제 여기 이렇게 서 있는 이유를 발견하지 못하리라는 공포로 바뀌어 있다. 모든 것이 순식간에 변할 수 있다는 깨달음은, 이제 순식간에 이 모든 게 다시 바뀔 수도 있다는 공포가 되어 그녀를 엄습한다. 오늘의 기적이 내일도 지속되리라고 어떻게 확신할 수 있는가. 지난 몇 시간 동안 들은 그 모든 약속들이 정말로 지켜진다는 보장이 있을까. 그녀는 전에도 화려한 문 앞에, 때로 환상적인 기회 앞에 선 적이 있었다. 그럴 때마다 자신의 인생이 영원히 바뀌게 되리라고 며칠 혹은 몇 주 동안 꿈꾸곤 했다. 하지만 결국 전화벨은 울리지 않았다. 감독은 그녀의 이력서를 잃어버렸다거나 그녀보다 더 적합한 사람을 찾게 되었다고 사과하면서, '당신이 재능이 없어서는 아니니, 낙담하진 마세요'라고 덧붙였다. 삶은 여러 가지 방법으로 사람의 의지를 시험한다. 아무 일도 일어나지 않게 하거나, 또는 모든 일을 한꺼번에 일어나게 하는 것으로.

바에 혼자 들어온 잿빛 머리칼의 사내는 그녀와 그녀 앞에 놓인 두 개의 샴페인 잔을 빤히 쳐다보고 있다. 그가 다가와준다면 좋겠다. 그녀는 오늘 자신에게 일어난 일에 대해 누구에게도 얘기할 기회가 없었다. 집에 전화하려고 여러 번 생각했지만, 휴대폰은 기프트룸에 두고온 그녀의 가방에 들어 있다. 아마 지금쯤 휴대폰에는 룸메이트들이 보낸 메시지들이 꽉 차 있으리라. 그녀가 어디 있는지, 초대장이라도 하나 얻었는지, 혹은 '모 유명인사가 올지도 모르는' 삼류 파티에 함께 갈 의향이 있는지 등을 묻는 메시지들이.

그녀는 누구와도, 아무것도 나눌 수 없다. 오늘 일생일대의 중대한 걸음을 내디뎠지만, 이렇게 호텔 바에 혼자 앉아 있는 것이다. 이 꿈이 깨질지도 모른다는 두려움에 떨면서, 하지만 결코 과거의 소박한 자신으로는 돌아갈 수 없게 되었다는 사실을 의식하면서. 지금 그녀가 이른 곳은 산 정상 바로 아래다. 죽을 힘을 다해 정상에 올라가든지, 아니면 강풍에 휩쓸려 날아가버리든지, 둘 중 하나가 될 것이다.

잿빛 머리칼의 사내는 오렌지주스를 마시며 여전히 거기 서 있다. 한순간 그들의 시선이 마주친다. 그가 미소를 짓는다. 그녀는 못 본 척하며 시선을 돌린다.

왜 그녀는 두려운 걸까. 생의 한 단계를 지날 때마다 어떻게 행동해야 할지 모르기 때문이다. 아무도 도와주지 않는다. 그들은 단지 지시를 내리고, 그녀가 지시에 따르기만을 바란다. 그녀는 자신이 마치 어두운 방에 갇힌 어린아이 같다고 느낀다. 힘센 누군가가 그녀를 부르고 있다. 어린아이인 그녀는 그 명령에 따라 어둠 속에서 홀로 더듬어 출구를 찾아야만 한다.

중성이 그녀 앞에 나타난다. 그녀의 상념은 중단된다.

"조금 더 기다려야 해요. 사진기자들이 이제 들어오기 시작했어요."

잿빛 머리칼의 잘생긴 남자는 계산하고 출구 쪽으로 향한다. 실망한 기색이다. 아무래도 사내는 그녀에게 다가올 기회를 노리고 있었던 것만 같다. 그녀에게 다가와, 자신의 이름을 밝히고, 그리고……

"……얘기 좀 나눠요."

"뭐라고요?"

그만 혼자 생각이 저도 모르게 입 밖으로 흘러나왔다. 샴페인 두 잔에 혀가 풀려버린 모양이다.

"아무것도 아녜요."

"아니, 당신은 분명히 말했어요. 얘기 좀 나누자고."

어두운 방. 아무도 길을 인도해주지 않는 조그만 어린 소녀. 그래, 자존심을 좀 낮추자. 조금 전에 생각했던 대로 해보는 거야.

"그래요. 난 당신이 여기서 뭘 하고 있는지 알고 싶어요. 그리고 대체 어떻게 돌아가는지 나로서는 알 수 없는 이 세계에 당신은 어떻게 들어오게 되었는지도요. 이 세계는 모든 게 내가 상상했던 것과는 달라요. 믿을지 모르겠지만, 당신이 사진기자들을 만나러 갔을 때, 난 홀로 버림받은 기분이었고, 무척 무서웠어요. 당신이 날 도와주었으면 해요. 당신은 이 일을 하면서 행복한가요? 그것도 궁금해요."

어떤 천사가—분명 샴페인을 좋아하는 천사이리라—가장 적절한 말을 하도록 그녀를 도왔던 게 틀림없다.

중성은 놀란 눈으로 그녀를 쳐다본다. 지금 이 여자, 나와 친구가 되고 싶은 걸까? 날 안 지 몇 시간이나 지났다고, 아무도 내게 묻지 않았던 것들을 물어볼 수 있는 거지?

아무도 그를 신뢰해주지 않는다. 이유는 간단하다. 비교할 만한 대상이 딱히 없을 만큼 그가 독특하기 때문이다. 하지만 사람들이 생각하는 것과는 달리 그는 동성애자는 아니다. 단지 인간에 대한 모든 흥미를 잃었을 뿐이다. 그는 머리를 하얗게 탈색하고, 항상 꿈꿔온 대로 옷을 입고, 원하는 체중을 정확히 유지하고 있다. 물론 그는 자신이 다른 사람들에게 기이한 인상을 준다는 사실을 알고 있다. 하지만 일만 제대로 하면 됐지, 다른 사람들이 좋아하는 인상을 가져야 할 의무는 없잖은가.

그런데 지금 이 여자는 그의 속마음을 알고 싶다고 한다. 그가 진정 무엇을 느끼는지 말해달란다. 그는 자신을 기다리고 있던 샴페인 잔을 들어 한 입에 털어넣는다.

그녀는 그가 하미드 그룹에 속한 사람이며, 영향력깨나 있는 인물인 줄 아는 모양이다. 그래서 어떻게 처신해야 하는지 알고 싶어 협력과 도움을 구하는 것이리라. 그는 그녀의 심정을 이해한다. 하지만 그는 영화제 기간 동안 임시 채용된 사람일 뿐이고, 주어진 일을 하느라 바쁠 뿐이다. 며칠간의 이 럭셔리와 화려함의 시간이 지나면 파리 근교에 있는 자기 아파트로 돌아갈 것이다. 단지 외모가 사람들이 받아들일 수 있는 범주에 속하지 않는다는 이유로 자신을 개처럼 취급하는 이웃이 있는 그곳으로. 어떤 얼빠진 작자가 이렇게 외쳤다고 한다. '모든 인간은 똑같다.' 정말 그런가? 아니다, 그렇지 않다. 인간은 모두 다르다. 그리고 그 다르게 살아갈 권리를 궁극에 이르기까지 추구할 수 있어야 한다.

그는 텔레비전을 보고, 가까운 슈퍼마켓에 가고, 잡지도 사보고, 때로 영화도 보며 지낼 것이다. 먹고살 방도는 스스로 책임져야 한다고 믿기 때문에, 때로 에이전트에게서 걸려오는 전화는 받을 것이다. 에이전트가 그에게 전화하는 건 패션 분야에서 '경험이 매우 풍부한' 어시스턴트가 필요할 때이다. 모델들에게 제대로 옷을 입히고, 어울리는 액세서리를 골라주고, 패션계에 갓 입문한 신참들과 동행하며 실수를 방지해주고, 해도 되는 일들과 절대로 하지 말아야 할 일들을 설명해줄 유능한 어시스턴트.

그렇다. 그에게도 꿈은 있다. 난 특별해, 라고 되뇌기도 한다.

행복하냐고? 물론이다! 삶에서 더이상 기대하는 게 없는데 행복하지 않을 리가 있나. 실제보다 훨씬 어려 보이긴 하지만 그의 나이 벌써 마흔이다. 디자이너가 되어보려고 노력했지만 제대로 된 직장을 구할 수 없었고, 또 그를 도와줄 위치에 있는 사람들과 사이가 틀어졌다. 풍부한 교양과 세련된 취향, 흐트러짐 없는 성실함을 갖추고 있지만 그는 더이상 자신의 꿈에 대해 어떤 기대도 품고 있지 않다. 이제는 누군가 그의 옷차림을 보고 "환상적이에요! 당신과 얘기 좀 하고 싶어요!"라고 말을 건네리라는 환상도 없다. 모델로 서달라는 제의를 한두 차례 받은 적도 있지만, 그것도 벌써 오래전 얘기다. 모델은 애당초 그의 인생 계획과는 무관한 일이었기에 미련도 없다.

그는 오트쿠튀르 작업장에서 버려지는 폐기된 천들을 얻어 옷을 만들어 입는다. 지금 칸에서는 언덕 위 동네에 다른 두 사람과 함께 방을 얻어 지내고 있다. 아마 이 여자의 거처도 언덕 위 동네일 테고, 그의 거처와 멀지 않으리라. 하지만 그와는 달리 이 여자는 큰 행운을 잡았다. 그렇다고 인생이 불공평하다고 투덜대봤자 무슨 소용이 있겠는가. 쓸데없는 좌절이나 시기심 따위에 휩쓸리지 말아야 한다. 그저 내 할 일에 최선을 다하면 그만이다. 그렇지 않으면 '프로덕션 어시스턴트' 일거리도 더이상 들어오지 않을 테니까.

그렇다. 그는 행복하다. 아무것도 욕망하지 않는 자는 행복한 법이다. 그는 손목시계를 들여다본다. 이제는 들어갈 때다.

"갑시다. 얘기는 나중에 하기로 하고."

그는 음료수 값을 지불하고 영수증을 받는다. 이 럭셔리와 화려함의 날들이 끝날 때, 들어간 경비를 한 푼도 빠짐없이 보고하기 위해서다. 몇몇 사람들이 일어나서 그처럼 행동한다. 서둘러야 한다. 사람들이 밀려들기 시작했기 때문에 자칫 사진기자들이 그녀를 혼동할 염려가 있다. 그들은 호텔 로비를 지나 '포토존' 입구에 이른다. 중성은 그때까지 호주머니에 소중히 간직하고 있던 두 장의 초대장을 꺼내 가브리엘라에게 내민다. 중요한 인물이라면 결코 하지 않을 행동, 비서가 하는 행동이다.

그가 바로 비서고, 가브리엘라는 중요한 인물이다. 그녀는 벌써부터 자기가 중요한 사람이라도 되는 듯 행동하려 하고 있다. 하지만 오래지 않아 그녀는 이 세계의 본질을 깨닫게 되리라. 그녀가 지닌 에너지의 한 방울까지 쥐어짜내고, 머리에는 헛된 꿈들을 잔뜩 불어넣으며 그녀의 허영심을 마음대로 조종하다가, 그녀가 스스로 무언가를 할 수 있다고 믿는 순간 가차 없이 그녀를 내버릴 것이다. 그건 그 자신에게 일어났던 일이었고, 또한 그 이전에 이 세계에 들어온 모든 이들에게 일어난 일이다.

그들은 계단을 내려간다. '포토존'으로 통하는 입구에서 일단 멈춘 다음, 천천히 내려간다. 모퉁이를 돌아서면 사진기자들이 기다리고 있다. 혹시 모르잖은가. 여기서 찍힌 사진이 어디 우즈베키스탄 잡지에라도 실릴지.

"내가 먼저 내려가서 안면 있는 기자들에게 당신이 내려온다고 알리겠어요. 서두를 필요는 없어요. 여긴 레드카펫하고는 다르니까. 만일 누가 당신 이름을 부르면 몸을 돌려 미소를 지어줘요. 그러면 다른 기자들이 일제히 사진을 찍을 수도 있어요. 그럼 스타처럼 자신 있게 포즈를 취해줘요. 하지만 그런답시고 이 분 이상 꾸물대지는 말아요. 무슨 별천지처럼 보이겠지만, 이건 결국 파티장에 들어가는 입구에 불과하니까. 스타가 되고 싶으면 스타다운 모습을 보여줘야 해요."

"그런데 왜 나 혼자 들어가는 거죠?"

"뭔가 문제가 좀 있나보죠. 벌써 와 있어야 정상인데. 그도 프로인데 말이죠. 하지만 늦게라도 오겠죠."

지금 그는 스타에 대해 이야기하는 것이다. 중성은 그녀에게 자신이 짐작하는 대로 말할 수도 있었다.

'분명히 그와 섹스를 하고 싶어 안달이 난 어떤 여자애라도 만난 거겠지. 그래서 제때 방을 나오지 못한 거야.' 하지만 이런 말을 했다간 이 풋내기를 우울하게 만들 수도 있다. 이 풋내기는 지금쯤 분명 얼토당토않게 스타와의 멋진 사랑을 꿈꾸고 있을 테니까.

그녀가 바라듯 친구처럼 대해줄 필요도 없지만, 그렇다고 잔인하게 굴 필요도 없다. 그저 내 할 일만 하면 된다. 자칫 이 어리석은 여자의 감정이 흔들리기라도 한다면, 복도에서 찍는 사진들이 형편없이 나올 위험도 있다.

그는 그녀 앞에 서서 자기를 따라오라고 말한다. 하지만 몇 미터의 거리를 두고 따라오라고. 그녀가 포토존에 들어설 때, 자기는 곧장 사진기자들에게 다가가 그들 중 하나의 관심을 그녀에게 돌리려 애써볼 작정이다.

가브리엘라는 잠시 기다리면서 최선을 다해 아름다운 미소를 머금는다. 배운 대로 핸드백을 고쳐 쥐고 허리를 꼿꼿이 편다. 그리고 플래시가 터져나오기를 기대하면서 자신 있는 걸음걸이로 걷기 시작한다. 모퉁이를 돌자 환하게 밝혀진 공간이 나오는데, 한쪽에는 파티 스폰서의 로고들로 뒤덮인 흰 벽이 있고, 맞은편에는 몇 개의 층으로 이루어진 계단석이 있다. 그 위로는 번득이는 무수한 카메라렌즈들이 그녀 쪽으로 향해 있다.

그녀는 계속 걷는다. 이번에는 내딛는 걸음걸음을 명확히 의식하려 애쓰면서. 정신없이 끝나버린 레드카펫에서의 그 허무한 경험을 반복하고 싶지 않다. 그녀의 인생이라는 영화를 슬로모션으로 재생하듯 현재의 순간을 충분히 만끽해야 한다. 잠시 후면 카메라들이 사진을 찍기 시작하리라.

"재스민!"

누군가가 소리쳤다.

재스민? 난 가브리엘라인데!

아주 짧은 순간, 그녀의 발길이 멈춰지고 얼굴의 미소는 경직된다. 아니지, 이제 내 이름은 가브리엘라가 아니지. 뭐였지? 재스민?

갑자기, 셔터를 일제히 눌러대는 소리, 렌즈 뚜껑이 여닫히는 소리가 들린다. 하지만 모든 렌즈들은 그녀 뒤에 오는 사람을 향하고 있다는 사실을 가브리엘라는 미처 깨닫지 못했다.

"빨리 좀 지나가쇼!"

한 사진기자가 소리친다.

"당신의 영광스러운 순간은 이미 지나갔어. 좀 비켜요."

그녀는 믿기지 않는다. 계속 미소를 짓고 있지만, 그녀의 몸은 빛의 복도가 끝나는 곳에서 시작되고 있는 듯한 검은 터널 쪽으로 벌써 빨려들어가고 있다.

"재스민! 여기 좀 봐줘요! 이쪽!"

사진기자들은 모두 일종의 집단 히스테리에 사로잡힌 듯하다.

어느덧 그녀는 '포토존' 끝에 이르렀지만, 아무도 그녀의 이름을 외치지 않았다. 그녀 자신도 잊어버린 이름이지만. 중성이 그녀를 기다리고 있었다.

"너무 걱정 말아요."

그가 처음으로 약간의 인간적인 모습을 보여주며 말한다.

"이따 보면 알겠지만 다른 사람들도 마찬가지 꼴을 당할 거니까. 더 불쌍한 사람들도 있어요. 과거엔 기자들이 이름을 외쳐댔지만, 지금은 사진 한 방을 기대하며 미소 짓고 들어와도 아무도 플래시를 터뜨려주지 않는 사람들이죠."

침착한 모습을 보여야 한다. 자신을 제어하는 모습을 보여야 한다. 이게 세상의 끝은 아니니까. 당장에 악마들이 몰려오는 것도 아니고.

"걱정하지 않아요. 난 오늘 시작한 새내기인데요, 뭐. 그런데 재스민은 누구죠?"

"그녀도 오늘 시작했어요. 오늘 오후에 그녀와 후세인 하미드가 맺은 대형 계약이 발표됐죠. 하지만 영화계약은 아니니 불안해할 필요는 없어요."

그녀는 불안해하지 않는다. 다만 발밑이 열려, 그대로 땅속으로 꺼져버리고 싶을 뿐이다.

PM 08:12

미소를 지어.

왜 사람들이 네 이름에 관심을 보이는지, 전혀 모르겠다는 표정을 지어.

여긴 런웨이가 아니야. 레드카펫을 걷는다고 생각해.

잠깐, 조심해! 다른 사람들이 들어오고 있어. 네 사진촬영에 필요한 시간은 끝났어. 이젠 앞으로 나아가는 게 좋아.

하지만 사진기자들은 계속 그녀의 이름을 외쳐대고 있다. 그녀는 당황스럽다. 한 커플이 뒤에서 대기하고 있었고, 사진기자들이 만족할 때까지 그들은 뒤에서 기다려야 하기 때문이다. 하지만 사진기자들은 만족하는 법이 없다 그들은 항상 이상적인 각도, 유일무이한 샷(그런 것이 가능하기라도 하듯이), 카메라렌즈를 정면으로 보고 있는 시선을 원하기 때문이다.

이제 걸어가야 해. 미소를 잃지 말고 손을 흔들어. 작별을 고하고 나가.

***

포토존 끝에 이른 재스민은 다시 한 무리의 신문기자들에게 둘러싸인다. 그들은 세계 최고의 디자이너와 맺은 엄청난 계약에 대해 묻고 싶은 게 많다. 그녀는 말하고 싶다.

'그건 사실이 아니에요.'

하지만 그녀는 이렇게 대답해야 한다.

"네. 우린 세부적인 조건들을 논의중이에요."

그들은 집요하게 달라붙는다. 한 TV 리포터가 마이크를 내밀면서 이번 새 컬렉션이 마음에 드느냐고 묻는다. 네, 이번 패션쇼는 너무 좋았어요. 그리고 우리 디자이너 선생님—그녀는 디자이너의 이름을 분명히 언급한다—의 다음번 패션쇼가 파리 패션위크에 예정돼 있어요.

리포터가 물었던 건 사실 하미드의 새 컬렉션에 대한 것이고, 오늘 오후 벨기에 여성 디자이너의 패션쇼가 있었던 사실은 아예 모르고 있었다. 또다른 질문들이 뒤를 잇는다. 이 모든 것이 TV 카메라로 촬영된다.

긴장을 풀어서는 안 돼. 말하고 싶은 것만 말하고, 그들이 악착같이 캐내려 하는 것은 말해주지 마. 계약에 대해서는 자세히 모르겠다고 대답하고, 그냥 패션쇼가 좋았다고만 해. 이번 패션쇼가 단지 프랑스 출신이 아니라는 이유로 잊혀진 천재 안 살렌스에 대한 오마주였다는 사실을 밝히라고.

한 젊은 기자는 파티가 아주 즐겁겠다고 농담조로 말한다. 그녀도 웃으며 응답한다.

"여러분이 못 들어가게 하고 있잖아요."

케이블TV의 진행자가 된 한 전직모델은 HH의 다음 컬렉션을 대표하는 전속모델로 선택받은 소감이 어떠냐고 묻는다. 이 진행자보다 더 많은 정보를 확보한 듯 보이는 한 베테랑 기자는 그녀가 '여섯 자리 숫자 이상의' 연봉을 받게 되었다는데, 그게 사실이냐고 묻는다.

"보도자료에는 '여섯 자리 이상의 숫자'라고 쓰여 있던데, 그냥 '일곱 자리 숫자'라고 써야 했던 거 아닌가요. 안 그래요? 아니, 복잡하게 손가락으로 셈을 하게 만들지 말고 간단하게 백만 유로 이상이라고 쓰든가. 그렇죠? 아니면 '여섯 자리 숫자 이상' 이러지 말고 '공이 여섯 개다'라고 하든가요. 안 그래요?"

거기에 대해 재스민은 아무 생각이 없다.

"글쎄요, 아직 결정된 바 없고 논의중이에요."

그녀는 아까의 말을 되풀이할 뿐이다.

"저 좀 맑은 공기를 마시게 해주세요. 질문은 나중에 다시 받도록 할게요."

거짓말이다. 조금 있다가 그녀는 택시를 잡아타고 호텔로 돌아갈 것이다.

왜 하미드 후세인의 옷을 입지 않았냐고 누군가가 묻는다.

"전 지금까지 이 디자이너의 옷만 입어왔어요."

재스민은 다시 디자이너의 이름을 분명히 말해준다. 어떤 기자들은 그 여성 디자이너의 이름을 적는다. 하지만 대부분의 기자들은 그 이름은 완전히 무시한다. 그들이 여기 온 것은 그들이 발표하고 싶은 정보를 들으려는 것이지, 뒤에 숨어 있는 진실을 알기 위해서가 아니다.

이때 그녀를 구해준 것은 이런 파티에서 일이 진행되는 리듬이다. '포토존'에서 또다시 사진기자들의 외침이 터져나온다. 보이지 않는 마에스트로의 지휘봉에 따라 움직이듯, 그녀를 에워싼 기자들은 일제히 고개를 돌려 훨씬 더 크고 중요한 다른 스타가 들어오는 것을 본다. 그들이 잠시 주저하는 틈을 타 재스민은 나지막한 담장에 둘러싸인 멋진 정원 쪽으로 향한다. 사람들이 마시거나 담배 피우면서 거닐 수 있도록 거대한 천연 살롱처럼 꾸며놓은 장소였다.

그녀도 잠시 후면 마시고 담배를 피우고 하늘만 올려보다가, 결국에는 주먹으로 난간을 쾅 치고는 그대로 몸을 돌려 떠나버릴 것 같은 기분이다.

그런데 한 젊은 여자와 기이한 생명체—SF영화에 나오는 안드로이드 같이 생긴—하나가 앞길을 막고 서서 그녀를 빤히 쳐다보고 있다. 그들 역시 꿔다놓은 보릿자루처럼 멍청히 서 있는 품이, 다가가 말을 걸어보아도 괜찮을 듯싶다. 그녀는 자신을 소개한다. 기이한 생명체는 벨이 울렸는지 호주머니에서 휴대폰을 꺼내 들여다보고는 얼굴을 찡그린다. 그러고는 잠시 실례하겠다고 말하고 멀어져간다.

여자는 그냥 서 있을 뿐이다. 마치 '네가 내 오늘 저녁을 망쳐놨어'라고 말하는 듯한 시선으로 쳐다보면서.

재스민은 파티 초대를 받아들인 순간을 반추하고 있다. 그녀와 그녀의 연인이 벨기에의류협회가 주최하는 소규모 리셉션에 가려고 준비하는데, 두 남자가 초대장을 갖고 왔다. 하미드가 보내온 초대장이었다. 이 초대를 받아들인 걸 꼭 나쁘게만 생각할 일은 아니었다. 연인이 디자인한 드레스가 대중매체에 실린다면, 누군가는 그 옷을 만든 디자이너가 누구인지 알아보려 할 수도 있을 것이다.

초대장을 가져온 남자들은 무척 정중해 보였다. 그들은 밖에 리무진이 대기하고 있으며, 그녀처럼 경험 많은 톱모델은 준비하는 데 십오 분이면 충분할 것으로 믿는다고 말했다.

그러는 사이 그중 한 사람은 조그만 가방에서 노트북과 휴대용 프린터를 꺼낸 다음, 계약을 매듭짓고 싶다고 말했다. 이제 세부적인 사항을 조정하는 일만 남았다는 거였다. 그들은 세부 조건들이 명시된 계약서를 작성할 것이며, 그녀의 에이전트─그녀의 디자이너가 그녀의 에이전트이기도 하다는 사실을 알고 있다고 했다─가 그녀 대신 서명해줄 거라고 설명했다.

재스민의 연인에게는 그녀의 다음 컬렉션 때 모든 편의를 제공해주겠다고 약속했다. 물론 그녀는 자신의 이름과 상표를 유지하는 동시에 하미드 그룹의 홍보서비스를 이용할 수 있을 거라고 했다. 그뿐이 아니었다. 하미드 후세인이 그녀의 브랜드를 사고 싶어한다는 거였다. 그래서 이 브랜드가 이탈리아, 프랑스, 영국의 언론에서 높은 인지도를 획득할 수 있도록 투자하겠다는 거였다.

하지만 먼저 두 가지 조건이 있었다. 첫째, 결정은 지금 당장 내려야 한다. 그래야만 내일 기사가 마감되기 전에 신문들에 이 사실을 알릴 수 있다.

둘째, 재스민 타이거의 계약을 HH로 이전해야 하며, 그녀는 앞으로 하미드 후세인 전속으로 일해야 한다. 시장에 차고 넘치는 게 모델이므로, 벨기에 디자이너는 재스민을 대체할 모델을 금방 찾을 수 있을 것이다. 또 재스민의 에이전트로서 그녀 역시 상당한 돈을 벌 수 있을 것이다.

"재스민의 계약을 이전하는 데는 동의해요."

재스민의 연인은 즉시 대답했다.

"하지만 나머지는 나중에 얘기하기로 해요."

아니, 이렇게 빨리 받아들이다니. 지금까지 그녀의 삶에 일어난 모든 일들에 책임이 있는 사람이, 이제는 그녀와 헤어지는 게 너무도 신난다는 듯 굴고 있다. 세상에서 가장 사랑하는 사람의 손이 그녀의 등에 비수를 꽂는 기분이었다.

사내는 호주머니에서 이메일 송수신이 가능한 스마트폰 블랙베리를 꺼냈다.

"지금 즉시 보도진에 성명을 발표해야겠어요. 성명서는 이미 작성되어 있고요. '저는 이런 기회를 갖게 되어 몹시 흥분되며……'"

"잠깐만요. 난 흥분하고 있지 않아요. 그리고 지금 무슨 말을 하고 있는지 잘 모르겠어요."

재스민이 사내의 말을 끊었다.

하지만 그녀의 연인은 벌써 성명서를 수정하기 시작했다. '흥분되다'는 '기쁘다'로, '기회'는 '초대'로 바꾸는 것으로 시작해서, 단어 하나하나, 문장 하나하나를 면밀히 검토했다. 그리고 엄청난 액수의 연봉을 명기할 것을 요구했다. 그들은 동의하지 않았다. 그렇게 하면 모델 시장에 인플레이션을 초래할 위험이 있다는 이유에서였다.

"그렇다면 이 계약은 안 돼요."

그녀는 딱 잘라 말한다. 두 남자는 잠깐만 실례하겠다고 하더니 함께 나가 휴대폰으로 누군가에게 의견을 묻고 다시 돌아왔다. 그리고 아직 정확한 액수는 말할 수 없지만, 최소한 '여섯 자리 숫자 이상'의 액수가 될 것이라고 말했다. 그들은 두 여자와 악수를 나눴고, 패션쇼와 재스민에 대해 가볍게 축하해준 뒤에 노트북과 프린터를 가방에 집어넣었다. 그런 다음 그들 중 한 사람의 휴대폰에 공식 합의했다는 내용을 메시지로 보내달라고 부탁했다. 재스민에 대한 협상이 합의에 이르렀다는 증거가 필요하다는 거였다. 그들은 들어왔던 것만큼이나 재빨리 나가버렸다. 둘 다 휴대폰 통화를 하면서 문 쪽으로 걸어가면서도 그들은 재스민에게 십오 분 만에 준비를 마치라고 당부하는 걸 잊지 않았다. 오늘 밤의 파티 역시 방금 체결된 계약의 일부라면서.

"자, 어서 파티 갈 준비해."

남자들이 나가자 재스민의 연인이 말했다.

"당신은 그렇게 내 삶을 결정할 권리가 없어요. 내가 그 계약에 동의하지 않는다는 거 알잖아요. 난 내 의견을 말할 기회조차 없었어요. 난 당신이 아닌 다른 사람과 일하고 싶지 않아요."

디자이너는 방 한켠에 어지러이 널린 드레스들 쪽으로 다가가 그중 가장 아름다운 것을 골랐다. 나비들이 수놓인 흰 드레스였다. 그녀는 신발과 핸드백에 대해서도 잠시 생각하고는, 재빨리 결정을 내렸다. 꾸물댈 시간이 없었다.

"그들은 네가 오늘 저녁에 HH의 드레스를 입어야 한다고 말하는 걸 잊었어. 내 컬렉션을 선보일 기회를 준 셈이지."

재스민은 자기 귀를 믿을 수 없었다.

"단지 그것 때문이었어요?"

"그래, 단지 그것 때문이었어."

그들은 서로 마주보았다. 누구도 눈길을 돌리려 하지 않았다.

"거짓말을 하고 있군요."

"맞아. 거짓말이야."

그들은 서로 꼭 껴안았다.

"생각나? 우리가 처음 사진 찍던 그 해변에서의 주말. 그때부터 난 이런 날이 올 줄 알고 있었어. 그래, 시간이 약간 걸리긴 했지. 하지만 넌 이제 열아홉 살이고, 도전할 만큼 충분히 성숙했어. 사실은 그 동안 너 때문에 날 찾아온 사람들이 많았지. 난 항상 거절했고, 그러면서 자문하곤 했어. 이게 질투 때문인가, 널 잃는다는 두려움? 아니면 네가 아직 준비되지 않았기 때문인가, 하고 말이야. 오늘 하미드 후세인이 객석에 앉아 있는 걸 보고 난 알았어. 그가 온 것은 안 살렌스에게 경의를 표하려는 게 아니라는 것을. 무언가 다른 꿍꿍이가 있고, 그건 바로 너 때문이라는 걸 말이야. 그리고 그가 나를 만나고 싶다는 메시지를 보내왔어. 난 어떻게 해야 할지 몰랐지만, 어쨌든 우리 호텔 이름을 알려주었어. 그래서 아까 그 사람들이 계약서를 들고 찾아왔을 때 놀라지 않았던 거야."

"그런데 왜 그의 제안을 받아들인 거죠?"

"진정으로 누군가를 사랑한다면 자유롭게 해줘야 하기 때문이지. 네게는, 내가 해줄 수 있는 것 이상의 잠재력이 있어. 하미드는 네게 훨씬 많은 것을 해줄 수 있어. 난 널 축복해주면 되는 거야. 난 네가 네 가치에 걸맞은 모든 것을 얻기를 바라. 하지만 우리는 함께하게 될 거야. 나는 네 마음과 몸과 영혼에 존재하니까. 하지만 난 독립적으로 남고 싶어. 이 바닥에서 든든한 후원자를 갖는 게 얼마나 중요한지는 잘 알고 있지만 말이야. 사실 하미드가 내 브랜드를 사겠다고 제의했을 때, 얼마든지 그것을 팔고 그를 위해 일할 수도 있었어. 하지만 그가 그렇게 제의한 것은 내 재능 때문이 아니라 너 때문이야. 그러니까 그의 제안에 나 자신까지 끼워 파는 건 내 자존심이 허락지 않는 일이야."

재스민은 그녀에게 입을 맞췄다.

"난 받아들일 수 없어요. 처음 당신을 알게 되었을 때, 난 겁에 질린 어린애에 불과했어요. 거짓증언 때문에 자신감을 잃었고, 뻔뻔스러운 범죄자들을 놓아준 뒤에 너무도 참담한 심정으로 자살을 심각하게 생각하고 있었죠. 하지만 그런 내게 당신이 나타났어요. 그 후에 내 삶에 일어난 모든 일들은 당신 덕분이에요."

재스민의 동반자는 그녀를 거울 앞에 앉혔다. 머리 손질을 시작하기 전에 그녀는 재스민의 머리를 쓰다듬어주었다.

"너를 알게 되기 전, 나 역시 삶에 대한 열정을 잃어버린 상태였어. 나보다 더 예쁘고 돈 많은 젊은 여자를 만나게 된 남편에게 버림받고, 오직 먹고살기 위해 사진작업에 매달려야 했지. 주말엔 집에 처박혀 책이나 인터넷, 혹은 TV에서 방영하는 옛날영화나 보면서 지내며, 디자이너가 되겠다는 꿈은 점점 멀어져가고 있었지. 필요한 재원도 없었고, 열리지 않는 문을 두드리거나 전혀 귀 기울일 마음이 없는 사람들에게 부탁해야 하는 일들이 견딜 수 없게 느껴졌어.

바로 그때, 네가 나타났어. 그 주말, 지금 고백하지만, 난 나만 생각했어. 내 손에는 엄청난 보석이 들려 있었고, 너와 전속계약만 맺을 수 있다면 난 큰돈을 벌 수 있다는 것을 알고 있었지. 그때 내가 이렇게 말했을 거야. 널 잘 돌봐줄 수 있는 에이전트를 만나는 게 중요하다고. 기억나? 하지만 그건 널 세상으로부터 보호하고 싶어서가 아니었어. 당시 내 속셈은 지금의 하미드 후세인만큼이나 이기적이었어. 잘하면 이 보물을 충분히 활용할 수 있겠다, 이 보물을 통해서 부자가 될 수 있겠다······"

그녀는 재스민의 머리에 마지막 손질을 가한다.

"그리고 넌 그때 고작 열여섯 살인데도, 사랑이 한 사람을 어떻게 변화시킬 수 있는지 보여주었어. 네 덕분에 난 진정한 나를 발견할 수 있었어. 난 너의 재능을 세상에 보여주기 위해 옷들을 디자인하기 시작했지. 사실 그 옷들은 항상 내 머릿속에 있던 것들이었어. 언젠가 천과 자수와 액세서리로 바뀔 날만 기다리며 오래 숨어 있었던 거지. 난 나이가 너보다 두 배나 많지만, 우린 함께 시간을 보내고, 함께 걸었고, 함께 배워왔어. 이 모든 것들 덕분에 사람들은 조금씩 내 작업에 관심을 갖게 되었고, 투자를 결정했고, 결국 난 내가 갈망하던 것을 처음으로 실현할 수 있게 된 거야. 그렇게 우리는 함께 칸에 왔지. 결코 이런 계약 따위가 우리 두 사람을 떼어놓을 순 없어."

그녀는 욕실에 가서 자신의 화장품 가방을 가져와 메이크업을 하기 시작했다. 그러면서 이번에는 사무적인 어조로 말을 이었다.

"오늘 밤, 넌 눈부시게 빛나야 해. 지금까지 어떤 모델도 완전한 무명에서 하루아침에 스타덤에 오른 경우는 없었어. 그래서 기자들은 이번 계약 뒤에 어떤 일들이 있었는지 캐내려고 들 거야. 자세한 건 모르겠다고만 얘기해. 그래도 그들은 끈질기게 달라붙을 거야. 더 고약하게는 자기들이 원하는 대답을 유도하기도 할 거야. '난 항상 그를 위해 작업하는 걸 꿈꿔왔어요'라든가, '이건 내 이력에서 아주 중요한 단계예요'라는 말들을."

그녀는 차까지 함께 내려왔다. 운전수가 차문을 열었다.

"꼭 명심해! 넌 구체적인 계약내용에 대해선 아무것도 모르고, 에이전트가 다 알아서 한다고 말해! 그리고 파티를 즐기라고."

파티. 정확히 말해서 디너파티다. 하지만 그녀의 눈에는 식탁도 음식도 보이지 않는다. 그저 웨이터들이 미네랄워터를 포함한 각종 음료를 들고 이리저리 오가며 권하고 있을 뿐이다. 삼삼오오 무리를 지어 있는 사람들도 생겨나지만, 혼자 온 이들은 어찌할 바를 몰라 당황한 모습으로 서 있다. 지금 그녀가 있는 넓은 정원 여기저기에는 소파며 안락의자들이 흩어져 있다. 원주 모양의 단들이 일 미터 높이로 여럿 설치되어 있고, 그 위에는 조각 같은 몸을 드러낸 반라 차림의 모델들이 교묘하게 숨겨진 스피커에서 흘러나오는 음악에 맞춰 춤을 추고 있다.

명사들이 속속 들어온다. 초대객들은 행복한 미소를 지으며, 마치 오랫동안 알아온 사람들처럼 서로를 대하고 있다. 하지만 그것이 사실이 아님을 재스민은 알고 있다. 아마 이와 비슷한 장소에서 한두 번 마주친 정도겠지. 대부분 자신이 말을 거는 사람들의 이름조차 모를 것이다. 그들은 단지 자신이 영향력 있고, 널리 알려져 있고, 인기 있고, 무수한 인맥이 있다는 사실을 과시하고 싶을 뿐이다.

화난 듯한 표정을 짓고 있던 아까의 젊은 여자는 이제는 불안해서 어찌할 바를 모르고 있다. 그녀는 재스민에게 담배를 한 대 부탁하고는 자신을 소개했다. 그리고 몇 분 후, 두 여자는 서로의 삶에 대한 이야기를 나누었다. 재스민은 그녀를 바다에 면한 난간 쪽으로 데려갔고, 그러는 동안에도 파티장은 유명인사 혹은 무명인사들로 채워져갔다. 재스민과 가브리엘라는 함께 서서 바다를 바라보았다. 그녀들은 프로젝트는 다르지만 피차 한 남자, 하미드를 위해 일하게 되었다는 사실을 알게 되었다. 둘 다 그 사람을 만나본 적도 없고, 둘 다 오늘 하루 동안 그 모든 일들을 겪었다는 것도.

때로 남자들이 다가와 그들에게 말을 걸어보려 하지만, 그들은 못 본 척한다. 재스민은 그녀의 연인이 건넨 따스한 말들에도 불구하고 홀로 버려진 것 같은 느낌을 떨칠 수 없었다. 그녀는 이런 힘든 감정을 토로할 누군가가 필요했다. 마침 가브리엘라가 다가왔다. 만일 일과 사랑 중에서 하나를 선택하라고 한다면 그녀는 조금도 망설이지 않고 사랑을 택할 것이다. 아직 미성숙한 소녀처럼, 다른 모든 것을 버릴 것이다. 그런데 정작 그녀가 사랑하는 사람은 그녀가 일을 선택하기를 바라고 있다. 그녀의 의견은 묻지도 않고 HH의 제안을 덥석 받아들여버렸다. 그것은 자신이 여태까지 재스민을 위해 해온 모든 것들에 대해 자부심을 느끼기 위해서가 아니었을까. 그녀를 이끌며 쏟아부은 자신의 그 모든 정성에, 그녀가 실수를 범할 때마다 바로잡아주었던 자신의 따뜻한 마음에, 그녀에게 한 모든 말들과 행동―때로는 혹독하기도 했던―에 깃들어 있던 자신의 열정에 대한 자부심 말이다.

가브리엘라 역시 지금 재스민 같은 사람이 필요하다. 조언을 구하고, 이 순간의 외로움을 덜기 위해서, 그리고 좋은 일이 일어날 수도 있다는 사실을 믿기 위해서다. 그녀는 같이 온 동행이 자기 혼자 남겨두고 떠나버려서 불안하다고 고백한다. 여기서 만나기로 되어 있는 사람들에게 그녀를 소개시켜주어야 할 사람인데 말이다.

"그는 마음속의 동요를 숨기려는 것처럼 보였어요. 뭔가 문제가 생긴 게 분명해요."

재스민은 불안해하지 말라고 말해준다. 샴페인을 좀 마시고 긴장을 풀어요. 이 음악과 경치를 즐겨요. 뜻밖의 일들은 늘 생기게 마련이에요. 하지만 그것들을 막아줄 사람들이 수도 없이 많아요. 누구도, 그 누구도 이 우아함과 화려함의 무대 뒤에서 실제로 일어나는 일들을 알아서는 안 되니까. 그 '스타'라는 분도 곧 오시겠지요.

"잠시만 나와 함께 있어주세요. 난 여기에 그리 오래 있지는 않을 거예요."

가브리엘라는 그러겠다고 약속한다. 그녀는 이 낯선 세계에서 대화를 나눌 수 있는 유일한 친구 아닌가.

그렇다. 그녀는 유일한 친구다. 하지만 너무 어리다. 너무 어려서 그녀와 함께 있으면, 자신이 무엇을 시작하기에는 너무 나이들어버렸다는 괴로운 느낌이 든다. 비록 호감이 가는 아가씨이긴 하지만 오늘 밤 파티를 위해서는 누군가 남성 파트너가 필요하다. 스타? 레드카펫으로 가는 리무진에서 그는 자신이 얼마나 겉치레뿐인 사람인지 여실히 드러냈고, 그 순간 그의 매력은 사라져버렸다. 그녀는 지금 한 남자를 바라보고 있다. 아까 바에서 봤던 남자, 지금 그녀들처럼 난간에 서서 파티장을 등진 채 바다를 응시하고 있는 남자. 그는 디너파티에서 일어나는 모든 일들에 완전히 무심해 보인다. 카리스마가 넘치고, 잘생겼고, 우아하고, 신비로운 느낌을 주는 남자. 기회가 생기면 재스민에게 제의하리라. 그에게 다가가 말을 건네보자고. 대화 주제가 뭐든 그건 중요치 않다.

그리고 어쨌든 오늘은 가브리엘라에게 행운의 날이 아닌가. 새로운 사랑을 만나게 될지도 모르는 일이다.

PM 08:21

  법의학자, 경찰서장, 사부아 형사, 그리고 네번째 사내가 테이블에 둘러앉아 있다. 누군지 모를 네번째 사내는 서장이 데려온 사람이다.

  그들이 모인 건 오늘 발생한 살인사건에 대해 논의하기 위해서가 아니다. 지금 병원 앞에서 기다리고 있는 기자들에게 발표할 브리핑 내용을 준비하기 위해서다. 이번에는 세계적인 스타 한 사람이 죽었고, 그와 함께 있던 유명 영화감독은 병원 중환자실에 누워 있다. 당연히 전세계 통신사들은 소속 기자들에게 최후통첩을 보냈다. 빠른 시간 내에 무언가 구체적인 내용을 담은 기사를 보내지 못하면 해고될 거라고.

  "법의학은 세상에서 가장 오래된 학문의 하나입니다. 그 덕분에 사람들은 각종 독극물의 정체를 밝혀내고, 해독제도 만들 수 있었지요. 하지만 왕이나 귀족들은 이른바 '공식 시식사'를 두고 음식을 미리 맛보게 하는 방법을 선호했습니다. 의사들이 미처 예상치 못한 독을 피하기 위해서였지요."

이 '학자'는 아까 낮에 사부아와 만나 장광설을 늘어놓았던 인물이다. 이번에는 사부아 대신 서장이 끼어들어 그의 박식한 수다를 끊는다.

"박사, 당신의 풍부한 교양을 과시하는 건 그 정도로 충분합니다. 지금 시내에는 연쇄살인범이 활보하고 있단 말입니다."

하지만 법의학자는 기죽지 않는다.

"법의학자가 살인사건의 정황에 대해 이렇다 저렇다 말할 자격은 없지요. 그래도 사인死因과 사용된 무기, 희생자의 신원, 대략적인 범행시간 등을 확정하는 것은 내 소관입니다."

"그렇다면 이 두 죽음 사이에 어떤 연관성이라도 찾아내셨소? 영화배급업자와 영화배우의 살인사건을 연결 지을 단서 같은 것 말이오."

"물론이지요. 둘 다 영화계에서 일하고 있었지요."

그는 그렇게 말하고 웃음을 터뜨린다. 하지만 다른 사람들은 얼굴 근육 하나 움직이지 않는다. 유머감각이라곤 눈곱만큼도 없는 인간들 같으니라고.

"단 하나의 연관성이 있습니다. 두 사건 모두 체내에서 엄청나게 빠른 속도로 작용하는 독극물을 사용했다는 것이지요. 그런데 정말 흥미로운 점은 두번째 살인에서 시안화수소를 포장한 방식입니다. 봉투 내부에 얇은 플라스틱 막이 진공상태로 밀봉되어 봉투가 열리자마자 터지게 돼 있었어요."

"그것이 여기서 만들어졌을 가능성이 있습니까?"

강한 외국 억양으로 제4의 사내가 묻는다.

"그럴 수도 있겠죠. 하지만 내가 아는 한 이곳에선 어려울 거예요. 상당히 복잡한 제조기술을 요하거든요. 그리고 그걸 만든 사람은 이게 살인에 쓰이리라는 걸 잘 알고 있었을 겁니다."

"다시 말해서, 범인이 직접 만들지 않았다고 보시는군요."

"네. 난 그렇게 생각합니다. 분명히 어떤 전문 조직에 의뢰했을 거예요. 쿠라레의 경우는 좀 다르죠. 침을 독에 담그는 건 범인이 직접 할 수도 있습니다. 하지만 시안화수소를 다룬 방법은 특수한 기술을 요해요."

사부아는 그 말을 들으면서 마르세유, 코르시카, 시칠리아, 동유럽 국가들, 그리고 중동의 테러리스트 조직들을 떠올렸다. 그는 잠시 실례하겠다고 말하고는 방을 나와 유로폴에 전화를 걸었다. 그들에게 사태의 심각성을 설명한 후, 그런 종류의 화학물질을 제조할 수 있는 곳들을 빠짐없이 조사해 알려달라고 요청한다.

그러자 그는 다른 담당자에게 연결된다. 그 사람은 안 그래도 미국의 한 정보기관이 동일한 요청을 해왔다고 알려주면서, 대체 무슨 일이냐고 반문한다.

"아직은 아무것도 아닙니다. 하지만 조사 결과가 나오는 대로 연락해주세요. 십 분 내로 어떻게 안 되겠습니까?"

"십 분 내로? 말도 안 되는 일이오."

휴대폰 저쪽의 목소리가 말한다.

"결과를 억지로 만들어낼 수는 없는 노릇이잖소. 그리고 우리도 먼저 상부에 요청서를 제출해야……"

사부아는 전화를 끊어버리고는 방으로 돌아온다.

젠장, 또 서류인가.

공안 분야에서 일하는 이들은 모두 서류에 대한 무슨 강박관념에라도 걸린 듯하다. 다들 상관이 승인해주기 전에는 조금도 위험을 감수하려들지 않는다. 물론 그들도 과거에는 눈부신 경력을 꿈꾸며 창의적이고도 열정적인 태도로 경찰 일을 시작했겠지만, 이제는 한쪽 구석에서 눈치나 보며 앉아 있다. 현재 심각한 사태에 직면해 있고 빨리 대응해야 한다는 사실은 잘 알지만, 위계질서를 존중해야 편하다. 자칫하면 언론에서는 경찰의 난폭행위니 뭐니 떠들어댈 것이고, 납세자들은 범죄사건이 빨리 해결되지 않는다고 원성이 자자할 것이다. 그걸 감당하고 싶지 않다면, 책임을 상관에게 돌리고 그저 복지부동하는 편이 현명하다.

하지만 사부아가 전화를 한 것은 어차피 '연출'을 위해서였다. 그는 범인이 누구인지 알고 있다. 그리고 그를 자기 혼자 힘으로 체포할 것이다. 칸 역사상 최대의 범죄사건을 해결했다는 영광의 월계관은 오직 그만이 써야 하니까. 그는 침착함을 유지하려 애쓰지만, 이 모임이 빨리 끝나지 않는 게 답답하기만 하다.

그가 돌아오자, 서장은 방금 전에 런던경시청 출신의 위대한 전문가 스탠리 모리스가 몬테카를로에서 전화를 걸어왔다고 알려준다. 스탠리 모리스의 말로는, 범인이 앞으로 같은 무기를 사용할 가능성은 거의 없으니, 독극물에 집착할 필요는 없다는 것이다.

"테러일 가능성이 있습니다."

외국인이 말한다.

"그럴 수도 있죠."

서장이 대답한다.

"하지만 당신네와는 달리 우리는 시민들에게 공포분위기를 조성하지 않을 겁니다. 지금 우리가 해야 할 일은 신문기자들이 저희끼리 성급하게 판단한 내용을 오늘 저녁 TV뉴스에 보도하지 못하도록 공표할 내용을 정리하는 것이오.

맞소. 이건 일종의 테러요. 하지만 이건 개인적인 테러, 다시 말해서 연쇄살인일 가능성이 더 크오."

"하지만······"

"'하지만'은 없소!"

서장의 목소리는 딱딱하고도 권위적이다.

"우리가 당신네 대사관에 연락한 건 단지 사망자가 미국 시민이기 때문이었소. 다시 말해 당신은 여기서 손님일 뿐이라는 걸 유념하시오. 앞서 두 사건의 희생자도 미국 시민이었지만, 당신네는 아무 관심도 보이지 않았고 사람도 보내지 않았소. 그 사건 중 하나에서도 독극물이 사용되었지만 말이오.

그러니 이번 사건이 생화학무기를 이용한 집단 테러라고 우기고 싶으면 지금 이 자리를 떠나주시오. 단순 범죄사건을 정치적 테러로 비화시키지 맙시다. 우린 이 영화제가 내년에도 성대하고 화려하게 열릴 수 있기를 바라오. 우리는 런던경시청 출신 전문가의 의견을 신뢰하는 바이며, 지금까지 말한 기준들에 따라 발표 내용을 작성할 거요."

외국인은 입을 다문다.

서장은 부하직원 하나를 불러, 지금 밖에 모인 기자들에게 십분 후에 브리핑할 거라고 전하게 한다. 법의학자는 시안화수소의 취급과정에서 그걸 다룬 사람의 독특한 '서명'이 남게 마련이므로 그 출처를 추적하는 것도 가능하다고 알려준다. 하지만 문제는 그게 십 분 안에 할 수 있는 일이 아니라 일주일은 걸릴 작업이라는 것이다.

"사체에는 알코올의 흔적이 있었습니다. 피부는 붉고, 즉사한 것으로 보입니다. 사용된 독의 종류에 대해선 의심의 여지가 없습니다. 그게 만약 다른 강산強酸이었다면 코와 입 주위에 화상이 생겼을 겁니다. 또 그게 벨라도나였다면 동공이 확장되었을 거고……"

"박사, 우린 당신이 대학에서 그 분야에 대한 연구를 많이 하셨다는 사실을 잘 알고, 당신의 능력에 대해 조금도 의심하지 않아요. 자, 그러니 독극물은 시안화수소였다고 결론지읍시다."

박사는 고개를 끄덕이지만, 부아가 치미는 것을 억누르느라 입술을 깨문다.

"그리고 지금 병원에 있는 다른 남자는 어떻게 됐소? 영화감독이라는 사람……"

"순수산소로 치료하고 있습니다. 또 정맥주사를 통해 15분마다 60밀리그램의 켈로시아노르를 투입하고 있으며, 이것이 효과가 없을 경우 25퍼센트로 희석한 티오황산나트륨을……"

실내는 쥐 죽은 듯 조용하다.

"…… 죄송합니다. 그러니까 제 말은, 그를 살릴 수 있다는 겁니다."

서장은 노란 종이 위에 메모를 해둔다. 이젠 더이상 시간이 없다. 그는 모두에게 고맙다고 말한 다음, 외국인에게는 기자들이 쓸데없는 억측을 하지 않도록 따로 나가달라고 부탁한다. 그는 화장실에 가서 넥타이를 고쳐 매면서, 사부아에게도 넥타이를 고쳐 매라고 말한다.

"모리스 말로는 살인범이 다음번에는 같은 무기를 사용하지 않을 거라고 하더군. 그런데 생각해보니, 범인은 무의식적일지는 모르지만 어떤 도식을 따르고 있는 것 같아. 자네 생각엔 그게 뭘 것 같나?"

사부아도 몬테카를로에서 돌아오면서 그것에 대해 생각했었다. 그렇다. 그는 어떤 '서명'을 남기고 있다. 이건 런던경시청 출신의 위대한 수사관도 미처 생각하지 못했으리라.

벤치 위의 희생자. 범인은 가까이 있었다.

런치파티에서의 희생자. 범인은 멀리 있었다.

잔교 위의 희생자. 범인은 가까이 있었다.

호텔에서의 희생자. 범인은 멀리 있었다.

따라서 만일 다음 범죄가 행해진다면, 희생자는 범인 가까이에 있을 것이다. 좀더 정확히 말하자면, 그의 계획이 그러리라는 것이다. 왜냐면 이제부터 반 시간 후면 그는 범행을 저지르기도 전에 체포될 테니까. 이 모든 게 경찰서에 있는 그의 친구들 덕분이었다. 그들은 대수롭지 않게 생각하고 정보를 내주었고, 그 역시 사건과는 관련 없는 일이라 대답했다. 물론 그렇지 않았다. 이제 그는 빠져 있던 고리, 결정적인 단서, 마지막 퍼즐 조각을 확보한 것이다!

그의 심장은 터질 듯 쿵쿵댄다. 평생 이 순간을 꿈꿔온 그에게는 이 회의시간이 너무도 길게만 느껴진다.

"지금 내 말 듣고 있어?"

"네, 서장님."

"그러니까, 이 점을 유념하라고. 저기 밖에 있는 사람들이 기다리는 건 공식적이고도 전문적인 발표문이 아니야. 즉 그들의 질문에 아는 대로 성실하게 답변해봤자 좋아하지 않는단 얘기야. 그들이 원하는 건, 자기들이 듣기 원하는 대답을 해주는 거야. 하지만 그런 함정에 빠져서는 안 되겠지. 그들이 여기 온 것은 우리의 말을 들으려는 게 아니라, 우리 꼴을 구경하고, 또 그들의 시청자와 독자들에게 우리를 보여주기 위해서야."

서장은 전무후무한 권위자이기라도 하듯, 자못 거만한 표정으로 사부아를 본다. 자기 지식을 과시하는 것은 모리스나 법의학자만의 특장은 아닌 듯하다. 모든 사람이 '이 일에 관해선 내가 전문가야'라고 말할 기회만 노리고 있다.

"비주얼에 신경쓰라고. 무슨 말인고 하면, 자네 입으로 하는 말보다 자네 몸과 얼굴이 더 많은 것을 말해줄 수 있다는 얘기야. 자신 있게 앞을 쳐다보고 고개는 똑바로 들어야 해. 어깨는 내려서 살짝 뒤쪽으로 당기고. 어깨가 잔뜩 올라가서 긴장되어 보이면, 그들은 우리가 상황을 전혀 파악하지 못하고 있다고 생각하게 될 테니까."

"알겠습니다, 서장님."

그들은 법의학센터에서 걸어나온다. 카메라 조명이 켜지고, 마이크들이 전진한다. 기자들은 서로 밀쳐대기 시작한다. 이 분쯤 지나자 혼란은 약간 진정된다. 서장은 준비한 종이를 호주머니에서 꺼낸다.

"영화배우는 시안화수소로 살해되었습니다. 이 독은 다양한 방식으로 인체에 투입될 수 있습니다만, 이번 사건에는 가스의 형태로 사용되었습니다. 영화감독은 목숨을 구할 수 있을 것 같습니다. 그는 우연히 피해를 입게 된 것으로 보입니다. 공기중에 아직 독가스가 남아 있는 밀폐된 영화배우의 방에 들어갔다가 변을 당한 것입니다. 호텔 경비원들이 CCTV로 관찰한 바에 의하면, 한 남자가 복도를 걸어가다 문제의 방에 들어갔고, 오 분

후에 다시 나왔다가 호텔 복도에 쓰러졌다고 합니다."

서장은 문제의 방이 CCTV의 사각에 가려져 있다는 사실을 언급하지 않는다. 생략하는 건 거짓말은 아니니까.

"경비원들은 신속히 대응하여 즉시 의사를 보냈습니다. 현장에 도착한 의사는 아몬드 냄새 같은 것을 맡았는데, 이미 충분히 공기에 희석되어 있어 위험하지는 않은 상태였습니다. 이어 신고를 받고 오 분 후 현장에 도착한 경찰은 사건현장을 봉쇄하고 구급차를 불렀으며, 산소마스크를 가지고 도착한 의사들이 그의 생명을 구하는 데 성공했습니다."

사부아는 서장의 자연스러운 모습에 진심으로 탄복하기 시작한다. 서장 자리에 앉으려면 공보활동 교육이 필수 과정인지 궁금할 정도였다.

"독은 봉투 안에 담겨 배달되었습니다. 겉봉에는 쓴 사람의 성별이 아직 판명되지 못한 서체의 글이 적혀 있었고, 봉투 안에는 한 장의 종이가 들어 있었습니다."

그는 봉투를 밀봉하는 데 사용된 기술이 고난도라는 사실을 밝히지 않는다. 여기 있는 기자들 중 누군가가 그 사실을 눈치챌 확률은 100만분의 1이나 될까. 물론 나중에는 어쩔 수 없이 나오게 되어 있는 질문이긴 하지만. 그는 또한 영화산업에 종사하는 다른 남자가 오늘 오후에 독살되었다는 사실을 말하는 것도 빠뜨렸다. 아무도 거짓말을 한 적이 없음에도 불구하고, 모두 이 유명 배급업자가 심장마비로 사망했다고 믿고 있었다. 때로 기자들은 그들의 나태함 혹은 부주의 탓으로, 경찰을 괴롭히지 않고, 그들 나름의 결론에 도달한다는 사실, 이 점은 기억해두면 편할 것이다.

"봉투 겉봉과 종이에는 뭐라고 적혀 있었습니까?"

첫번째 질문이었다.

서장은 수사에 혼선을 초래할 위험이 있으므로 지금은 그 내용을 밝힐 수 없다고 설명한다. 사부아는 서장이 이 인터뷰를 어떤 방향으로 이끌어가고 싶어하는지 그 의도를 눈치채기 시작했다. 탄복할 만한 솜씨였다. 정말이지 그는 서장 자리에 앉을 자격이 있었다.

다음 질문이 뒤따른다.

"이 사건이 치정에 의한 범죄라는 말씀인가요?"

"모든 가능성을 열어두고 있습니다. 여러분, 저는 이만 수사를 위해 돌아가야 할 것 같습니다."

그는 경찰차에 올라타서 사이렌을 작동시킨 후, 전속력으로 출발한다. 사부아는 그런 상관을 뒀다는 게 자랑스럽다고 생각하며 자기 차로 향한다.

'정말 대단해!'

그는 이미 매체마다 뜨게 될 뉴스 제목을 눈앞에 그릴 수 있었다.

"스타, 치정 범죄에 희생된 것으로 추정!"

대중의 관심을 끌 제목으로 이만한 게 없으리라. 스타의 위력은 너무도 막강하여 다른 사건들은 완전히 파묻혀버릴 것이다. 마약에 중독되었을 가능성이 있는 불쌍한 처녀 하나가 벤치 위에서 변사체로 발견됐다 해서 누가 신경이나 쓰겠는가. 점심을 먹다가 심장마비를 일으킨 것으로 보이는 마호가니색 머리칼의 영화배급업자도 그렇다. 또 영화제로 시끌벅적한 도심에서 멀리 떨어진 잔교에서 벌어진, 한 번도 스포트라이트를 받아본 적 없는 하찮은 인물의 치정사건 역시 마찬가지다. 그건 단지 매일 밤 TV뉴스에 단신으로 소개되는 그저그런 사건일 뿐이다. 하지만 세계적인 스타가 희생된 사건이라면 문제는 달라진다. 게다가 이 사건에는 사람들의 궁금증을 자아낼 수 있는 요소들이 가득하다. 의문의 봉투! 그리고 뭔가가 적혀 있는 종이!

사부아는 사이렌을 울리며 경찰서 반대방향으로 차를 몬다. 그는 의심을 사지 않으려고 차에 부착된 무전기를 켜고 서장의 주파수에 맞춘다.

"브라보! 서장님, 아주 멋졌습니다!"

서장 역시 우쭐해 있다. 이로써 그들은 몇 시간, 아니 며칠의 시간을 번 것이다. 하지만 두 사람 모두 분명히 알고 있다. 지금 시내에는 연쇄살인범이 돌아다니고 있다는 사실을. 그는 사십 대의 남성이며, 잿빛 머리칼에 말쑥한 옷차림을 하고 있고, 몸에는 교묘한 무기들을 숨기고 있다. 또 살인기술의 전문가이기도 하다. 그는 이미 저지른 범죄들로 만족했을 수도 있지만, 언제든 다시 범행을 저지를 수도 있다.

"모든 파티장에 경찰들을 배치하도록 해."

서장이 명령한다.

"우리가 알고 있는 인상착의에 해당하는 사람들을 모조리 찾아내서 감시하도록. 지원병력을 요청하고. 사람들의 이목을 집중시키지 않게끔 턱시도든 청바지든 사복 차림을 하라고 하고. 다시 말하지만, 모든 파티장에 보내야 해. 필요하다면 교통경찰들까지 동원해도 좋아."

사부아는 즉시 명령을 집행한다. 그러는 동안 휴대폰에 문자 메시지 한 통이 들어온다. 유로폴이다. 그들은 그가 요청한 독극물 제조장소들을 추적하기 위해서는 더 많은 시간이 필요하다고 한다. 최소한 사흘은 걸려야 한다고.

"부탁하오만 이 내용을 서면으로 보내주실 수 있습니까? 그래야 중간에 사고가 나더라도 내가 책임을 면할 수 있을 거 아뇨."

이렇게 답문자를 보내면서 그는 실소를 터뜨린다. 그리고 그

미국인 정보원에게도 이 내용을 사본으로 보내달라고 덧붙인다. 그 정보가 어찌 됐든 그는 더이상 관심이 없기 때문이다. 전속력으로 달려 마르티네스 호텔에 도착한 그는 차를 입구 앞에 세운다. 호텔 직원이 다른 차에 방해된다고 항의하자, 그는 차 키를 던져주며 알아서 주차하라고 말하고는, 경찰배지를 보여준 뒤에 그대로 안으로 뛰어들어간다.

그는 이층의 프라이빗 룸으로 향한다. 거기에는 그의 부하 경찰이 호텔 여자 매니저와 웨이터와 함께 그를 기다리고 있다.

"여기 얼마 동안이나 이러고 있어야 하는 거죠?"

여자 매니저가 묻지만, 사부아는 그 질문을 무시하고 웨이터에게 몸을 돌린다.

"뉴스에 나온 그 살해당한 여자가 오늘 오후 이곳 테라스 바에 있던 여자와 동일인물이라는 거, 확실합니까?"

"거의 확실합니다, 형사님. 신문에 나온 사진은 더 젊고 머리도 물들였지만요. 전 고객의 얼굴을 기억해두는 버릇이 있거든요. 돈을 내지 않고 가버리는 사람들이 가끔 있어서요."

"그녀가 테이블을 예약한 이 호텔 고객과 함께 있었다는 사실도 확실하고?"

"물론입니다. 잿빛 머리칼에 나이 사십쯤으로 보이는 잘생긴 남자였어요."

사부아의 심장은 격하게 쿵쾅댄다. 그는 매니저와 경찰관을 향해 몸을 돌린다.

"자, 그 사람 방으로 가봅시다."

"수색영장은 가지고 왔나요?"

매니저의 물음에 사부아는 그만 폭발한다.

"안 가지고 왔소! 난 사무실 구석에 앉아 서류나 만지는 사람이 아니란 말이오! 부인, 이 나라의 문제가 뭔지 아시오? 다들 너무나 고분고분하다는 점이오! 하긴 그건 우리뿐만 아니라 전 세계적 문제이긴 하지만. 자, 나라가 당신 아들을 전쟁터에 보내겠다면 복종 안 하시겠소? 부인 아들도 마찬가지일 것 아니오? 물론 그러겠지. 자, 그렇게 복종을 잘하시는 분이니 나하고 같이 좀 갑시다. 싫다면 살인공모죄로 체포해버릴 테니까."

여자는 새파랗게 겁에 질린다. 사부아는 그녀와 부하 경찰을 이끌고 엘리베이터까지 간다. 엘리베이터는 층마다 서느라 느리기 짝이 없다. 지금 한 사람의 생명이 그들의 신속한 행동에 달려 있다는 사실을 아는지 모르는지.

그들은 층계로 올라가기로 결정한다. 매니저는 자기가 하이힐을 신고 있다고 불평한다. 하지만 사부아는 그럼 신발을 벗고 따라오라고 대꾸할 뿐이다. 그들은 반짝이는 황동난간을 손으로 짚으면서, 층계참마다 마련된 우아한 간이대기실들을 지나 계속 계단을 오른다. 엘리베이터를 기다리던 사람들은 저 신발 벗은 여자는 누구이며, 제복 입은 저 경찰은 왜 저렇게 호텔 안에서 달리고 있는지 궁금해한다. 무슨 심각한 일이라도 일어난 걸까? 그러면 왜 더 빠른 엘리베이터를 타지 않는 거지? 그들은 속으로 혀를 찬다. 칸 영화제도 이제 예전 같지 않아. 이 호텔은 이제 아무 손님이나 받고 있어. 게다가 경찰이 마치 창녀촌 단속하듯 호텔에 저렇게 뛰어들다니. 기회 닿는 대로 매니저에게 한마디 해줘야겠군. 그들은 까맣게 모른다. 지금 신발 벗은 발로 계단을 뛰어오르고 있는 저 여자가 바로 이 호텔 매니저라는 사실을.

세 사람은 마침내 살인범이 묵고 있는 스위트룸 앞에 다다른다. 대체 무슨 일인지 알아보려고 온 호텔 경비원도 때맞춰 도착한다. 그는 매니저를 알아보고 도울 일이라도 있는지 묻는다.

사부아는 낮은 목소리로 대답한다.

"물론이오. 우릴 도와야겠소. 당신, 무기 있소?"

경비원은 없다고 대답한다.

"할 수 없지. 자, 이쪽에 서요."

사부아는 매니저에게 문을 두드리라고 지시하고, 경비원과 경찰과 함께 옆쪽 벽에 바짝 붙어선다. 사부아와 경찰은 권총을 꺼내든다. 매니저가 문을 여러 차례 두드려보지만 아무 반응이 없다.

"나간 모양이에요."

사부아는 마스터키를 사용하라고 말한다. 그녀는 마스터키를 가져오지 않았다고 대답한다. 설사 가지고 있더라도 지배인의 허락 없이는 문을 열 수 없노라고 설명한다.

그러자 사부아는 이번에는 정중하게 부탁한다.

"그렇다면 됐습니다. 이제부터 난 CCTV실에 내려가서 이곳 경비팀과 함께 지켜보고 있겠습니다. 그자는 조만간 나타날 테고, 오자마자 내가 먼저 심문할 수 있었으면 합니다."

"그의 여권과 신용카드를 복사해놓은 게 로비에 있어요. 그런데 왜 그 사람을 찾으시는 거죠?"

"그건 신경 안 쓰셔도 됩니다."

PM 09:02

 칸에서 차로 반 시간 걸리는 거리에, 프랑스와 같은 언어와 화폐를 사용하는 다른 나라가 있다. 국경 통제도 없고 정치체제도 완전히 다른—옛날처럼 대공이 지배하고 있는—이 나라의 한 남자가 컴퓨터 앞에 앉아 있다. 그는 십오 분 전에 도착한 이메일을 통해 한 유명배우가 살해되었다는 사실을 알게 되었다.
 모리스는 희생자의 사진을 들여다본다. 그는 영화관에 발길을 끊은 지 오래라 이 배우가 누군지 모른다. 하지만 인터넷 포털사이트의 뉴스 섹션에서 그의 죽음을 크게 다루고 있는 것으로 보아 꽤 유명한 사람인 모양이다.
 은퇴한 모리스에게 이런 사건은 일종의 체스게임 같은 것이었고, 그는 이런 게임에서 패하는 일이 거의 없었다. 경력과는 상관없는 일지만, 개입한 이상 그의 자존심이 걸린 문제였다.

런던경시청에서 일할 때, 그가 항상 지키던 몇 가지 규칙이 있었다. 그중 하나는 먼저 가장 형편없는 가설들을 세워본다는 것이다. 이 원칙을 따르면 사고가 자유로워진다. 단번에 정답을 찾아내야 한다는 부담에서 벗어날 수 있기 때문이다. 따분하기 그지없는 '직무평가위원회'가 열릴 때면 그는 이런 말로 참석자들을 슬그머니 도발하곤 했다.

"여러분이 알고 있는 것들은 오랜 세월의 근무에서 쌓인 경험에서 비롯된 것이죠. 하지만 구식 방법으로는 구닥다리 사건들만 해결할 수 있을 뿐입니다. 여러분, 창의적이고 싶으십니까? 그렇다면 경험들을 잊고 '내가 전문가다'라는 생각은 좀 내려놓아야 합니다!"

직급이 높은 사람들은 그의 말을 메모해두는 척했고, 좀더 젊은 축은 놀란 눈으로 그를 쳐다보았다. 그러고 나면 마치 그의 발언 따위는 아예 없었던 양, 회의는 여전히 지루하게 이어졌다. 하지만 그는 자신의 메시지가 분명히 전달되었음을 알고 있었다. 조금 있으면 상관들은—물론 그의 말이 맞다고 하지는 않겠지만—좀더 새로운 아이디어들을 요구하기 시작하리라.

그는 칸 경찰이 보내준 자료들을 출력한다. 그는 나무를 학살한다는 소리를 듣고 싶진 않아서 종이 사용을 극도로 자제하는 편이다. 하지만 때로는 꼭 필요할 때도 있다.

그는 먼저 '모두스 오페란디', 범죄들이 행해진 방식을 검토하기 시작한다. 범행시각(오전, 오후, 저녁), 사용된 무기(손, 독, 송곳칼), 희생자의 유형(다양한 연령대의 남성과 여성), 희생자에 대한 접근 방식(둘과는 직접적인 신체접촉이 있었고, 둘과는 아무 접촉이 없었다), 가해자에 대한 희생자들의 반응(드러난 바가 전혀 없다).

지금처럼 막다른 골목에 다다랐을 때 가장 좋은 방법은 무엇인가? 그것은 무의식이 움직이도록 생각을 자유롭게 풀어두는 것이다. 모리스는 컴퓨터 화면에서 새 창을 연다. 뉴욕증권거래소 사이트가 뜬다. 거기서 주식을 산 적 없는 그로서는 따분하기 이를 데 없는 사이트지만, 이게 바로 그가 작업하는 방식이다. 지금까지는 그의 오랜 경험으로 모든 정보를 분석했으니, 이제는 직관이 새롭고도 창의적인 대답을 제시할 차례다. 이십 분 후, 그는 머리를 다시 맑게 비운 채, 자료로 돌아온다.

그의 방법은 성공했다. 그렇다. 이 모든 범죄들에는 한 가지 공통점이 있었다.

살인범은 교양이 풍부한 자이다. 그는 임무수행을 위한 최선의 방법을 연구하기 위해 도서관에서 며칠, 아니 몇 달을 보냈음이 틀림없다. 그는 독을 다룰 줄 알지만, 시안화수소는 직접 다루지 않았을 것이다. 송곳칼이 뼈에 부딪히지 않도록 정확한 곳을 찌른 것으로 보아 인체해부학에도 정통한 자일 것이다. 또한 그는 조금도 힘들이지 않고 치명적인 타격을 가할 수 있다. 쿠라레의 위력을 알고 있는 사람은 세상에 몇 안 되는데, 그는 그중 하나다. 또 그는 연쇄살인에 관한 자료를 많이 읽었고, 경찰이 '서명'을 통해 살인범을 찾아낸다는 사실을 알고 있을 가능성이 높다. 따라서 그는 범행을 그 어떤 '모두스 오페란디'도 없이 완전히 무작위로 저질렀을 것이다.

하지만 그건 불가능하다. 분명 그는 무의식중에 어떤 서명을 남겼을 것이다. 단지 아직 찾아내지 못하고 있을 따름이다.

그리고 이 모든 것들보다 더 중요한 사실이 있다. 그자는 돈이 많다. 삼보를 훈련받고, 희생자를 마비시키기 위해 짚어야 할 부위를 확실히 배울 때까지 수련을 쌓을 만큼 충분히 돈이 있는 자다. 또 인맥도 있는 자이다. 그런 독극물들은 동네 약국에서 구입할 수 있는 게 아니다. 지역의 시시껄렁한 범죄조직에서 구할 수 있는 것도 아니다. 취급과 적용에서 상당한 주의와 기술을 요하는 극히 정교한 생화학 무기이기 때문이다. 이것들을 얻기 위해 분명 자신과는 다른 부류의 사람들로부터 도움을 받았으리라.

마지막으로 그는 신속하게 작업한다. 따라서 그는 칸에 오래 머무르지 않으리라는 결론을 내릴 수 있다. 길어봐야 일주일, 혹은 며칠쯤 더 머무르겠지.

하지만 이 모든 사실들로부터 무엇을 도출해낼 수 있을까.

그가 어떤 결론에도 이르지 못한다면, 그건 모리스 자신도 어느덧 게임의 규칙에 익숙해져버렸다는 이야기다. 과거에 그의 부하들에게 그토록 강조하던 정신의 천진함을 그 자신도 잃어버린 것이다. 세상은 이렇게 한 인간을 망가뜨려놓는다. 세월이 흐르고 나이를 먹으면서 사람들은 타인의 눈에 특이하고 과도한 열정을 지닌 존재로 비치고 싶어하지 않는다. 범속한 존재가 되고 마는 것이다. 나이가 많다는 것은 더이상 지혜의 표지가 아니라 치욕이다. 사람들은 나이 오십이 넘으면 현재 진행되는 변화의 속도를 따라갈 수 없다고 믿게 된다.

정말로 그의 정신도 다른 사람들처럼 늙어버린 것일까? 물론 그는 예전처럼 빨리 달릴 수 없다. 또 돋보기 없이는 책도 읽을 수 없다. 하지만 정신만큼은 그 어느 때보다도 예리하다. 아니, 그렇다고 믿고 싶다.

그렇다면 이 사건은? 그가 자신이 생각하는 것처럼 아직 예리한 정신을 갖고 있다면, 왜 옛날에는 그렇게 쉬워 보였던 이런 사건을 해결해내지 못하는 것일까?

그렇다. 현재로서는 어떤 결론도 도출할 수 없다. 다음 희생자가 나타날 때까지 기다려보는 수밖에.

pm 09:11

한 커플이 지나가며 미소를 보낸다. 그렇게 아름다운 여자를 두 명이나 곁에 둔 이고르의 행운에 보내는 미소였다.

이고르도 미소로 답한다. 지금 그에겐 기분전환이 필요하다. 잠시 후면 그토록 고대하던 만남의 순간이 올 것이다. 그는 온갖 경험을 통해, 극도의 긴장감을 견뎌내는 데 도움이 될 방법을 알고 있다. 카불 근처에 정찰을 나갈 때마다 했던 일들이다. 그는 위험한 정찰임무를 앞둔 시점에는 전우들과 술을 마시고, 여자와 스포츠에 대해 얘기했다. 마치 자신이 있는 곳이 아프가니스탄이 아니라 가족과 친구들과 함께 테이블에 둘러앉은 고향마을인 듯 신나게 수다를 떨었다. 그래야만 초조함을 몰아내고 진정한 정체성을 되찾을 수 있었고, 다음날 맞닥뜨릴 도전을 더욱 분명히 의식하고 또 거기에 집중할 수 있었다.

그는 훌륭한 병사였다. 전투란 단순히 누군가와 싸우는 문제가 아니라, 어떤 분명한 목적을 이루는 행위라는 것을 그는 잘 알고 있었다. 또한 맨주먹으로 출발해서 러시아에서 가장 명망 있는 기업을 일으켜세운 그는 훌륭한 전략가답게 분명히 의식하고 있다. 목적의 동기는 종종 변할 수 있지만, 목적 자체는 항상 동일한 것이어야 한다는 사실을. 이것이 바로 오늘 그에게 일어난 일이었다. 그는 명확한 목적을 품고 이곳 칸에 왔다. 하지만 그 목적의 진정한 동기를 깨닫게 된 것은 행동을 개시한 이후였다. 지난 세월 동안 완전히 눈멀어 있던 그는 이제야 비로소 빛을 보았다. 마침내 신의 계시가 온 것이다.

그가 끝까지 가야 하는 이유는 바로 이 때문이다. 지금까지 그가 내린 결정에는 항상 용기와 초연함과 때로는 약간의 광기가 필요했다. 파괴적인 광기가 아니라, 인간으로 하여금 자신의 한계를 뛰어넘게 하는 그런 광기. 그는 지금까지 살아오면서 항상 그렇게 해왔다. 그가 승리를 거둘 수 있었던 건, 결정을 내릴 때마다 그의 내면에 통제되어 있던 광기를 발휘한 덕이었다. 처음에는 '너무 모험하는 거 아냐?'라던 친구들은 곧 '그래, 난 언제나 자네가 할 일을 하고 있다고 믿고 있었어'라고 말하곤 했다. 그는 사람들의 허를 찌르고, 혁신할 줄 알았다. 필요하면 어떤 위험도 감수할 수 있는 힘도 있었다.

　아마도 낯선 분위기 탓이었을 것이다. 이곳 칸에서는 하마터면 쓸데없는 모험을 할 뻔했다. 수면부족으로 판단력이 흔들려, 모든 것이 예정보다 일찍 중단될 뻔했다. 그랬다면 이 투명한 깨달음의 순간에 도달하지 못했으리라. 한때 그가 사랑한다고 믿었던 여인, 모든 희생과 순교를 받을 자격이 있다고 믿었던 여인을 다른 눈으로 보지 못했으리라. 그가 자신의 행위를 자백하러 경찰관에게 다가갔던 순간이 떠오른다. 변화가 시작된 건 바로 그 순간이었다. 그때 짙은 눈썹의 올리비아의 영이 그를 보호해주었고, 그를 깨우쳐주었다. 지금 그는 해야 할 일을 하고 있지만, 그 동기는 잘못된 것이라고. 사랑을 쌓으면 행운을 불러오지만, 증오를 쌓으면 파국을 초래할 뿐이라고. 문제가 많은 문을 인식하지 못하고 그 앞에 우두커니 서 있는 자는 그 문이 열려 비극이 자신에게 다가오는 것을 속절없이 바라보게 된다고.

　그는 올리비아의 사랑을 받아들였다. 그는 그녀의 영혼을 암울한 미래로부터 해방시켜주기 위해 보낸 신의 도구였다. 그리고 이제 그녀가 그의 곁에서 그가 임무를 완성하도록 돕고 있는 것이다.

　그는 의식하고 있다. 나름 만반의 준비를 마쳤지만 그가 미처 생각하지 못한 점도 있을 수 있다는 것을. 그 때문에 임무가 완수되지 못하고 중단될 가능성도 있음을. 하지만 후회나 공포 따위는 없다. 그는 할 수 있는 모든 것을 했고, 최선을 다했으니까. 만일 그가 일을 끝내지 못하는 게 신의 뜻이라면, 그분의 결정을 받아들이면 되니까.

긴장을 풀자. 이 아가씨들과 대화를 나누자. 최후의 일격을 가하기 전, 근육을 좀 쉬게 하자. 그가 파티에 도착했을 때 바에 혼자 앉아 있던 가브리엘라라는 여자. 그녀는 지금 몹시 흥분한 듯 보인다. 주류를 서비스하는 웨이터가 앞을 지날 때마다 그녀는 채 반도 비우지 않은 잔을 내려놓고 다른 잔을 집어들며 말했다.

"술은 차갑게 마시는 게 좋거든요!"

그녀의 즐거움에는 약간의 전염성이 있다. 그녀의 말에 따르면, 그녀는 어떤 영화에 출연할 배우로 선발되었다고 한다. 아직 작품 제목도, 맡게 될 배역도 모르지만 어쨌든 주연을 맡게 되리라고. 또 감독은 훌륭한 배우와 좋은 시나리오를 고르는 능력이 탁월하기로 소문난 사람이라고 한다. 그녀의 상대역인 남자배우는 이고르도 알고 또 좋아하기도 하던 유명한 인물이다. 그녀가 제작자인 하미드 후세인의 이름을 말할 때, 그는 '그래요, 나도 아는 사람이오'라는 듯이 고개를 끄덕였다. 하지만 그녀가 그의 제스처를 '누군지는 잘 모르겠지만, 무식한 티를 내면 안 되겠지'라는 의미로 해석하리라는 것을 이고르는 알고 있다. 그녀는 들떠서 끊임없이 지껄인다. 선물들이 가득한 방들, 레드카펫, 요트에서의 만남, 엄격한 오디션, 그리고 미래의 프로젝트에 대해.

"지금 이 순간에도 이 도시의 수천 명의 여자들이, 그리고 전 세계 수백만의 여자들이 꿈꾸고 있을 거예요. 지금 나처럼 이런 파티장에서 당신과 이야기하면서 이 모든 이야기들을 들려줄 수 있기를요. 하느님이 내 기도를 들어주셨어요. 내 모든 노력들이 보상을 받은 거죠."

가브리엘라 옆에 있는 재스민이라는 아가씨는 말이 없고 우울해 보인다. 아직 나이가 어리고 경험이 부족한 탓이 아닐까 하고 이고르는 생각한다. 그녀가 포토존을 지날 때 이고르는 사진기자들 바로 뒤에 있었다. 기자들이 그녀의 이름을 소리쳐 부르고, 포토존의 끝에서 그녀와 인터뷰하는 광경을 지켜보았다. 하지만 이 파티장에서는 아무도 그녀의 존재를 주목하지 않는다. 그녀가 입장할 때 파리떼처럼 몰려들었던 사람들은 사라지고, 그녀는 어느 순간 이렇게 한쪽에 내팽개쳐졌다.

그에게 말을 건네자고 제안한 쪽은 분명 이 말 많은 가브리엘라였으리라. 처음 그는 약간 거북함을 느꼈다. 하지만 어차피 그녀들이 아니더라도 다른 누군가가 다가와 말을 건넸을 것이다. 모두들 이 파티장에서 허둥대는 모습을, 친구 하나 없이 외로이 서 있는 모습을 보이고 싶지 않을 테니까. 그의 마음은 온통 다른 일에 쏠려 있었지만, 그가 그녀들과의 대화를, 아니 그저 이렇게 함께 서 있는 것을 받아들이기로 한 것은 그래서였다. 이고르는 그녀들에게 자신의 이름을 '군터'라고 소개했고, 중기계 제조 분야(아무도 관심 갖지 않는) 일을 하는 독일 실업가인데, 친구들이 파티에 초대해주었노라고 설명했다. 그리고 내일 칸을 떠나게 될 거라고 했다(주님이 예비하신 길들은 측량할 수 없는 것이기는 하지만, 어쨌든 그럴 수 있기를 바라는 마음으로).

가브리엘라는 그가 영화계 사람도 아니고 또 내일 칸을 떠날 거라는 말에 흥미를 잃고 자리를 뜨려 했다. 하지만 재스민이 그녀를 붙잡았다. 새로운 사람들을 알게 되는 것은 언제나 좋은 일이라면서. 그래서 세 사람은 이렇게 함께 서 있다. 그는 오지 않는 친구를, 그녀는 사라져버린 비서를 기다리고, 재스민은 말없이 서서 약간의 평온함을 원할 뿐, 아무것도 기대하지 않는다.

그것은 갑자기 일어난 일이었다. 가브리엘라가 그의 턱시도 상의에서 티끌 하나를 발견했는지, 그가 미처 만류할 새도 없이 손을 올려 털어내고는 묻는다.

"시가를 피우시나요?"

시가라. 그녀가 그렇게 생각한다면 다행이다.

"네. 저녁식사 후에는 한 대 피우죠."

"괜찮으시다면, 오늘 밤 요트파티에 두 분을 초대하고 싶어요. 그전에 제 비서가 와야 할 텐데 말예요."

너무 성급한 제안 아니냐고, 재스민이 넌지시 말한다. 영화에 이제 캐스팅되었을 뿐인데, 벌써부터 '친구들'(혹은 스타들 주위를 빙빙 도는 기생충들을 뜻하는 만국공용어인 '앙투라주')을 몰고 다니는 건 아직 시기상조 아니냐고. 이 세계의 룰에 따른다면 가브리엘라는 요트파티에 동행 없이 혼자 가야 한다는 걸 재스민은 알고 있다.

가브리엘라는 재스민의 충고에 고마워한다. 그리고 웨이터가 다가오자, 그녀는 반쯤 비운 샴페인 잔을 쟁반 위에 올려놓고 새 잔을 집어든다.

"이제 그만 마시는 게 좋을 것 같소."

이고르는 우아한 몸짓으로 그녀의 잔을 빼앗아들고는 내용물을 난간 밖으로 쏟아버린다. 가브리엘라는 짐짓 절망했다는 몸짓을 해 보이지만, 순순히 그의 충고에 따른다. 자기를 걱정해주는 그에게 호감을 느끼면서.

"맞아요. 난 지금 몹시 흥분해 있어요. 좀 진정할 필요가 있겠죠. 시가 한 대 얻을 수 있을까요?"

"이런, 한 대밖에 없는데 어쩌죠. 그리고 니코틴은 진정제가 아니라 자극제라는 것은 과학적으로 증명된 사실이죠."

시가. 그렇다. 그것은 시가와 비슷한 모양이다. 하지만 그것 외에 두 물건 사이에는 공통점이 없다. 그의 재킷 왼쪽 안주머니에 들어 있는 것은 소음기다. 길이 10센티미터 정도 되는 그 물건을 지금 그의 바지주머니에 든 베레타 총신에 연결하면 놀라운 기적을 만들어낸다.

'탕' 하는 총성을 '푸싯' 하는 작은 소리로 바꿔놓는 것이다.

이런 기적은 무기를 격발시킬 때 몇 개의 간단한 물리적 법칙들이 개입함으로 일어난다. 일련의 고무 고리들을 통과하면서 탄환의 속도가 조금 감소하게 되고, 동시에 격발 시에 발생하는 가스가 소음기 원통 둘레의 빈 공간에 들어가 급격히 냉각됨으로써 화약의 폭발음을 억제하는 것이다. 탄도에 영향을 미치므로 원거리 사격에는 부적합한 물건이지만, 근거리 사격이나 몸에 직접 대고 쏠 때는 이상적인 장치라 할 수 있다.

이고르는 초조해지기 시작한다. 그들 부부는 파티 참석을 취소한 것일까? 아니면—극히 짧은 순간 그는 정신이 아찔해진다—혹시 그가 봉투를 놓고 온 스위트룸이 그들의 방이었을까?

아니, 그럴 리가 없다. 만약 그렇다면 정말로 고약한 일이다. 죽은 사람들이 그의 눈앞에 떠오른다. 물론 이제 그의 목적은 더 이상 그 여자를 되찾는 게 아니지만, 만약 처음처럼 그게 유일한 목적이었다면…… 그렇다면 지금까지 벌인 모든 수고는 다 물거품이 되어버린 셈이다.

그는 순간 냉정함을 잃는다. 지금껏 그 많은 메시지들을 보냈음에도 에바의 접촉 시도가 없었던 건 그래서인가? 그는 에바도 잘 아는 친구에게 두 차례 전화해 물었었다. 하지만 친구는 아무도 그를 찾지 않았다고 알려주었다.

의혹은 확신으로 변하기 시작한다. 그렇다. 그 부부가 죽었다. 그래서 가브리엘라의 '비서'라는 자가 갑자기 자리를 뜬 것이고, 그 세계적 디자이너와 함께 이 파티에 나란히 서기로 했다는 저 열아홉 살 모델도 저렇게 완전히 방치되다시피 혼자 있는 것이다.

신께서 나를 벌하고 있는 것일까? 가치도 없는 여인을 사랑한 죄? 그토록 넘치게 사랑한 죄? 죄 없는 올리비아를 목 졸라 죽이도록 그의 손을 이끈 것은 한때 그의 아내였던 에바 아닌가. 앞날이 창창하던 소녀를, 암치료법을 개발하거나 지구를 파괴하고 있는 인간들에게 깨달음을 줄 후세를 낳을 수도 있었던 귀한 생명을 앗아버린 것이다. 아무것도 모르고 있었을지라도, 에바는 그로 하여금 독을 사용하게 만든 장본인이다. 칸에 올 때만 해도 이고르는 확신하고 있었다. 단 하나의 세계만 파괴해도 에바에게 메시지가 전해지리라고. 하나의 작은 병기고를 숨기고 들어오면서도, 그는 이것이 단지 게임이라고 생각했다. 에바가 파티를 위해 떠나면서 샴페인을 한잔 하러 들르게 될 호텔 바에서 그녀는 당연히 거기 있는 그를 느끼리라 믿었었다. 그녀 자신이 초래한 그 모든 불행과 파괴에도 불구하고 용서받았음을 깨닫게 되리라고. 한 이불을 덮고 오래 살아온 사람들은 상대방이 같은 공간 안에 있으면 막연하게나마 그의 존재를 느끼게 된다는 연구결과를 그는 믿었다.

하지만 그런 일은 일어나지 않았다. 어젯밤 에바는 완전한 무관심—혹은 그에 대한 죄의식 때문일 수도 있으리라—으로, 기둥 뒤에 숨은 척하고 있던 그의 존재를 알아차리지 못했다. 그녀에게 잃어버린 사랑을 되찾으려는 마음이 있었다면, 테이블 위에 놓인 러시아 경제지들은 충분한 단서가 될 수도 있었다. 누군가를 뜨겁게 사랑하는 사람은 거리에서, 파티장에서, 극장에서, 그 사랑을 만나리라는 느낌을 끊임없이 갖게 되는 법이다. 아마도 에바는 그녀의 사랑을 세상의 번쩍이는 화려함과 바꿔버린 것이리라.

그의 마음은 다시 차분해지기 시작한다. 그래, 에바는 지구상에서 가장 치명적인 독이었다. 시안화수소가 그녀를 파괴해버렸다 해도 조금도 안타까울 게 없다. 그보다 더한 독으로 죽어 마땅한 여자니까.

가브리엘라와 재스민은 수다를 떨기 시작한다. 이고르는 그녀들에게서 멀어져간다. 제 손으로 작품을 파괴해버렸다는 생각에 넋을 잃고 있어서는 안 된다. 지금 그에게 필요한 것은 정신적 독립과 냉정함, 그리고 갑작스런 방향전환에 신속히 대처할 수 있는 능력이었다.

그는 담배를 끊을 수 있는 여러 가지 방법에 대해 열띤 대화를 나누고 있는 그룹에 다가간다. 금연은 이 세계 사람들이 요즘 즐기는 몇 가지 주제 중 하나다. 자신에게 의지가 있다는 것, 굴복시킬 적이 있을 때는 싸워 이기고 만다는 사실을 친구들에게 과시할 수 있으니까. 그는 장난 삼아 담배를 한 대 피워 문다. 그들을 도발할 행동임을 의식하면서.

"담배는 건강에 좋지 않아요."

다이아몬드로 뒤덮인 해골 같은 몸뚱이에, 손에는 오렌지주스 잔을 든 여자가 한마디 한다.

"산다는 것 자체가 건강에 좋지 않죠." 그는 되받는다. "삶은 언제나 죽음을 향해 가니까 말이오."

남자들은 웃음을 터뜨린다. 여자들은 이 새로운 남자를 흥미로운 눈으로 쳐다본다. 그때였다. 20여 미터쯤 떨어진 포토존에서 사진기자들이 외치기 시작했다.

"하미드다! 하미드!"

조금 떨어진데다 정원을 돌아다니는 사람들이 시야를 가리긴 했지만, 이고르는 디자이너가 그의 여자와 함께 들어오는 모습을 볼 수 있었다. 과거, 세상의 다른 장소들에서 지금의 바로 저 모습으로 그와 함께 입장하던 여자, 다정하고 섬세하고 우아하게 그의 팔을 잡고 있던 바로 그 여자와 함께.

미처 안도의 한숨을 내쉬기도 전에 그의 시선은 반대방향으로 이끌려간다. 한 사내가 정원 반대편에서 들어오고 있다. 경비원들의 제지도 받지 않고 들어온 사내는 사방을 두리번거리며 누군가를 찾고 있는 것 같았다. 하지만 파티장에서 잃어버린 친구를 찾는 것 같진 않았다.

이고르는 간다는 말도 없이 그룹을 떠나 두 아가씨가 여전히 얘기를 나누고 있는 난간으로 돌아와 여배우의 손을 잡는다. 그는 속으로 짙은 눈썹의 올리비아에게 기도한다. 잠시나마 의심했던 걸 용서하라고. 인간이란 불순한 존재라 그토록 너그러이 주어지는 축복을 이해하지 못한다고.

"진도가 조금 빠른 것 같지 않나요?"

가브리엘라는 한마디 쏘아붙이면서도 손을 빼려는 기미는 조금도 내비치지 않는다.

"네, 좀 그렇죠. 하지만 당신이 들려줬잖소. 오늘 당신에게 일어난 모든 일들이 이렇게 빠르게 진행된 것 같던데, 그렇지 않아요?"

그녀는 웃는다. 우울해 보이는 재스민도 웃는다. 경찰은 그들

승자는 혼자다 239

에게 주의를 기울이지 않고 곁을 스쳐 지나간다. 경찰들이 받은 명령은 관자놀이가 희끗희끗한 사십대 남자, 혼자 있는 남자를 찾으라는 것이었다.

PM 09:20

의사들은 검사결과가 그들이 생각했던 것과 다르게 나올 때, 과학과 직관 중 하나를 선택해야 한다. 시간이 흐르고 경험이 쌓이면서 그들은 마음에 더 귀를 기울여야 한다는 것을 깨닫게 되고, 그렇게 했을 때 결과가 좋아진다는 걸 알게 된다.

뛰어난 사업가들은 그래프를 골똘히 분석한 뒤, 시장의 흐름과는 정반대 방향으로 투자를 결정한다. 그들은 그렇게 해서 점점 더 부자가 된다.

예술가들은 사람들이 '이건 안 될 거예요, 요즘 이런 주제는 아무도 관심 갖지 않거든요'라고 말하는 책을 쓰거나 영화를 만들고, 대중문화의 위대한 아이콘으로 떠오른다.

종교지도자들은 이론적으로는 세상에서 가장 중요한 '사랑'에 대해 말하는 대신 두려움과 죄악에 대해 말하고, 그럴수록 교단은 번창한다.

오직 하나의 집단만이 눈앞의 일반적인 흐름을 거스르지 못한다. 바로 정치가들이다. 그들은 모든 사람의 마음에 드는 존재가 되려 하고, 이를 위해 '바른생활' 교과서를 따르는 모습을 보이려 애쓴다. 하지만 그 결과는 어떨까? 결국 사임하거나, 국민 앞에 사과하거나, 자신이 했던 말을 부정해야 하는 상황에 이를 뿐이다.

모리스는 컴퓨터 앞에 앉아 이 창 저 창을 열어보고 있다. 테크놀로지의 경이를 즐기기 위해서가 아니라 직관을 얻기 위해서다. 방금 전에도 다우존스 지수를 들여다보았지만 결과는 신통치 않았다. 이제는 그가 평생 동안 연구해온 인물들에 대해 또다시 깊이 성찰해볼 차례다.

그는 '그린 리버의 킬러' 게리 리지웨이의 모습이 담긴 동영상을 다시 돌려본다. 대부분 창녀였던 마흔여덟 명의 희생자가 어떻게 살해되었는지, 살인마 자신이 차분한 목소리로 들려주는 비디오다. 그가 이렇게 자신의 범죄들을 털어놓은 것은 이를 통해 자신의 죄를 회개하거나 죄책감을 덜기 위해서가 아니었다. 단지 사형을 무기징역으로 바꿔주겠다는 검사의 제안 때문이었다. 다시 말해 그는 그 많은 사람들을 죽이고도, 검사가 그를 기소하기 위해 어떻게 해볼 수도 없게 매번 감쪽같이 처리했다는 얘기다. 그런 그가 과연 검사가 내건 조건 때문에 자백하기로 결심했을까? 어쩌면 그는 자기 자신에게 부과한 그 소름끼치는 과업에 이제 피로를 느낀 것인지도 모른다.

리지웨이. 트럭 도색공이라는 안정된 직업을 갖고 있었고, 희생자를 기억해내기 위해서는 먼저 그날 자신이 근무를 했는지 안 했는지를 먼저 떠올려야 했던 평범한 사내. 20여 년 동안, 어떨 때는 오십 명의 수사관이 동시에 추적하기도 했던 이 사내는 매번 아무런 '서명'도 단서도 남기지 않고 살인행각을 계속할 수 있었다.

"그다지 영리한 인물은 아니었어요. 도색일도 그렇게 똑 부러지게 하는 편은 아니었고, 배운 것도 별로 없는 사람이었지만, 킬러로서는 완벽했지요."

비디오에 등장한 형사는 그를 그렇게 말했다.

다시 말해 리지웨이는 타고난 킬러였다는 것이다. 떠돌이도 아닌 사람이 그 모든 범행을 저지를 수 있었다. 그의 케이스는 아직도 풀리지 않은 수수께끼로 남아 있다.

모리스는 지금까지 이 비디오를 수백 번은 보았다. 그리고 이를 통해 영감을 얻는 경우가 많았지만, 오늘은 아무 효과가 없다. 그는 동영상 파일을 닫고, 다른 창을 열어본다. 이번에는 1978년에서 1991년 사이에 열일곱 명을 죽이고 토막 낸 '밀워키의 백정' 제프리 다머의 아버지가 쓴 편지가 화면에 떠오른다.

처음에는 경찰이 아들에 대해 하는 말을 하나도 믿을 수 없었습니다. 내 아들이 사람을 토막 내는 사탄의 제단으로 사용했다는 그 식탁에 나는 종종 편안히 앉아 있곤 했어요. 냉장고를 열어보면 우윳병과 소다수 캔밖에는 없었습니다. 내가 그토록 자주 안아주었던 아이와, 지금 모든 신문들에 사진이 실린 그 괴물이 어떻게 같은 인물일 수 있단 말입니까? 차라리 내가 그 희생자들의 가족이라면 얼마나 좋겠습니까! 1991년 7월에 경찰이 희생자 부모들에게 전했을 말을 내게 똑같이 해주었으면 말입니다. 그랬다면 난 아들에 대한 따뜻한 기억들을 떠올리며 그애의 무덤을 찾아갈 수 있었을 텐데요. 하지만 사실은 비참하리만큼 전혀 다릅니다. 내 아들은 살인범에게 죽임을 당한 게 아니라 끔찍한 범죄를 저지른 미치광이였어요.

사탄의 제단. 찰스 맨슨과 그의 '패밀리'. 1969년, 세 청년은 한 영화계 유명인사의 집에 침입하여, 집에서 나오던 한 소년을 포함하여 그곳에 있던 모든 사람을 살해했다. 이튿날에도 두 사람을 죽였는데, 사업가 부부였다. 찰스 맨슨은 이렇게 말했다고 한다. "나 혼자서도 인류 전체를 죽일 수 있었어."

모리스는 지금껏 수천 번 보았던 그 사진을 다시 한번 들여다본다. 살인범들의 지도자인 맨슨이 그의 '패밀리'인 히피 친구들에게—그 가운데는 당시의 유명가수도 한 명 끼어 있었다—둘러싸여서 카메라를 향해 미소 짓고 있는 사진을. 모두 사랑과 평화를 외치는, 천사 같은 모습의 사람들이었다.

그는 화면에 띄운 창들을 모두 닫는다. 영화계가 관련되어 있고, 유명인사를 타깃으로 했다는 점에서 맨슨의 경우는 지금 이번 사건과 가장 가깝다고 할 수 있다. 맨슨 패밀리의 범행들 역시 럭셔리와 소비와 명성의 욕망에 휩쓸린 세태를 공격하는 일종의 정치적 선언이었으니까. 하지만 맨슨은 살인에 직접 참여하지 않았다. 그는 목적을 이루기 위해 추종자들을 배후에서 조종하기만 했다.

아니다. 방향이 틀렸다. 그는 경찰서에 이메일을 보내, 해답을 그렇게 빨리 찾아낼 수 있을 것 같지 않다고 미리 알려두었다. 그럼에도 불구하고 지금 그는 연쇄살인범을 추적하는 모든 수사관들이 빠지는 함정에 자신도 빠져들고 있다고 느끼기 시작한다. 마음이 조급해지기 시작한 것이다. 그렇다. 이 사건은 그에게 개인적인 문제가 되어가고 있었다.

한쪽에는 범인이 있다. 무력과는 그다지 관계없는 직업을 가졌을 이 사내는 이번에 사용한 다양한 무기로 미루어볼 때, 오래전부터 치밀하게 준비해온 게 분명하다. 하지만 이곳 경찰의 능력에 대해 잘 모르고, 생소한 지역에서 활동해야 한다는 점이 약점이라면 약점이다. 그러면 그 반대편은? 바로 사회의 온갖 일탈행위들을 다루는 데 익숙한 다양한 보안기관들이다. 그런데 지금 이들이 단순한 아마추어일 수도 있는 이 사내의 살인행각을 저지하지 못하고 있는 것이다.

아, 하필 왜 그때 서장의 전화를 받았단 말인가. 이 남프랑스에서 살기로 마음먹은 이유가 뭔데. 날씨 좋고 바다와 가까운 이곳에서 인생을 즐기며 여생을 좀더 편안하게 보내기 위해서가 아니었던가.

런던경시청을 떠날 때 그는 최고라는 소리를 들었다. 그런데 지금 실패를 하면 어떻게 되겠는가? 그 소문은 동료들의 귀에도 들어갈 테고, 평생 노력과 헌신으로 쌓아온 그의 모든 명성은 허물어져버릴 터였다. 그들은 말할 것이다. '그는 부서에 컴퓨터를 도입하자고 우겨댄 인물이지. 그런데 그러면 뭐 해? 제아무리 최신 테크놀로지에 둘러싸여 있어도 인간이 늙는 건 어쩔 수 없는 모양이지?'

그는 컴퓨터의 오프 버튼을 누른다. 소프트웨어 로고가 떠오른 뒤, 화면은 금방 꺼져버린다. 컴퓨터 안의 전자 임펄스들은 그 어떤 죄책감도 후회도 무력감도 남기지 않고 기억장치에서 사라져버린다.

하지만 모리스의 육체에는 그런 버튼이 없다. 그의 두뇌회로들은 여전히 돌아가며 똑같은 결론들을 반복하고, 정당화할 수 없는 사실을 정당화하려 애쓰며, 자기 자신에 대한 자부심을 파괴하고 있다. 그래, 친구들의 말이 맞는지도 몰라. 이제 나이 탓에 나의 본능과 분석능력도 약해져버린 걸 거야.

주방으로 간 그는 에스프레소 커피기계의 전원을 올려보지만 작동하지 않는다. 그래, 이걸 수리하느니 쓰레기통에 던져버리고 내일 아침에 새것을 사는 게 낫겠군. 요즘 전자기기들이 다 이 따위지만. 혹시나 싶어 다시 시도하자 다행히도 기계는 작동한다. 그는 느긋하게 커피 한 잔을 음미한다. 가만히 생각해보니, 그는 온갖 종류의 버튼을 누르며 대부분 시간을 보내고 있다. 컴퓨터, 프린터, 전화, 전등, 오븐, 커피기계, 팩스.

하지만 지금은 정신의 올바른 버튼을 눌러야 할 때다. 경찰이 보내온 자료를 되풀이 읽어봐야 아무 소용 없다. 다른 식으로 생각해보자. 목록을 만들어보자. 항목이 중복되더라도 자유롭게 한번 써보자.

1. 최소한 무기에 관한 한, 범인은 대단히 정교한 지식의 소유자다. 또 그는 그것을 제대로 사용할 줄 안다.

2. 그는 이 지역 사람이 아니다. 이 지역에 살고 있다면 더 적절한 시기와 경찰이 덜 깔려 있는 다른 장소를 선택했을 것이다.

3. 그는 명확한 '서명'을 남기지 않는다. 즉 그에게는 자신의 정체를 드러내고 싶은 마음이 추호도 없다. 당연한 얘기처럼 들릴지 모르지만, 범행에 남겨진 서명은 '괴물'의 악행을 중단시키기 위해 '박사'가 사용하는 하나의 절망적인 신호라고 할 수 있다. 지킬 박사가 하이드가 되어 말했듯이. '제발 부탁이오. 나를 좀 붙잡아주시오. 나는 이 사회의 악이고, 나 자신을 통제할 수가 없소.'

4. 그는 최소한 두 명의 희생자에게 접근했고, 그들과 가까이에서 시선을 마주했으며 그들의 신상을 어느 정도 알 수 있을 만큼 대화를 나누었다. 이를 보면 그는 별 죄책감 없이 사람을 죽이는 데 익숙해져 있는 자다. 참전한 경험이 있는 자일 가능성이 있다.

5. 그는 돈이 있는 자이다. 꽤 많을지도 모른다. 그건 영화제 기간 동안 칸의 물가가 비싸기 때문만이 아니라, 시안화수소 봉투의 제작비용 때문이다. 독극물 자체의 가격은 40달러지만, 봉

투 제조비용은 4,460달러 정도 들었을 것이다. 그러니까 총 5천 달러.

6. 그는 마약이나 무기 등을 취급하는 마피아의 일원이 아니다. 만일 그렇다면 유로폴의 추적을 받고 있을 테니까. 대부분의 범죄자들이 생각하는 바와 달리, 그들이 자유롭게 돌아다닐 수 있는 건 아직 그들을 철창 속에 처넣어야 할 때가 되지 않았기 때문이다. 그런 범죄조직에는 경찰의 엄청난 돈을 받고 활동하는 첩자들이 침투해 있다.

7. 그는 체포되는 걸 피하려고 모든 면에서 세심한 주의를 기울이고 있다. 하지만 자신의 무의식마저 통제할 수는 없는 노릇이기 때문에 자신도 모르게 어떤 도식을 따르고 있다.

8. 그는 외관상으로는 누구도 의심하기 힘든 완전히 정상적인 사람이다. 아마 친절하고 상냥해서 그가 사지로 끌어들인 사람들의 신뢰를 얻을 수 있었을 것이다. 그는 희생자들과 얼마간 시간을 함께 보냈다. 희생자들 중 둘은 여성이었다. 여성은 남성보다는 낯선 사람을 잘 믿는 편이다.

9. 그는 희생자들을 가리지 않는다. 남녀노소, 신분 고하를 막론하고 누구든 그의 표적이 될 수 있다.

모리스는 잠시 멈춘다. 그가 쓴 것 중 뭔가가 지금까지 그가 세운 다른 가정과 일치하지 않는 것 같다.

그는 목록을 두 번, 세 번 읽어본다. 그리고 네번째 읽으면서 그는 마침내 찾아낸다.

3. 그는 명확한 '서명'을 남기지 않는다. 즉 그에게는 자신의 정체를 드러내고 싶은 마음이 추호도 없다.

따라서 이 살인마는 맨슨처럼 세계를 청소할 생각도 없고, 리지웨이처럼 그가 사는 도시를 정화하겠다는 의도도 없을뿐더러, 다머처럼 신들의 파괴욕구를 채우기를 원하지도 않는다. 대부분의 살인마들은 체포되는 걸 원치 않지만, 최소한 자신의 존재가 알려지기를 바란다. 어떤 자들은 자기 이름이 신문 1면에 실리고, 명성과 영광에 이르기를 원한다. 별자리 살인마 조디악이나 잭 더 리퍼가 바로 그런 경우들이다. 어쩌면 그들은 손자들이 다락방의 먼지 덮인 신문에서 그들이 한 일을 발견하고 할아버지를 자랑스러워하리라 생각하는지도 모른다. 하지만 이와는 다른 종류의 살인마들도 있다. 즉 어떤 완수해야 할 임무를 가진 살인마들. 예를 들어 테러를 한다든가, 매춘부들을 척결하는 일 따위의. 정신분석학자들이 내린 결론에 따르면, 이런 유의 살인범들은 그들이 보내려는 메시지가 수신되었다고 판단될 경우 즉각

살인행위를 중단한다.

그렇다. 대답은 바로 여기에 있었다. 왜 이걸 더 일찍 생각해내지 못했단 말인가.

사실은 간단한 이유에서다. 그리 되면 경찰 수사가 두 방향으로 진행되어야 하기 때문이다. 즉 살인마를 추적해야 하고, 그가 보낸 메시지를 받을 인물도 알아내야 하는 것이다. 어쨌거나 지금 칸의 살인마는 아주 빠른 속도로 범행을 이어가고 있다. 그렇다면 그의 메시지는 조만간 전달될 테고, 그 즉시 살인마는 사라질 것이 거의 확실하다.

길어야 이삼 일이면 충분하리라. 그리고 희생자들 간에 전혀 공통점이 발견되지 않는 연쇄살인의 경우에서 흔히 그렇듯, 지금 메시지의 수신자는 다수가 아니라 한 사람이다. 다시 말해 한 사람에게만 전달되면 된다.

모리스는 컴퓨터를 다시 켠 다음 서장에게 메시지를 한 통 보낸다. 그를 안심시켜주기 위해서다.

"너무 걱정하지 마시오. 살인은 곧 멈출 것 같소. 아마 영화제 폐막 전에 끝날 거요."

그리고 그는 약간의 모험을 즐기기 위해 이 메시지의 사본을 런던경시청의 한 친구에게도 보낸다. 이곳 프랑스 사람들이 그를 전문가로서 존경하고 그의 도움을 요청하고 있다는 사실, 또 자기가 실제로 도움을 주고 있다는 사실을 보여주기 위해서다. 그렇다. 그는 아직도 날카로운 결론에 도달할 능력이 있다. 얼마 후면 그가 정확했다는 것이 밝혀질 것이다. 그는 사람들이 생각하듯 그리 노쇠하지 않았다.

이 일은 그의 명성이 걸린 일이다. 하지만 그는 자신의 결론에 대해 확신하고 있다.

pm 10:19

  하미드는 휴대폰 전원을 꺼버린다. 그는 세상의 다른 곳에서 일어나는 일에 대해 전혀 관심이 없다. 30분 전부터 그의 휴대폰에는 부정적인 내용의 메시지들만 들어오고 있다.

  하미드는 이 모든 것을 영화제작에 뛰어들겠다는 터무니없는 생각을 이제 그만 접으라는 신호로 받아들였다. 그는 셰이크와 아내의 충고에 귀를 기울이지 않고 허영에 사로잡혀 있었다. 더 이상 자기 내면의 소리를 듣지 못하고, 럭셔리와 화려함의 세계에 중독되어 있었다. 세상의 독들이 결코 자신을 침범할 수 없으리라고 자부하던 그를.

  이제 이걸로 충분하다. 내일 이 모든 소동이 조금 가라앉고 나면, 이곳 칸에 모여든 각국 언론들을 불러 설명할 것이다. 이미 많은 돈이 투자되었고, '여러 사람 공동의 꿈이었으나 그중 한 사람이 고인이 되어버렸기에' 이 영화 프로젝트를 이제 중단할 수밖에 없다고. 그러면 기자들은 분명히 또다른 프로젝트를 구상하고 있느냐고 물어올 것이다. 그는 그것에 대해 말하기엔 아직 시기상조이고, '지금은 돌아가신 분의 명복을 빌어야 할 때'라고 대답할 것이다.

인간에 대한 예의를 아는 사람으로서 그는 깊은 유감을 느끼고 있다. 그가 선발한 배우가 독살되었고, 그의 프로젝트를 위해 선택한 감독은 다행히 생명에는 지장이 없으나 지금 병원 신세를 지고 있다. 이 사태는 '이제 영화는 그만'이라는 명확한 메시지를 그에게 보내고 있다. 영화는 그의 분야가 아니다. 결국 많은 돈만 잃게 될 뿐, 그 대가로 아무것도 얻지 못할 것이다.

영화는 영화인이, 음악은 음악인이, 그리고 문학은 작가들이 해야 한다. 두 달 전 이 모험에 뛰어든 이래, 그가 만난 것은 온갖 종류의 문제들뿐이었다. 자아가 어마어마하게 비대한 사람들과 상대해야 했고, 터무니없는 예산을 거절해야 했고, 가져올 때마다 점점 더 형편없어지는 시나리오를 직접 고쳐야 했고, 짐짓 미소를 지으며 고개를 끄덕이면서도 그를 영화에 대해 아무것도 모르는 사람 취급하는 프로듀서들을 참아내야 했다.

조국의 문화를 보여주는 영화를 제작하겠다는 하미드의 의도는 좋은 것이었다. 사막의 아름다움과 오랜 세월 동안 전해내려 온 베두인의 지혜와 명예를 온 세상에 보여주고 싶었다. 그는 그 것이 종족에 대한 의무라고 생각했다. 하지만 셰이크는 그에게 간곡히 당부했다. 처음 계획한 길에서 절대 벗어나지 말라고. 셰이크는 말했다.

"사람들이 왜 사막에서 길을 잃는지 아나? 신기루에 사로잡히기 때문일세. 자네는 자네의 일을 멋지게 해내고 있어. 그러니 그 일에 모든 힘을 집중하여 자네의 길을 완성하도록 하게나."

하지만 하미드는 더 나아가고 싶었다. 자신이 경이롭고 더 높이 올라갈 수 있는 사람임을, 이룬 것에 만족하지 않고 새로운 도전에 나서는 용기 있는 사람임을 증명하고 싶었다. 그 모든 것이 교만이었다. 다시 반복하지 말아야 할 교만.

기자들은 그에게 질문을 퍼부어댄다. 이번 뉴스는 어느 때보다도 빨리 퍼진 모양이었다. 그는 아직 사건에 대해 자세히 알지 못하므로, 내일 공식입장을 발표하겠다고 답변한다. 이렇게 똑같은 문답이 십여 차례 오가고 나서야 경비요원이 끼어들어 그들 부부를 가만둬달라고 요청한다.

하미드는 비서를 불러 빨리 재스민을 찾아 데려오라고 지시한다. 그가 여기 온 목적은 그것이었다. 재스민과 함께 사진 몇 장을 찍고, 언론발표를 통해 오늘 있었던 계약을 확인해주고, 파리 패션위크가 열리는 10월까지 화제를 몰고 갈 수 있도록 그녀를 부각시켜주는 것. 그 벨기에 디자이너는 나중에 직접 만나 설득할 작정이다. 하미드는 그녀의 디자인이 마음에 들었다. 그녀는 하미드 그룹에 더 많은 돈과 품위를 가져다줄 것이다. 하미드는 그렇게 확신했다. 하지만 지금 그 디자이너는 그렇게 생각하지 않을 것이다. 하미드가 그녀의 메인 모델을 지목했기 때문이다. 지금 접근했다간 가격만 올라갈 뿐 아니라, 모양새도 그다지 좋지 않을 수 있다. 모든 일에는 때가 있는 법, 디자이너를 만나는 건 좀더 적당한 기회를 기다리는 편이 나으리라.

"여길 떠나는 게 좋을 것 같아요."

에바는 쏟아지는 기자들의 질문공세가 견디기 힘든지 당혹스러운 표정으로 말했다.

"그럴 순 없소! 당신도 알다시피 난 피도 눈물도 없는 인간은 아니오. 당신이 항상 말했었지, 영화판을 멀리하라고. 그래, 오늘 터진 일은 당신 말이 옳았다는 걸 확인해준 셈이야. 하지만 난 아무렇지도 않소. 이런 일로 필요 이상 괴로워할 건 없으니까. 지금 우리는 파티장에 와 있소. 파티가 끝날 때까지 여기 있어야 해요."

하미드의 말투는 그가 의도했던 것보다 거칠었다. 하지만 에바는 그것조차 느끼지 못하는 기색이다. 그가 자기를 사랑하든 미워하든 아무 상관없다는 듯이. 하미드는 좀더 차분한 목소리로 말을 잇는다.

"이 파티가 얼마나 완벽한지 한번 둘러봐요. 이 정도면 돈깨나 들였을 것 같지 않소? 이런 호화로운 파티의 개최비용뿐 아니라, 이 파티를 빛내기 위해 특별히 초청한 스타들에게 제공한 비행기티켓과 숙박비 등을 계산하면 실로 어마어마할 테지. 하지만 이런 파티가 주는 광고효과 덕분에 주최측은 열 배 이상의 이득을 챙기게 될 거요. 이 파티는 신문과 잡지와 공중파에 소개되고, 게다가 이런 화려한 사교계 행사 외에는 보여줄 게 별로 없는 케이블 TV채널들에서는 엄청난 시간을 할애해줄 테니까. 세상 여자들은 여기 스타들이 치장하고 나온 보석들이 화려하고 럭셔리한 세계를 상징하는 거라 믿게 될 테고, 남자들은 권력과 돈을 과시하기 위해 여기 주최측 로고가 박힌 시계를 선호하겠지. 또 십대들은 패션잡지들을 뒤적이며 '나도 언젠가는 이런 파티에 가야지. 바로 이들과 똑같이 차리고 말이야' 하고 생각할 거요."

"제발요, 우리 그만 가요. 뭔가 불길한 예감이 들어요."

그의 인내심도 마침내 한계에 이르렀다. 오늘 온종일 그는 뭔가 불만에 가득 찬 아내의 기색을 불평 한마디 없이 참아왔다.

그녀는 연신 휴대폰을 열어 메시지를 확인하더니, 이제는 노골적으로 불안해하고 있다. 남자 문제일까? 어젯밤 호텔 바에서 보았던 전남편 때문일까? 그녀를 만나려고 기를 쓰고 덤벼드는 그자는 도대체 어떤 자일까? 만약 전남편 때문이라면, 왜 내게 털어놓지 않고 저렇게 혼자 껍데기 속으로 숨어들기만 한단 말인가.

"예감이니 뭐니, 쓸데없는 소리 하지 말아요! 난 지금 당신한테 사람들이 뭣 하러 큰돈을 들여 이런 파티를 여는지 열심히 설명하고 있잖소. 당신, 기회가 되면 다시 사업을 하고 싶다고 하지 않았소? 오트쿠튀르 사업을 다시 하고 싶다면 이런 말에 귀를 기울여야지. 그런데, 내가 어젯밤 호텔 바에서 당신 전남편을 봤다고 했을 때, 당신은 말도 안 된다고 대답했지. 혹시 당신이 휴대폰에 집착하는 건 그 사람 때문 아니오?"

"그 사람이 왜 이곳에 있겠어요?"

하지만 에바는 이렇게 말하고 싶다. '난 알아요. 당신의 영화 프로젝트를 망친 사람이 누군지. 그는 더 심한 짓도 할 사람이에요. 지금 우린 위험에 처해 있어요. 그러니 제발 이곳을 떠나요.'

"그건 대답이 아니오. 왜 내 질문에 대답하지 않는 거요?"

"그래요. 당신 말이 맞아요. 그래서 휴대폰만 쳐다보고 있는 거예요. 그 사람을 잘 아니까요. 그는 지금 분명 이곳에 있어요.

그래서 난 무서워요."

하미드는 웃는다.

"나도 당신 곁에 있잖소."

에바는 샴페인 잔을 집어들고는 단숨에 마셔버린다. 하미드는 아무 말도 하지 않는다. 그녀의 이런 행동은 그저 그를 도발하려는 것에 불과하니까.

하미드는 주위를 둘러본다. 이곳에 도착하기 전에 휴대폰으로 전달받은 우울한 소식을 잊기 위해, 그리고 기자들의 출입이 금지된 만찬장으로 들어가기 전에 재스민과 사진 몇 장을 찍을 기회가 있을지 상황을 살피기 위해. 스타의 독살사건은 너무도 고약한 타이밍에 일어났다. 이제 아무도 그가 무명의 모델과 맺은 대형 계약에 대해 질문하지 않는다. 30분 전만 해도 기자들의 관심은 온통 그 계약 건이었는데, 지금은 아니다.

꽤 오랫동안 이 럭셔리하고 화려한 세계에서 일해왔지만, 아직도 배워야 할 것들이 너무도 많다고 그는 생각한다. 수백만 유로가 오가는 그의 대형 계약은 이렇듯 쉽게 잊혀졌는데, 이 파티는 여전히 기자들의 관심을 묶어두고 있다. 대체 무슨 일이 일어났는지 알아보려고 경찰서나 병원으로 달려가는 기자나 사진기자는 하나도 없다. 그들 대부분이 패션전문 기자이기 때문이기도 하지만, 데스크들이 그들을 사고현장으로 보내지 않는 이유는 다른 데 있다. 화려한 사교계 이야기로만 채워져야 할 페이지에 지저분한 범죄소식이 끼어들면 안 되기 때문이다.

이 파티의 주최자인 최고급 보석 메이커들은 쓸데없이 영화계에 얼쩡대는 짓 따위는 하지 않는다. 최상급 행사 프로모터들은 완벽히 터득하고 있다. 지금 이 순간 세계 곳곳에서 선혈이 낭자하더라도, 여전히 사람들은 접근하기 어려운 화려함이 넘쳐 흐르는 완벽한 세계를 보여주는 사진들에 더 큰 관심을 보인다는 것을.

살인사건은 옆집이나 집 앞 길가에서도 일어날 수 있는 일일 뿐이다. 하지만 이런 파티는 오로지 세상의 정상에서만 열린다. 어느 쪽에 더 관심을 갖겠는가? 이런 행사의 광고는 몇 개월 전부터 시작된다. 주최측은 여러 매체에 보석 브랜드가 예년과 다름없이 칸에서 연례행사를 개최할 것이며, 초대장은 모두 발송되었다고 공고한다. 하지만 그것은 반쯤 거짓말이다. 그 즈음엔, 예정된 초대인원의 절반 정도만이 파티가 열리는 날짜에 맞춰 스케줄을 비워둘 것을 정중하게 부탁하는 메시지만 받았을 것이다.

메시지를 받은 이들은 즉시 회답을 보내고, 그 날짜에 스케줄을 비워둔다. 비행기 표를 사고, 현지에 48시간만 머물면 되는데도 호텔을 12일간 예약한다. 자신이 슈퍼클래스에 속한 인물임을 만방에 보여야 하기 때문이다. 그래야 비즈니스도 쉬워지고, 더 넓은 기회의 문이 열리고, 자아를 채울 수 있다.

럭셔리한 정식 초대장이 도착하는 것은 그로부터 두 달 후이다. 여자들은 입고 갈 아름다운 드레스를 좀처럼 결정하지 못해 신경이 예민해진다. 남자들은 서로에게 연락하여, 그 파티 전에 현지의 호텔 바에서 샴페인이나 한잔 하자고 청한다. 그것이 바로 '난 초대받았어. 자네는?' 하고 질문을 던지는 남자들의 방식이다. 상대방은 그때는 스케줄이 꽉 차서 칸까지 갈 수 있을지 모르겠다고 대답한다. 하지만 그의 메시지는 명확히 전달된다. '꽉 찬 스케줄'은 아직 초대받지 못한 자의 변명에 불과하니까.

그리고 몇 분 후, '스케줄이 꽉 찬 남자'는 받지 못한 초대장을 구하기 위해 온 인맥을 동원한다. 그렇게 주최측은 초대손님 나머지 절반을 권력, 돈, 인맥이라는 세 가지 요소를 기준으로 채워넣는 것이다.

완벽한 파티다.

전문적인 서빙팀이 고용된다. 마침내 디데이가 오면, 서빙팀은 손님들에게 술을 충분히 제공하라는 지시를 받는다. 그들이 선호하는 것은 전설적인 무적의 프랑스 샴페인이다. 외국에서 온 손님들은 이 귀한 음료가 이 나라 산물이기 때문에 그들의 상상보다는 훨씬 저렴하다는 사실을 인식하지 못한다. 여자들은—에바 역시 예외가 아니다—술잔에 담긴 이 황금빛 음료가 자신의 드레스와 구두와 핸드백과 완벽한 조화를 이룬다고 믿는다. 남자들 역시 손에 술잔을 들고 있지만 마음껏 마시지는 않는다. 그들이 여기 온 건 경쟁자들과 평화적 관계를 맺고, 공급자들과는 유대를 공고히 하고, 잠재적 고객들과의 인연을 맺기 위해서니까. 파티가 진행되는 동안 수백 장의 명함이 교환되는데, 주로 관련업계 사람들끼리 주고받는다. 물론 더러는 예쁜 여자들에게 명함이 가기도 하지만, 그건 종이 낭비에 불과한 짓임을 다들 알고 있다. 사랑 따위를 찾기 위해 이런 곳에 오는 사람은 없으니까. 그들은 비즈니스를 위해, 자기 존재를 과시하기 위해 여기 있는 것이다. 가능하다면 약간의 여흥을 맛볼 수도 있으리라. 하지만 여흥은 선택사항일 뿐이지 중요한 건 아니다.

머릿속에 삼각형 하나를 그려보자. 오늘 저녁 여기 모인 사람들은 그 삼각형의 세 꼭짓점에서 왔다고 할 수 있다. 첫번째 꼭짓점에는 이미 모든 걸 가진 사람들이 있다. 골프와 유유자적한 런치 모임을 즐기고, 지극히 폐쇄적인 멤버십클럽에서 시간을 보내는 사람들. 그들은 어디에서건 물건 가격을 묻지 않고 쇼핑하는 사람들이다. 그들은 사회의 최상부에 도달한 뒤, 이전에는 몰랐던 사실을 깨닫게 된다. 고독은 즐길 수 없다는 것이다. 남편과 아내는 서로를 끔찍이도 지겨워하면서 끊임없이 밖으로 돈다. 자신이 아직도 인류를 위해 많은 일을 하고 있다고 확신하면서. 하지만 은퇴한 이후 그들의 일상은 여느 중산층의 일상만큼이나 지루하다. 아침 먹고 신문 읽고, 점심 먹고 낮잠 자고, 저녁 먹고 텔레비전 보고. 그들은 저녁식사 초대가 오면 대부분 받아들인다. 주말에는 사회 행사나 스포츠 행사에 간다. 그리고 사람들 사이에 인기 있다는 휴양지에서 휴가를 즐긴다(그들은 더이상 일하지 않으면서도, '휴가'라고 말한다).

삼각형의 두번째 꼭짓점은 아직 성취할 게 있는 사람들, 거친 바다에서 노를 저으며 파도를 넘고 승자들의 텃새를 뚫고 나가기 위해 애쓰는 사람들이다. 부모가 병원에 입원해 있어도 환한 미소를 지어 보여야 하고, 자신이 아직 가지고 있지 못한 것조차 팔아야 하는 사람들이다.

삼각형의 정점에는 슈퍼클래스가 있다.

이 세 부류는 파티를 구성하기에 이상적인 조합이다. 첫번째 부류는 성공하긴 했지만 비교적 평범한 인생을 살아온 사람들, 자손 몇 대가 먹고살 만큼 돈은 충분히 있지만 은퇴한 이후 그들의 영향력은 점점 쇠퇴하고, 권력이 돈보다 더 중요하다는 사실을 너무 늦게 깨달은 사람들이다. 두번째는 아직 성공하지 못한 사람들. 이들은 자신이 가진 모든 에너지와 열정을 쏟아 사람들과의 만남에 최선을 다한다. 파티 분위기를 띄우면서 자신이 사람들에게 좋은 인상을 심어주고 있다고 믿는다. 하지만 파티가 끝난 뒤 몇 주일이 지나서야 알게 되리라. 그렇게 많은 명함을 돌렸음에도 아무도 연락해오지 않는다는 것을. 마지막으로, 정상에서 아슬아슬하게 균형을 잡고 서 있는 사람들이 있다. 세찬 바람이 쉴새없이 불어오는 그곳에 서 있는 그들은 알고 있다. 아차 하는 순간, 저 아래 심연으로 추락하리라는 것을.

사람들은 말을 걸기 위해 하미드에게 끊임없이 다가온다. 하지만 그에게 살인사건을 언급하는 사람은 아무도 없다. 불미한 일 따위는 결코 일어나지 않는 세계에 살고 있어서 그런 사건이 일어났다는 걸 아예 모르는 걸까? 아니면 결례를 범하고 싶지 않은 걸까? 하미드는 후자일 거라고 생각한다. 그는 주위를 둘러본다. 패션에서 그가 가장 끔찍하다고 여기는 풍경이 눈에 들어온다. 마치 스무 살 처녀처럼 옷을 차려입은 중년여인들의 모습이다. 그녀들은 이젠 스타일을 바꿔야 할 때가 되었다는 사실을 깨닫지 못한단 말인가. 그는 누군가와 몇 마디 나누고, 다른 사람에게는 미소를 건네며, 자신에 대한 찬사에 감사를 표하고, 에바를 아직 모르는 몇몇에게는 그녀를 소개한다. 그러면서도 그의 머릿속에는 한 가지 생각뿐이다. 빨리 재스민을 만나 오 분 안에 사진기자들 앞에서 함께 포즈를 취해야 한다는 생각.

한 실업가 부부가 다가와 전에 그와 만났던 일에 대해 시시콜콜 떠들어댄다. 하미드는 기억나지 않지만 대충 고개를 끄덕여준다. 그들 부부는 여행과 여행지에서 만난 사람들, 그리고 자신들이 추진하고 있는 프로젝트에 대해 이야기한다. 진정으로 흥미로운 주제에 대해 말하는 사람은 아무도 없다. 그들은 '당신은 행복하세요?'라든가 '모든 걸 다 겪어본 사람끼리 하는 얘긴데, 승리의 진정한 의미가 뭐라고 생각하십니까?' 같은 주제는 건드리지 않는다. 다들 슈퍼클래스이므로 더없이 만족하고 행복한 듯 행동해야 하기 때문이다. 내심 '내가 꿈꾸던 것을 다 이뤘는데, 이제 뭘 해야 하지?' 하고 자문하고 있을지라도.

그때, 스키니 바지에 인디언 튜닉을 걸친, 마치 만화에서 튀어나온 듯한 너저분한 차림 하나가 다가와 말한다.

"하미드 씨, 죄송합니다만……"

"누구시죠?"

"전 당신을 위해 일하고 있는 사람입니다."

이건 또 무슨 소리인가.

"난 지금 바빠요. 오늘 저녁에 일어난 유감스러운 사건에 대해서는 벌써 충분히 알고 있어요. 그러니 걱정 안 해도 됩니다."

하지만 그는 떠날 생각을 하지 않는다. 하미드는 거북해지기 시작한다. 게다가 옆에 있는 사람들이 '전 당신을 위해 일하고 있는 사람'이라는 끔찍한 말을 듣고 어떻게 생각하겠는가.

"하미드 씨, 이번 영화에 캐스팅된 여배우를 데려와 소개해드리려고 하는데요. 제가 전화를 받느라 저쪽에 그녀 혼자 두고 오기는 했습니다만……"

"나중에요. 난 지금 재스민 타이거를 기다리고 있어요."

기이한 생물은 떠나간다. 영화에 캐스팅된 여배우라. 계약서에 사인하자마자 모든 것을 잃게 된 불쌍한 여자……

에바는 한 손에는 샴페인 잔을, 다른 손에는 휴대폰을 들고 있다. 또 휴대폰을 든 손가락 사이에는 불을 붙이지 않은 담배도 한 개비 끼워져 있다. 한 사업가가 금으로 된 라이터를 꺼내 불을 붙여주려고 달려든다.

"괜찮아요. 불은 제가 붙일 수 있어요." 그녀가 사양한다. "담배를 덜 피워보려고 일부러 휴대폰을 들고 있는 거예요."

사실 그녀는 이렇게 말하고 싶다. '내가 휴대폰을 들고 있는 건 내 옆에 있는 이 바보를 보호해주기 위해서죠. 내 말을 믿지 않는, 그리고 내 삶과 내가 거쳐온 그 모든 일들에 대해 한 번도 관심을 갖지 않은 이 바보를. 또다시 메시지가 도착하면, 이번에는 난리를 쳐서라도 그를 데리고 이곳을 떠날 거야. 그가 나중에 욕을 퍼붓더라도, 그의 생명을 구했으니 최소한 내 마음은 편하겠지. 나는 스타를 죽인 게 누구인지 알아. 그 절대악이 바로 옆

에 있는 게 느껴진다고.'

프런트 여직원이 만찬을 위해 위층 살롱으로 올라가달라고 손님들에게 공지하고 다니기 시작한다. 하미드 후세인은 묵묵히 운명을 받아들일 준비를 한다. 그래, 사진은 내일 찍어도 되니까. 일단 에바와 만찬장에 올라가자. 그때 비서가 나타난다.

"재스민 타이거가 파티장에 없습니다. 떠난 것 같습니다."

"신경쓸 거 없어. 우리와 여기서 만난다는 사실을 전달받지 못한 거겠지."

그의 태도는 이런 상황을 겪는 데 익숙한 사람처럼 차분하기 그지없다. 하지만 그의 피는 맹렬히 끓어오른다. 뭐라고? 파티장을 떠나? 도대체 날 뭘로 보는 거야!

***

죽는다는 건 너무도 쉬운 일이다. 인간의 신체는 신의 창조물 중 가장 뛰어난 메커니즘으로 만들어져 있지만, 발사된 조그만 납덩이 하나가 체내에 들어가 아무 기준 없이 여기저기 절단하면 죽음에 이르게 된다. 그렇게 죽음은 가까이에 있다.

죽음. 사전적 정의로는 한 생명의 종결을 뜻한다(생명이란 또 무엇인가부터 정의되어야 하겠지만). 의학적으로 말하자면 두뇌, 호흡, 혈류, 심장 같은 신체의 핵심적 기능들이 영구히 마비되는 것이라고 할 수 있다.

죽음의 정의는 종교에 따라 다르다. 어떤 종교는 한 세계에서 더 높은 다른 세계로 옮겨가는 것이라 말한다. 또 어떤 종교에서 죽음은 일시적인 상태에 불과하다. 지금 이 육체에 깃들어 있던 영혼은 새로운 육체를 얻어 다시 돌아올 것이기 때문이다. 그가 한 생에서 지은 죄업을 갚기 위해, 혹은 전생에 받지 못한 축복을 다음 생에서 누리기 위해.

그의 옆에 있는 가브리엘라는 이제 아무 말이 없다. 샴페인에 취해서일까, 아니면 반대로 취기가 가셔버린 탓일까. 이제 그녀는 비로소 깨닫는 듯했다. 이곳에 아는 사람이 아무도 없고, 어쩌면 이런 파티에 초대받는 것이 그녀의 생에서 처음이자 마지막일 수도 있다는 것을. 그리고 꿈은 때로 악몽으로 변하기도 한다는 사실을. 잠시 그녀를 혼자 두고 곁을 떠났던 이고르는 몇몇 남자가 그녀에게 다가가 말을 거는 모습을 보았다. 하지만 가브리엘라는 불편해하는 듯했다. 이고르가 다시 그녀에게 돌아가자, 그녀는 파티가 끝날 때까지 함께 있어달라고 부탁했다. 그리고 혹시 자기를 집까지 데려다줄 차가 있느냐고 물었다. 수중에 돈도 없고, 동행했던 기이하게 생긴 남자는 어딜 갔는지 돌아오지 않을 것 같다는 것이다.

"물론이오. 기꺼이 집까지 모셔다드리죠."

그의 계획에는 없던 일이었다. 하지만 경찰들이 파티 참석자들을 살피고 다니는 상황에서 동행자가 있다는 것은 나쁘지 않았다. 한껏 무게를 잡으면서도 자기보다 훨씬 젊은 아가씨와 함께 있는 걸 자랑스러워하며 만면에 미소를 띤 수많은 남자들 중 하나로 보이는 게 상책이다. 그게 바로 이런 장소의 풍경에 자연스런 모습이니까.

"우리도 만찬장에 올라가야 하지 않을까요?"

"맞아요. 하지만 이런 행사들을 잘 알고 있으니 하는 말인데, 다른 사람들이 다 자리잡고 앉을 때까지 기다리는 게 나아요. 테이블 중 적어도 서너 개는 지정석일 텐데, 혹시라도 그 자리에 앉았다간 낭패 아니겠소?"

그에게 지정석이 없다는 말에 가브리엘라의 얼굴에 실망의 빛이 살짝 스치는 걸 읽을 수 있었다. 하지만 그 표정은 이내 사라진다.

웨이터들이 정원 곳곳에 널린 빈 잔들을 수거한다. 우스꽝스러운 받침대 위에서 춤추던 반라의 모델들도 내려온다. 그녀들의 춤추는 모습에 남자들은 인생은 아직은 흥미로울 수 있다는 생각을 했고, 여자들은 지방흡입술과 보톡스와 실리콘, 혹은 성형수술을 해야겠다고 새겼으리라.

"저, 우리 이제 들어가요. 뭘 좀 먹어야겠어요. 몸이 안 좋아요."

그녀는 그의 팔을 잡고 위층 살롱을 향해 걷기 시작한다. 에바는 분명 자기가 마지막으로 보낸 메시지를 확인했을 텐데, 여전히 반응이 없다. 무시해버린 거겠지. 이제 그는 분명히 알게 되었다. 그의 전아내처럼 썩어빠진 여자에게 기대할 수 있는 게 아무것도 없다는 것을. 짙은 눈썹의 천사는 여전히 그의 곁을 지키고 있다. 올리비아의 영 덕분에, 그는 제때 눈을 돌려 사복 차림의 경찰을 발견할 수 있었다. 그러지 않았더라면 이고르는 파티장에 막 들어서는 유명 디자이너 부부에게 주의를 집중하고 있었을 터인데 말이다.

"좋소. 갑시다."

그들은 층계를 올라 살롱으로 향한다. 살롱에 들어가기 직전, 이고르는 그녀에게 자기 팔을 잡은 손을 놓아달라고 살며시 부탁한다. 자기 친구들이 보고 오해할 우려가 있다고 설명하면서.

"유부남인가요?"

"아니, 이혼했소."

그렇다. 그녀의 예감은 적중했다. 이제껏 그들 부부에게 몰려든 온갖 문제들도 지금 그녀가 목격하고 있는 장면에 비하면 아무엇도 아니었다. 이 영화제에 아무런 볼일이 없는 사람이 여기 나타난 건 오직 한 가지 이유에서다.

'이고르!'

그녀보다 한참 나이 어린 여자와 함께 오고 있는 남자가 그녀를 응시한다. 에바의 심장이 쿵쿵 뛰기 시작한다.

'당신 대체 여기서 뭐 하고 있는 거죠?'

하미드는 다른 사람들의 양해도 구하지 않고 벌떡 일어난다. 안 돼. 당신은 상대가 어떤 자인지 몰라! 하미드가 향하고 있는 것은 절대악이다. 아무 한계가 없고, 그 어떤 일이라도 할 수 있는 사람. 하미드는 그걸 알지 못한다. 그는 지금 자기 앞에 있는 남자가 그저 한 사람의 성인, 혹은 물리적 힘이나 논리적인 말로 상대할 수 있는 존재라고 생각하고 있다. 아니다, 그는 모른다. 저 절대악의 존재가 제멋대로인 어린아이 같은 마음을 가지고 있고, 자신의 행위에 전혀 책임을 느끼지 않고 자신이 항상 옳다고 믿는데다, 자신의 욕망을 충족시키기 위해서라면 그 어떤 수단도 서슴지 않는다는 사실을. 이제 그녀는 이해할 수 있다. 천사가 어떻게 그렇게 빨리 악마로 변할 수 있었는지를. 그는 모든 정신적 외상들을 극복하고 성숙해졌다고 주장했지만, 실은 가슴속에 원한과 복수심을 줄곧 키워왔던 것이다. 그는 인생에서 승리할 수 있다는 사실을 증명해 보이는 데는 비견할 바 없는 최고였고, 그 때문에 자신이 전능하다는 믿음을 더욱 굳건히 해왔다. 그는 포기할 줄 모르는 사람이다. 결코 뒤돌아보지 않고 자신의 길에 놓인 최악의 고난들을 통과해왔다. 그 고난의 길에서 '언젠가 돌아와 반드시 이 빚을 갚고야 말겠어. 그때 내게 어떤 능력이 있는지 너희들에게 똑똑히 보여주겠어'라는 생각으로 똘똘 뭉친 사람이다.

"보아하니 하미드 씨는 우리보다 훨씬 더 반가운 사람을 만나신 모양이네요."

에바와 다른 명사들, 그리고 파티의 주최자와 함께 메인테이블에 앉아 있던 전 미스 유럽이 말한다.

에바는 가슴속을 채워오기 시작한 불안을 감추려고 애쓴다. 하지만 뜻대로 되지 않는다. 즐거움에 들뜬 주최자는 하미드 부부가 이 새로운 상황에 대해 설명해주기를 기대하며 지켜보고 있다.

"미안합니다. 옛 친구를 만나서요."

하미드는 망설이는 듯 보이는 남자를 향해 다가간다. 사내 곁에 선 여자가 큰 소리로 이렇게 말한 때문이다.

"안녕하세요, 하미드 후세인 씨! 제가 당신의 신인여배우예요!"

다른 테이블들에 앉은 사람들이 무슨 일인가 싶어 고개를 돌린다. 주최자는 미소를 짓는다. 파티에서 예기치 않은 일이 일어난다 해서 나쁠 건 없으니까. 손님들에게 그만큼 얘깃거리를 제공할 수 있으니까. 이제 하미드는 사내 앞에 꼿꼿이 버티고 서 있다. 주최자는 두 사람 사이에 뭔가 문제가 있음을 느끼고, 에바에게 말한다.

"후세인 씨를 데려오는 게 좋겠어요. 아니면 여기에 당신네 친구를 위해 자리 하나를 더 마련하지요. 죄송합니다만, 동행한 저 여자분은 다른 자리에 앉히겠습니다."

사람들의 시선은 다시 접시로 돌아가고, 화제는 다시 그들의 요트와 전용기와 주식시장으로 흘러간다. 주최자만이 무슨 일이 일어날지 촉각을 곤두세우고 하미드를 주시하고 있다.

"어서요, 부군께 제 말을 전해주시죠."

주최자가 에바에게 채근한다.

하지만 에바의 마음은 이미 그곳을 떠나 다른 곳에 가 있었다. 멀리 수천 킬로미터 떨어진 바이칼 호수 부근 이르쿠츠크의 그 레스토랑에. 다른 모습이긴 했다. 그때 이고르는 그 사내를 밖으로 데리고 나갔으니까.

에바는 간신히 몸을 일으켜 두 남자 곁으로 다가간다.

"당신은 테이블에 가 있어요." 하미드는 에바에게 낮은 목소리로 말한다. "둘이 나가서 얘기 좀 하고 오겠소."

그는 지금 이 순간에 절대 하지 말아야 할 어처구니없는 짓을 하려 한다. 에바는 하미드의 팔을 붙잡고 이고르에게 미소를 지으며, 정말 오랜만에 누군가를 만나 기쁘다는 표정을 지어 보인다. 그리고 침착하기 이를 데 없는 목소리로 말한다.

"이제 막 식사가 나오기 시작했잖아요."

그녀는 '여보'라는 말을 덧붙이지 않는다. 제 손으로 지옥문을 열고 싶지 않았던 것이다.

"그녀 말이 맞소. 그냥 여기서 얘기하는 게 낫겠소."

이게 정녕 이고르가 한 말인가? 그녀의 두려움은 그녀의 상상에 불과했던 것인가? 그는 그녀가 생각하는 그런 사람이 아닐까? 그 아이가 마침내 성장하여 책임감 있는 어른이 되었고, 교만한 악마가 이제 용서받고 하늘의 왕국으로 돌아왔단 말인가?

에바가 자신의 두려움이 잘못된 상상이기를 바라는 동안, 두 남자는 서로 노려보고 있다. 하미드는 이고르의 푸른 눈동자 뒤에 숨은 사악함을 보고 잠시 전율한다. 그 곁에 선 젊은 여자가 그에게 손을 내민다.

"만나서 반가워요. 가브리엘라예요······"

하미드는 그녀의 인사에 응답하지 않는다. 이고르의 눈이 여전히 빛나고 있다.

"저쪽 구석에 빈 테이블이 하나 있어요. 우리 거기로 가서 앉아요."

 구석 테이블? 귀빈석을 놔두고 구석자리에 가서 앉자고? 하지만 에바는 벌써 두 남자의 팔을 잡고 웨이터들이 지나다니는 통로 근처의 유일하게 비어 있는 테이블로 향하고 있다. 여배우는 그들을 따라간다. 하미드는 잠시 몸을 빼내 주최자에게 돌아와 양해를 구한다.

 "어린 시절 친구를 만났어요. 그는 내일 떠나기 때문에 오늘 꼭 좀 대화를 나누고 싶군요. 얼마나 시간이 걸릴지 모르니 우릴 기다리지 마세요."

 "두 분 자리는 비워두겠습니다." 주최자가 미소 지으며 대답한다. 하지만 그는 알고 있다. 오늘 밤 그들의 두 자리는 끝까지 비어 있게 되리라는 것을.

 "나는 후세인 부인의 어린 시절 친구인 줄 알았는데."

 미스 유럽이 빈정거린다.

 하미드는 벌써 살롱의 가장 구석진 자리로 향하고 있다. 원래 그곳은 유명인사들의 수행비서들을 위한 자리인데, 그들은 항상 기회를 봐서 그들이 있어서는 안 될 자리로 숨어들어간다.

 '하미드 씨는…… 괜찮은 사람이군.' 고개를 꼿꼿이 세우고 멀어져가는 유명 디자이너의 뒷모습을 보며 주최자는 생각한다. '그런데 오늘 밤이 그에게 썩 유쾌할 것 같지는 않아.'

그들은 구석 테이블에 앉는다. 가브리엘라는 이것이 그녀에게 다시없을 좋은 기회라고 생각한다. 오늘 그녀에게 여러 차례 찾아왔던 '유일한 기회'가 또다시 찾아온 것이다. 그녀는 이렇게 초대를 받게 되어 정말 기쁘며, 그의 기대에 부응하기 위해 최선을 다하겠노라고 말한다.

"후세인 씨, 전 당신을 믿어요. 그래서 계약서를 읽어보지도 않고 서명을 했죠."

다른 세 사람은 아무 말도 하지 않고, 서로 물끄러미 쳐다보기만 한다. 뭔가 잘못된 걸까? 샴페인 기운 탓일까? 그래, 계속 얘기하자.

"제가 특별히 기쁜 건 사람들이 보통 하는 말과는 달리 오디션이 공정했기 때문이에요. 부당한 요구나 특혜 같은 건 없었어요. 전 오늘 오전에 오디션을 봤는데, 그분들은 제게 대본을 끝까지 읽을 수 있는 기회를 주었어요. 그러고는 저를 곧바로 요트로 보내 감독님을 만나게 했죠. 그건 예술계 전체가 배워야 할 훌륭한 모범이라고 생각해요. 함께 일할 사람을 선발하는 과정이 정말 정직하고 품위 있었거든요. 하지만 사람들은 영화계를 엉뚱하게 상상하고 있어요. 대개들 말하죠. 이 세계에서 제일 중요한 건……"

그녀는 '제작자하고 자는 것'이라고 말하려다가, 옆에 그의 아내가 앉아 있다는 사실을 깨닫는다.

"…… 외모라고들 하죠."

웨이터가 앙트레를 들고 와서, 관습적인 독백을 늘어놓기 시작한다.

"저희가 앙트레로 준비한 것은 올리브유와 허브로 양념하고 디종 겨자소스를 뿌린 아티초크 요리로서, 피레네 산 염소 치즈를 곁들여……"

오직 가브리엘라만이 입가에 미소를 머금고 그의 말에 귀 기울이고 있다. 웨이터는 분위기를 눈치채고 곧바로 자리를 뜬다.

"정말 맛있겠는데요!"

가브리엘라는 주위를 둘러보며 말한다. 아무도 포크나 나이프를 들려는 기색이 없다. 이 자리에 분명 무슨 일이 일어나고 있는 것이다.

"세 분이서 얘기하고 싶으신 모양이죠? 제가 다른 테이블로 옮겨 앉는 게 나을까요?"

"그래주겠소?" 하미드가 말한다.

"아녜요. 그냥 저희와 함께 있어주세요." 그의 아내가 말한다.

그럼 난 어떡해야 하지? 가브리엘라는 혼란스럽다.

"파트너와 함께 있는 게 즐거우시잖아요?"

"군터와는 방금 전에 만난 사이에요."

군터…… 하미드와 에바는 무표정한 얼굴로 앉아 있는 이고르를 쳐다본다.

"그럼 군터는 무슨 일을 하시죠?"

"아니, 두 분은 이분과 친구 아니세요?"

"맞아요. 우린 그가 무슨 일을 하는지 알고 있죠. 그런데 당신이 얼마나 알고 있는지 궁금해서요."

가브리엘라는 이고르에게 고개를 돌린다. 왜 그는 나를 도와주지 않는 거지?

웨이터가 다가와서 어떤 포도주를 원하는지 묻는다.

"화이트 와인과 레드 와인이 준비되어 있습니다."

궁지에 빠진 그녀를 웨이터가 구해준 셈이다.

"모두에게 레드 와인을 가져다줘요." 하미드가 대답한다.

"자, 우리 얘기로 돌아가보죠. 군터는 무슨 일을 하죠?"

아니다. 아직 궁지에서 빠져나오지 못했다.

"제가 듣기로는 중기계류를 취급하신다고 했어요. 사실 우린 아무 관계도 아니에요. 유일한 공통점이 있다면, 둘 다 오지 않는 친구를 기다리고 있었다는 것뿐이죠."

현명한 대답이었어, 가브리엘라는 생각한다. 누가 알아? 이 여자가 오늘 알게 된 이 '파트너'와 내연의 관계일지. 아니 공공연한 관계를 맺고 있는지도 모르지. 단지 그녀의 남편만 모르고 있다가 지금 발견하게 된 거고. 그래서 이렇게 분위기가 팽팽한 거야.

"이 사람의 이름은 이고르예요." 에바가 말한다. "러시아 최대의 이동통신사를 소유하고 있죠. 중기계를 파는 일보다는 훨씬 큰 사업이죠."

정말? 그게 사실이라면, 왜 그는 내게 거짓말을 한 걸까? 그녀는 그냥 입을 다물고 있기로 마음먹는다.

"이고르, 당신을 만나게 될 줄 알았어요."

이제 그녀는 남자에게 말한다

"당신을 찾으러 왔지. 하지만 마음을 바꿨어."

그는 무뚝뚝하게 대답한다.

그때 가브리엘라는 종이로 가득 찬 핸드백을 탁 치면서 짐짓 놀란 표정을 지어 보인다.

"어머, 내 휴대폰이 울려요. 가봐야겠어요. 친구가 저를 집에 데려다주려고 왔나봐요. 죄송해요. 하지만 먼 곳에서 온 친구고, 여기엔 저밖에 아는 사람이 없으니 가봐야 할 것 같아요."

그녀는 일어난다. 예법에 따르면 식사중인 사람에게는 악수를 청해서는 안 된다. 지금까지 음식에 손댄 사람은 아무도 없지만 말이다. 하지만 레드 와인 잔들은 벌써 비워져 있다.

그리고 이 분 전까지만 해도 '군터'라고 알고 있던 사내는 테이블에 레드 와인을 병째 가져다달라고 주문해놓은 참이었다.

"내가 보낸 메시지들을 받았을 텐데."
이고르가 말한다.
"세 통 받았어요. 이곳의 이동전화통신망이 당신이 개발한 것보다 못할 수도 있죠."
"난 지금 전화 이야길 하는 게 아니오."
"그렇다면 무슨 말을 하시려는 건지 모르겠네요."
그녀는 이렇게 말하고 싶다. '그래요. 당신이 지금 무슨 말을 하는지, 난 똑똑히 알아요.'
마찬가지로 이고르 역시 알아야 할 사실이 있었다. 하미드와 함께 살기 시작한 첫 일 년 동안, 그녀는 이고르가 전화 한 통, 메시지 한 통이라도 보내주기를 기다렸다. 그들 공동의 친구가 그녀에게, 이고르가 그녀를 너무나 그리워한다고 말해주길 기다렸다. 다시 그와 함께하고 싶어서가 아니었다. 그에게 상처를 남기는 최악의 상황은 피하고 싶었던 것이다. 최소한 그의 맹렬한 분노를 진정시키기라도 해야 했다. 앞으로 두 사람이 좋은 친구가 될 수 있다고 믿는 시늉이라도 해야 했다. 어느 날 오후, 술을 조금 마신 그녀는 그에게 전화하기로 마음먹었다. 하지만 그의 휴대폰 번호는 변경되어 있었다. 사무실에 전화를 걸자, 그는 '회의중'이라고 했다. 그 이후에도 술기운에 용기를 내어 몇 차례 더 전화를 걸었지만, 그때마다 이고르는 '출장중'이거나 '곧 전화를 줄 것'이라는 메시지만 받았다. 결국 그와 통화하지 못했던 것이다.

그리고 그녀는 사방에서 허깨비를 보기 시작했다. 누군가 그녀를 감시하는 것 같았다. 곧 나 역시 그 걸인과 마찬가지의 길을 걷게 되리라고, '그들을 팍팍한 삶으로부터 구원해주었다'고 그가 주장했던 그 사람들과 똑같은 운명을 맞게 되리라는 것을 감지했다. 그러는 동안, 하미드는 그녀의 과거에 대해 단 한 마디도 묻지 않았다. 사람은 각자의 과거를 기억의 저 은밀한 지하실에 묻어두고 혼자 간직할 권리가 있다는 게 그의 주장이었다. 하미드는 그녀를 만난 이후 자신의 삶이 의미를 갖게 되었다면서, 그녀가 행복을 느낄 수 있도록 최선을 다했다. 무엇보다도 그녀가 안전하게 보호받고 있다는 느낌을 가지도록 노력했다.

그러던 어느 날, 절대악이 런던의 아파트에 나타나 초인종을 눌렀다. 마침 집에 있었던 하미드는 그를 쫓아버렸다. 그리고 이후 몇 달 동안 아무 일도 일어나지 않았다.

그리하여 그녀는 점차 자신을 속이게 되었다. 그래, 난 올바른 선택을 한 거야. 하나의 길을 선택하면 다른 길들은 사라져야 해. 한 사람과 결혼한 상태에서 다른 사람과 친구로 남을 수 있다고 믿는 건 유치한 발상이지. 물론 균형 잡힌 정신의 소유자와는 가능한 얘기일지 모르나, 이고르는 그런 사람이 아니야. 차라리 어떤 보이지 않는 손이 나를 절대악으로부터 구원해주었다고 생각하자. 그녀는 넘치는 여자의 본능과 능력으로, 새로운 남편이 그녀에게 절대적으로 의존하도록 만들 수 있었다. 연인으로서, 조언자로서, 아내로서, 누이로서, 여자가 할 수 있는 모든 역할을 다해 그를 도왔고, 새로운 동반자에게 자신의 모든 에너지를 쏟아부었다.

그 무렵 그녀가 마음을 터놓은 진정한 친구는 오직 한 사람뿐이었다. 그 여자는 나타났던 것만큼이나 느닷없이 사라져버렸다. 그녀 역시 러시아 사람이었지만, 에바와는 정반대로 남편에게 버림받았고, 영국에 온 뒤에 어찌할 바를 모르던 가련한 여자였다. 에바는 거의 매일 그녀와 얘기를 나누었다.

"난 모든 걸 미련 없이 버렸어요. 그리고 내 결정에 대해 털끝만큼도 후회하지 않아요."

에바는 그 여자에게 이렇게 말했다. 하지만 그것은 거짓말이었다. 그리고 이 거짓말을 확신시키려는 대상은 그녀의 유일한 친구가 아니라 바로 그녀 자신이었다. 그녀는 우스운 연극을 하고 있을 따름이었다. 지금, 힘 있는 두 남자와 함께 테이블에 앉아 있는 이 강한 여자의 뒤에는 한 어린 소녀가 숨어 있다. 가진 것을 잃게 되지 않을까, 혼자 남겨지고 가난해지지 않을까 항상 두려워 떨고 있는 소녀, 어머니가 되는 느낌을 한 번도 경험해보지 못한 그런 조그만 여자아이가. 과연 그녀는 럭셔리하고 화려한 세계에 젖어 있는 사람일까? 아니다, 그녀는 언제고 이 모든 걸 잃게 될 순간을 대비해왔다. 지금 그녀의 곁에 있는 남자가 어느 날 그녀가 자신이 생각했던 여자가 아니고, 더이상 그의 기대에 미치지 못하는 존재라는 사실을 발견하게 될 때가 올 수 있다고 생각해왔다.

그녀는 남자들을 조작하고 있었던 걸까? 그럴지도 모른다. 모든 이들은 그녀가 강하고, 자신만만하고, 자신의 운명을 지배하는 여자라고 믿는다. 그 어떤 중요하고 매력적인 남자라 해도 언제고 눈 하나 깜짝 않고 내팽개칠 수 있는 대단한 여자라고 믿었다. 더 비극적인 사실은 남자들이 그걸 믿고 있다는 점이었다. 이고르가 그렇고, 하미드가 그렇다.

그녀는 자신을 연기할 줄 아는 여자였다. 자기 생각을 그대로 말하는 법이 없었고, 자신의 연약한 속살을 누구보다 잘 감출 줄 아는 세계 최고의 배우였다. 모든 건 그 때문이었다.

"당신이 원하는 게 뭐죠?"

그녀가 러시아어로 묻는다.

"와인이나 좀더 마시고 싶군."

그의 목소리는 이런 질문이 아무 의미가 없다는 듯 공허하다. 내가 뭘 원하느냐고? 전에 이미 말했지 않은가.

"당신이 떠나기 전, 내가 말했었지. 잊어버린 모양이군."

무슨 말? 그는 많은 말을 했었다. '제발 조금만 참아. 나는 변할 거고, 일을 줄일 거야.' '당신은 내 인생의 유일한 여자야.' '당신이 떠나버리면 난 완전히 망가져버릴 거야.' 이런 말들. 모든 사람이 하는, 의미 없는 공허한 말들.

"난 당신에게 말했어. 당신이 날 떠나면, 세계를 파괴해버리겠다고."

그녀는 기억나지 않는다. 하지만 분명 가능한 얘기다. 이고르는 패배를 받아들이지 못하는 사람이니까.

"그게 무슨 말이죠?"

그녀가 러시아어로 묻는다.

"다른 사람을 생각해서 영어로 말해주시오. 그 정도 예의는 갖춰야지."

하미드가 끼어든다.

이고르는 그를 똑바로 쳐다본다.

"그래, 영어로 말하겠소. 예의 때문이 아니라, 당신도 알았으면 하니까."

그는 다시 에바에게 고개를 돌린다.

"나는 당신을 되찾기 위해 이 세계 전부를 파괴할 거라고 말했지. 그리고 난 그 일을 시작했어. 하지만 천사가 나를 구원해주었어. 당신이 그럴 만한 가치가 없다는 사실을 깨닫게 해준 거요. 당신은 피도 눈물도 없는 이기적인 여자야. 더 많은 명성과 돈을 얻는 데만 관심이 있는 여자지. 난 내가 가진 모든 것을 당신에게 주었지만 당신은 거부했어. 왜? 러시아의 깊은 산골에 지을 집은 당신이 꿈꾸는 세계와 맞지 않으니까. 당신은 당신이 속해 있지도 않고, 앞으로도 결코 속하지 못하게 될 그 세계를 열렬히 꿈꾸고 있는 거야.

난 당신 때문에 나 자신을 희생했고, 다른 사람들도 희생시켜야 했지만, 여기서 멈출 수는 없어. 내 의무를 다하고, 임무를 마쳤다는 느낌을 안고 살아 있는 사람들의 세계로 돌아가기 위해 난 끝까지 가야 해. 지금 우리가 말하고 있는 이 순간, 난 죽은 자들의 세계에 있으니까."

하미드는 이고르의 눈빛에 가득 찬 악의 기운을 느낀다. 그는 긴 침묵 속에서 이 어처구니없는 말을 들으며 생각한다. 좋다. 이자가 말하는 대로 끝까지 가게 놔두자. 그래 봐야 사랑하는 에바를 잃을 일은 없을 테니까. 아니, 오히려 잘됐다. 지금 이자는 천박한 어린 여자를 데리고 와서 에바의 면전에서 그녀를 모욕하고 있다. 그래, 더 추한 꼴을 보이게 놔두자. 그랬다가 적당한 때에 그의 입을 막아버릴 수 있다. 이고르가 그들에게 사과를 하거나 변명을 하기에도 너무 늦어버린 바로 그 순간에.

에바 역시 같은 느낌이리라. 누군가가 자기가 원하는 대로 해주지 않았다고 해서 세상 모든 것과 모든 사람을 향해 뿜어내는 저 맹목적인 증오. 하미드는 문득 궁금했다. 하지만…… 만일 나라면? 내가 이 사내처럼 사랑하는 여자를 위해 싸워야 하는 입장이라면 난 과연 어떻게 했을까?

그래, 그녀를 위해서라면 사람을 죽일 수도 있었겠지.

그때 웨이터가 나타난다. 그는 접시에 손댄 흔적이 없는 것을 보고 묻는다.

"혹시 음식에 문제라도 있습니까?"

아무도 대답하지 않는다. 웨이터는 상황을 짐작한다. 애인과 칸에서 노닥거리던 여자가 남편에게 들켰고, 그래서 두 사내는 지금 이렇게 잡아먹을 듯 서로 노려보고 있는 것이리라. 그로서는 수없이 보아온 장면이었다. 그리고 이런 일은 대개 고성이 오가는 말싸움이나 난투극으로 끝을 맺는 법이다.

"와인 한 병 더 갖다주시오."

여자 옆에 앉은 남자가 말한다.

"당신은 아무런 가치도 없는 여자야." 다른 남자가 여자를 바라보며 말한다. "당신은 지금 당신 옆에 있는 이 바보를 이용해먹듯이 나를 이용해먹었어. 당신은 내 인생 최대의 실수였어."

웨이터는 와인 주문에 응하기 전에 파티 주최자에게 이 상황을 상의해야겠다고 생각한다. 하지만 여자 옆에 앉은 남자가 벌떡 일어서며 말한다.

"더이상 못 참겠군. 우리 나갑시다."

"그래. 나가지. 저 밖으로." 다른 남자가 말한다. "당신이 '명예'나 '존엄'이 뭘 의미하는지조차 모르는 이런 여자를 보호하기 위해 과연 어디까지 갈 수 있나 보고 싶으니까."

수컷들은 암컷 때문에 싸운다. 여자는 그들에게 그러지 말고 테이블로 돌아가자고 말하지만, 그녀 곁에 있던 남자는 자신이 받은 모욕에 대응할 태세였다. 웨이터는 밖에서 벌어질지도 모를 싸움에 대비해 경비요원들에게 연락할까도 생각했지만, 급사장은 서빙 속도가 느리다고 그에게 투덜대고 있었다. 다른 테이블에도 가보지 않고 거기 우두커니 서서 뭐 하고 있느냐는 핀잔이었다. 그래, 맞는 말이다. 밖에서 일어나는 일은 그의 소관이 아니다. 그들의 대화를 들었다고 말해봤자 핀잔이나 들을 것이다. 네게 보수를 주는 건 서빙하라고 주는 거지, 세상을 구하라고 주는 게 아니라고.

세 사람은 정원을 가로질러 걷는다. 아까 칵테일이 제공되었던 정원은 빠른 속도로 변해가고 있다. 저녁식사를 마친 손님들이 내려오면, 이곳은 휘황한 조명이 밝혀진 댄스플로어와 신시사이저가 놓인 작은 무대와 안락의자들, 그리고 원하는 음료를 얼마든지 제공하는 여러 개의 바들로 변모해 있을 것이다.

이고르는 말없이 앞서 걷는다. 에바도 묵묵히 그 뒤를, 하미드는 맨 뒤에서 따라간다. 정원에서 해변으로 내려가는 계단 입구에 작은 철문이 달려 있다. 쉽사리 열리지 않는 문을 억지로 열고 이고르는 두 사람에게 먼저 나가라고 권한다. 에바가 거절하지만, 그는 개의치 않고 문을 나가 저 아래 바다로 이어지는, 높이가 균일하지 않은 긴 계단을 내려가기 시작한다. 그는 하미드가 비겁한 모습을 보이지 않으리라는 걸 알고 있다. 이 파티에서 만나기 전까지만 해도, 이고르는 그가 유부녀나 호리고 사람들의 허영을 조작하는 데 능숙한 뻔뻔한 디자이너 나부랭이에 불과하리라 상상했다. 하지만 지금은 내심 그에 대해서 사내로서 인정하는 마음을 느낀다. 하미드는 소중한 사람을 위해서라면 끝까지 싸우려 할 진짜 남자다. 물론 에바는 오늘 밤에 만난 그 젊은 여배우의 100분의 1도 못 따라가는 형편없는 배우지만 말이다. 그녀는 자신의 감정을 숨기지 못하고 있다. 두려움을 전혀 감추지 못하고 공포에 질려 땀을 흘리고 있다. 누구를 불러야 할지, 어떻게 도움을 청할지 고심하는 게 역력하다.

그들은 해변의 모래사장에 이른다. 이고르는 펼쳐진 해변의 끝까지 걸어가 바위에 걸터앉으며 두 사람에게도 앉으라고 권한다. 그는 알고 있다. 저렇게 무서워 벌벌 떠는 와중에도 에바는 생각하리라. '드레스를 구기면 어쩌지. 구두를 더럽히면 안 되는데.' 하지만 그녀는 말없이 그의 옆에 앉는다. 하미드가 그녀에게 자기도 앉을 수 있도록 조금 옆으로 비켜달라고 말하지만, 그녀는 꼼짝도 하지 않는다.

하미드는 더이상 부탁하지 않는다. 그들 셋은 거기 그렇게 앉아 있다. 파티 중에 잠시 빠져나와, 디스코테크의 지옥과도 같은 소음을 들으러 다시 계단을 오르기 전에 떠오르는 보름달을 바라보며 잠시 평화로운 순간에 잠겨드는 세 명의 오랜 친구들처럼.

하미드는 속으로 다짐한다. 이자가 자신의 마음속에 담긴 모든 말들을 털어놓는 데 딱 10분의 시간을 주리라고. 그렇게 분노를 쏟아낸 다음, 그는 다시 자신의 자리로 돌아가야 하리라. 만일 폭력을 행사하려든다면 그는 끝난 것이다. 완력으로 따지자면 자기가 더 강하다고 하미드는 확신했다. 하미드는 공격에 신속하고도 정확히 대응하는 베두인의 방법을 배운 사람이다. 아까 살롱에서는 소동을 일으키고 싶지 않았지만, 지금은 이 러시아 사내도 정신 바짝 차리는 게 좋으리라. 이제 그는 어떤 도발에도 맞설 준비가 되어 있으니까.

그리고 다시 파티장에 올라가 주최자에게 사과하고 상황이 끝났다고 설명하면 될 것이다. 그는 이런 문제는 솔직히 털어놓고 말해도 상관없다고 생각한다. 아내의 전남편이 느닷없이 들이닥쳤으며, 그가 문제를 일으키기 전에 파티장에서 끌고 나가는 게 좋다고 판단했다고 말할 것이다. 만일 그들 부부가 파티장에 돌아갔을 때도 그가 여전히 떠나지 않는다면, 하미드는 자신의 경호원을 불러 쫓아낼 것이다. 그가 부자이고, 러시아 최대의 이동통신사를 소유하고 있다고 해도 상관없다. 그는 예절을 모르는 무뢰한에 불과하니까.

"당신은 나를 배신했어. 이 남자와 보낸 지난 이 년 동안만이 아니라 우리가 함께했던 모든 시간 동안 말이야."

에바는 아무 말도 하지 않는다.

"그래, 당신은 이 여자를 지키기 위해 뭘 할 수 있지?"

이고르가 하미드를 바라보며 묻는다. 대답을 해야 할지 말아야 할지 하미드는 망설인다. 에바는 협상할 수 있는 상품이 아니지 않은가.

"다른 말로 바꿔서 질문해줄 수 없겠소?"

"좋소. 당신 옆에 있는 이 여자를 위해 당신 목숨을 내놓을 수 있소?"

이고르의 눈에서 순수한 악의가 빛나고 있다. 설사 그가 만찬장에서 나이프를 하나 들고 나왔다 하더라도(눈여겨보지는 않았지만 모든 가능성을 생각해둬야 한다), 하미드는 쉽게 제압할 자신이 있었다. 그는 신과 부족의 셰이크 외에는 그 누구를 위해서도 목숨을 내놓을 수 없다. 하지만 뭔가 말해야만 했다.

"난 그녀를 위해 싸울 수 있소. 그리고 극단적인 경우에는 그녀를 위해 살인도 불사할 거요."

에바는 터질 것 같은 압박감을 더이상 견뎌낼 수 없었다. 지금 왼쪽에 앉아 있는 이 남자에 대해 그녀가 아는 걸 전부 다 말해버리고 싶다. 그녀의 새 동반자가 여러 해 전부터 품어온 영화제작의 꿈을 끝장내버린 장본인이자 살인자가 바로 이고르라고 그녀는 확신하고 있다.

"우리 올라가요."

사실 그녀는 이렇게 말하고 싶다. '제발 당장 여길 떠나요. 당신은 지금 사이코패스하고 이야기하는 거라고요.'

이고르는 그녀의 말을 듣지 못한 것처럼 말을 이어간다.

"이 여자를 위해 살인도 불사하겠다? 그렇다면 그녀를 위해 죽을 수도 있겠군."

"만일 내가 당신하고 싸워서 진다면 그럴 수도 있겠지. 하지만 이 해변에서 소동을 벌이고 싶진 않소."

"올라가고 싶어요."

에바가 다시 말한다.

하지만 이제 하미드는 자존심이 상했다. 비겁자처럼 이곳을 뜨고 싶지는 않았다. 인간들과 동물들의 세계에서, 수컷들이 암컷에게 강한 인상을 주기 위해 수만 년 전부터 행해온 고대의 춤이 시작된 것이다.

"당신이 떠나가고 난 후, 나는 더이상 내가 아니었어." 이고르는 마치 해변에 혼자 앉아 있는 양 독백하듯 말한다. "사업은 여전히 번창했고, 낮 동안에는 나 자신을 억제할 수 있었어. 하지만 밤에는 깊고 어두운 절망에 잠겨들었지. 결코 회복할 수 없는 내 자신의 일부를 잃었기 때문이었어. 이곳 칸에 올 때만 해도, 난 내가 생각했던 일이 가능하다고 믿었지. 하지만 지금 여기서 난 분명히 알고 있어. 죽어버린 내 내면의 일부가 다시 살아날 수 없다는 것을. 또 그래서도 안 된다는 것을 말이야. 난 당신을 되찾지 않을 거야. 당신이 내 발밑에 무릎을 꿇고 몸을 뒹굴며 용서를 빌고, 자살하겠다고 위협해도 말이야."

에바는 조금 안도했다. 최소한 몸싸움은 없을 것 같았다.

"당신은 내 메시지들을 이해하지 못했어. 내가 세계 전체를 파괴할 수도 있다고 말했지만, 당신은 이해하지 못했어. 아니, 이해했다 하더라도 믿지 못했겠지. 세계를 파괴한다는 게 무슨 뜻이냐고?"

이고르는 바지 주머니에 손을 넣어 작은 총을 꺼낸다. 하지만 그것으로 누굴 겨누지는 않는다. 그의 눈은 바다와 달에 못 박혀 있다. 하미드의 혈관 속에서 피가 빠르게 용솟음치기 시작한다. 이자는 단지 겁을 주고 모욕하려는 걸까. 아니면 정말로 죽음에 이르는 싸움을 벌이고 싶은 걸까. 하지만 이 파티장에서? 계단을 올라가자마자 바로 체포될 수도 있는데? 그 정도로 미친 인간은 아닐 것이다. 그렇게 미쳤다면 어떻게 그런 성공을 이룰 수 있었겠는가.

딴 생각은 그만하자. 하미드는 자신을 방어하고 공격하는 법을 배운 전사다. 미동도 하지 말아야 한다. 이자의 시선이 나를 향하고 있지 않다 해도, 그의 모든 감각이 내 미세한 몸짓까지 감지하고 있을 터이므로.

이고르의 시선에 포착되지 않고 움직일 수 있는 유일한 것은 그의 두 눈뿐이다. 해변에는 그들 외에 아무도 보이지 않는다. 위쪽에서는 밴드가 소리를 내기 시작한다. 즐거운 파티의 밤을 위해 악기를 조율하며 준비하는 모양이다. 하미드는 아무 생각도 하지 않는다. 이제 그의 본능은 두뇌의 개입 없이 활동하고 있다.

그와 이고르 사이에는 총을 보고 최면에 걸린 듯 꼼짝 못 하는 에바가 앉아 있다. 하미드가 뭔가를 시도하면 이고르는 몸을 돌려 총을 쏠 테고, 그녀가 맞을 위험이 있다.

그래, 어쩌면 첫번째 가정이 옳을지도 모른다. 그는 단지 겁을 주고 싶을 뿐이다. 내가 겁을 집어먹고 비겁한 모습을 보이게 함으로써 에바 앞에서 명예를 빼앗으려는 심산이리라. 정말로 쏠 의도가 있다면 저렇게 총을 느슨하게 쥐고 있겠는가. 이고르 역시 지금 이런 상황을 벌여놓고 출구를 찾고 있을지도 모르는 일이다. 대화를 통해 진정시켜보는 게 나으리라.

"그래, 세계를 파괴한다는 게 무슨 뜻이오?"

하미드가 물었다.

"한 생명을 파괴하는 거지. 그 순간 온 우주가 사라지는 거야. 그 사람이 보고 느낀 모든 것, 그가 인생길을 걸으며 만났던 좋고 나쁜 모든 것, 그의 꿈들, 희망들, 패배들과 승리들, 이 모든 것들이 더이상 존재하지 않는 거지. 어렸을 때 암송했던 구절이 있소. 나중에 알게 된 일이지만, 한 개신교 목사가 한 말이더군. 그 구절은 대충 이렇소. '한 알의 모래가 바다의 심연 속으로 잠겨들 때, 유럽 대륙은 그만큼 작아진다. 한 알의 모래가 사라진 것을 우리는 느끼지 못할 테지만, 바로 그 순간 대륙이 사라지는 것이다.'"

이고르는 잠시 말을 멈춘다. 위쪽에서 들려오는 소음에 신경이 날카로워진 것이다. 파도 소리가 너무도 평화로워서 그는 차분한 마음으로 이 경건한 순간을 음미하려 하고 있었는데…… 짙은 눈썹의 천사도 이 모든 것을 바라보면서 기뻐하고 있지 않은가.

"그 구절은 우리 모두 완전한 사회, 즉 공산주의 사회 건설에 책임이 있다는 걸 가르쳐주기 위한 거였어. 우리는 모두 한 형제자매들이라는 거였지. 사실은 우리 모두가 서로를 감시하고 고발하느라 바빴지만 말이야."

그는 다시 차분해지면서 뭔가를 골똘히 생각하기 시작한다.

"당신 말이 잘 들리지 않소."

이렇게 말하면서 하미드는 조금 움직였다.

"아니, 당신은 잘 듣고 있어. 당신은 내게 다가와 무기를 빼앗고 싶은 거지. 어떻게 할까 궁리하며 시간을 벌기 위해 내게 말을 걸어서 딴 데 정신 팔게 하려는 거지. 제발 움직이지 마. 아직 때가 되지 않았으니까."

"이고르, 이제 그만해요." 에바가 러시아어로 말한다. "당신을 사랑해요. 우리 함께 떠나요."

"영어로 말해. 당신 친구가 알아듣도록 말이야."

그래, 하미드는 이해할 거야. 그리고 나중에는 내가 이렇게 한 걸 고마워할 거야.

"당신을 사랑해요." 에바는 영어로 다시 말한다. "난 당신 메시지를 받지 못했어요. 받았다면 당장에 돌아갔을 거예요. 또 여러 차례 당신에게 전화했지만, 통화하지 못했어요. 당신 비서에게 메시지도 남겼지만, 당신은 한 번도 제게 전화하지 않았어요."

"좋아."

"오늘 당신의 메시지들을 받기 시작하면서, 난 당신을 만나게 될 때만을 기다렸어요. 당신이 어디 있는지는 알 수 없었지만 당신이 나를 찾아오리라 생각했죠. 그래요. 난 당신이 날 용서할 마음이 없다는 걸 알아요. 하지만 당신 곁으로 돌아가 살 수 있게 해줘요. 당신의 하녀가 되고 가정부가 되겠어요. 그리고 당신이 애인을 갖게 된다면 당신과 그녀를 섬기겠어요. 난 단지 당신 곁에 있기만 하면 돼요."

그녀는 나중에 하미드에게 모든 걸 설명할 생각이었다. 하지만 지금은 무슨 말이라도 해야 했다. 여기서 빠져나가 저 위에 있는 현실세계로, 이 절대악이 증오를 드러내는 것을 막아줄 수 있는 경찰들이 있는 그곳으로 돌아갈 수만 있다면 무엇이라도 좋았다.

"좋아. 당신 말을 믿고 싶군. 아니, 나 역시 당신을 사랑하고 당신이 돌아오기를 바라고 있다고 믿고 싶어. 하지만 그건 사실이 아냐. 그리고 난 알고 있어. 지금 당신이 거짓말을 하고 있다는 걸. 과거에도 항상 그랬듯이."

이고르와 에바가 하는 말을 하미드는 듣고 있지 않았다. 그의 정신은 저 멀리에 가 있었다. 그곳에서 그는 자신의 선조인 전사들에게 가장 적절한 기습의 시간을 물으며 간구하고 있었다.

"당신은 우리의 결혼생활이 우리가 희망했던 것과 달리 흘러가고 있다고 말해줄 수도 있었어. 우린 많은 것을 함께 쌓아온 사이였으니까. 우리가 그 해결책을 함께 찾을 수 없었을까? 행복은 어떤 집에도 찾아올 수 있어. 하지만 그러기 위해서는 먼저 두 사람이 함께 문제를 인식하는 게 필요하지. 당신이 말했다면 난 귀 기울여 들었을 테고, 우리의 결혼생활은 처음 만났을 때의 그 흥분과 기쁨을 되찾을 수 있었을 거야. 하지만 당신은 그걸 원하지 않았어. 단지 나와의 결혼에서 빠져나가는 쉬운 길을 선택했지."

"난 당신이 무서웠어요. 지금 총을 든 당신 모습은 더 무섭구요."

에바의 말에 하미드는 갑자기 땅 위로 돌아왔다. 더이상 그의 영혼은 어떻게 행동해야 할지 사막의 전사들에게 조언을 구하느라 떠다니고 있지 않았다.

그녀는 그렇게 말하지 말았어야 했다. 이로써 그녀는 그에게 권능을 부여한 셈이다. 이제 그는 자신이 그녀에게 공포를 불어넣어 마음대로 휘두를 수 있다고 생각할 것이다.

"언젠가 당신과 함께 저녁식사를 하고 싶었어요. 내 마음을 털어놓고 싶었죠. 당신과 함께했던 그 모든 연회와 여행, 왕들과 대통령들과의 만남에도 불구하고 난 언제나 혼자였고 외로웠다고 얘기하고 싶었어요." 그녀는 말을 잇는다. "당신 알고 있어요? 당신은 늘 내게 값비싼 선물들을 가져다주었지만, 꽃은 한번도 선물한 적이 없어요. 세상에서 가장 간단한 선물인데요."

이제 상황은 부부싸움으로 변해가고 있었다.

"그래, 당신 둘이 얘기할 시간을 주겠소." 하미드가 말했다.

이고르는 아무 대꾸도 하지 않는다. 그의 시선은 여전히 바다를 응시하고 있지만, 하미드를 겨눈 총은 거두지 않았다. 하미드에게 움직이지 말라고 경고하는 것처럼. 그는 정말로 제대로 미쳤다. 저 차분한 거동은 성난 고함이나 폭력을 행사하겠다는 위협보다도 훨씬 위험했다.

"어쨌든," 에바나 하미드의 말 따위에는 조금도 신경쓰지 않는다는 듯 그의 어조는 단호했다. "당신은 가장 쉬운 해결책을 선택했어. 날 버렸지. 내게 아무런 기회도 주지 않고 말이야. 당신은 이해하지 못했어. 내가 당신을 위해, 당신의 행복을 위해 그 모든 일들을 했다는 사실을.

하지만 그 모든 부당함에도, 그 모든 모욕에도, 나는 당신이 돌아올 수만 있다면 무엇이든 받아들이려고 했어. 바로 오늘까지도 말이야. 내가 메시지들을 보내고, 당신이 그 메시지들을 전부 다 무시하기 전까지는 말이야. 다른 사람들이 당신 때문에 희생되었지만, 그것으로도 당신의 돌 같은 마음을 움직일 수 없었어. 권력과 화려함을 향한 당신의 탐욕을 막을 수 없었던 거지."

문득 하미드의 머릿속에 독살된 스타와 지금 생사의 기로를 헤매고 있는 감독이 떠올랐다. 진정 있을 수 있는 일일까? 그리고 그는 곧 더욱 심각한 상황을 깨닫는다. 지금 이고르는 자신의 범죄를 고백함으로써 사형선고에 서명한 셈이다. 이제 그는 이 자리에서 자살하거나, 아니면 너무 많은 것을 알게 된 두 사람을 죽이는 길 외에 다른 선택의 여지가 없는 것이다.

어쩌면 그가 헛소리를 하고 있는 건지도 모른다. 아니면 내가 상황을 잘못 이해하고 있는지도. 어쨌든 그에게 시간이 많지 않다는 것은 확실했다.

하미드는 이고르의 손에 든 총을 바라본다. 소구경 권총이다. 인체의 치명적인 부분을 맞추지 않는다면 그다지 큰 타격을 입힐 수 없다. 그는 이런 분야에 별로 경험이 없는 자인 모양이다. 그렇지 않다면 훨씬 더 강력한 무기를 선택했을 게 아닌가. 아무것도 모르고 총기상이 권하는 첫번째 물건을 구입한 게 분명하다. 그저 총알이 나가고 사람을 죽일 수 있다는 말에 앞뒤 가리지 않았겠지.

그런데 대체 저 위에서는 왜 연주를 시작한 걸까. 음악소리에 총성이 묻힐 수 있다는 사실도 모른단 말인가. 지금 대기를 오염시키고 있는—그래, '더럽히고, 오염시키고, 감염시키는', 이게 딱 맞는 표현이다—저 인위적인 소음들 속에 총성이 섞여버리면 어쩌자는 것인가.

이고르는 다시 침묵 속에 잠겨들었다. 그건 계속 떠들어대며 가슴속에 쌓인 증오와 쓰라림을 비워내는 것보다 훨씬 더 위험한 일이다. 하미드는 다시 자신의 가능성을 가늠해본다. 이제 행동할 수 있는 시간은 얼마 남지 않았다. 몸을 던져 에바를 감싸는 동시에, 두 팔을 앞으로 쭉 뻗어, 방아쇠에 손가락을 걸고 있긴 하지만 무심히 무릎에 놓인 듯 보이는 저 무기를 잡아채야 한다. 이고르는 펄쩍 뛰며 뒤로 물러설 테고, 그 틈에 에바는 사선에서 벗어날 수 있을 것이다. 그는 총을 겨누려 하겠지만, 그때는 이미 하미드도 그의 손목을 붙잡을 만큼 근접해 있을 것이다.

이 모든 게 일 초 안에 이뤄져야 한다.

지금이다.

이 침묵은 어쩌면 긍정적인 신호일지도 모른다. 이고르가 집중력을 잃었다는 신호. 아니면 '종말'의 시작일 수도 있다. 그가 할 말을 모두 끝마쳤다는.

지금이다.

일 초도 안 되는 짧은 순간, 하미드의 허벅지 근육이 팽팽하게 긴장되고, 그의 온몸이 절대악을 향해 빠르고 격렬하게 돌진한다. 그는 에바의 몸 앞쪽으로 두 팔을 내뻗으며 달려들면서 이고르가 총구를 겨눌 면적이 줄어들었다고 생각했다. 그렇게 일 초가 영원처럼 흘러가는 순간, 하미드는 자신의 이마를 똑바로 겨냥한 총구를 바라본다. 이고르의 동작은 그가 생각했던 것보다 훨씬 더 빨랐다.

그의 몸은 계속 총을 향해 달려들고 있다. 그들 부부는 좀더 일찍 대화를 나눴어야 했다. 마치 되살리고 싶지 않은 과거에 속한 사람인 듯, 에바는 전남편에 대해 한 번도 자세하게 이야기한 적이 없었다. 모든 것이 느린 화면처럼 진행되는 사이, 이고르는 고양이처럼 민첩하게 물러섰다. 그의 손에는 권총이 완벽하리만큼 안정되게 들려 있다.

마침내 일 초가 끝나간다. 하미드는 이고르의 손가락이 움직이는 것을 본다. 하지만 소리는 들리지 않는다. 단지 자신의 이마 정중앙의 뼈가 으스러지는 느낌만 있을 뿐. 그렇게 그의 우주가 사라져간다. 어린 시절 베두인 의상을 스케치하며 하얗게 지새운 숱한 밤들, '중요한 사람'이 되기를 꿈꾸던 청년시절, 파리에서 보낸 야망의 날들, 아버지의 직물가게, 전폭적으로 지원해준 셰이크, 세상에서 빛나는 한 자리를 차지하기 위해 벌인 투쟁, 패션쇼, 해외출장, 사랑하는 여인과의 만남, 와인과 장미의 시간들, 웃음과 눈물, 마지막으로 바라본 월출의 광경, 절대악의 이글거리는 눈, 아내의 겁에 질린 눈, 그 모든 것들, 그 모든 추억이 한꺼번에 와르르 무너진다.

"소리지르지 마. 한마디도 하지 마. 침착해."

물론 그녀는 소리지르지 않을 것이다. 침착하라고 말할 필요조차 없다. 그녀는 비싼 드레스와 보석으로 몸을 휘감고 있는, 차라리 쇼크 상태에 빠진 한 마리 동물일 뿐이니까. 피는 더이상 제 속도로 흐르지 않고, 얼굴은 창백하다. 목소리도 낼 수 없고, 혈압은 급격히 떨어진다. 지금 그녀의 느낌이 어떤 것인지, 그는 정확히 알고 있다. 그 역시 아프간 전사의 장총이 그의 가슴팍을 겨냥했을 때 그것을 느꼈다. 꼼짝할 수조차 없었고, 아무 반응도 할 수 없었다. 그가 목숨을 구할 수 있었던 것은 다른 동료가 먼저 쏜 덕분이었다. 지금까지도 이고르는 그때 목숨을 구해준 그 사내에게 감사하고 있다. 사람들은 그 사내가 이고르의 운전기사에 불과하다고 생각하지만, 사실 그는 이고르의 회사 주식을 상당량 보유하고 있고, 둘은 자주 대화를 나누는 사이다. 오늘 오후만 해도 이고르는 그에게 전화를 걸어 에바가 메시지를 받았다는 신호를 보였느냐고 물었다.

에바. 불쌍한 에바. 죽어가는 남자를 품에 안고 있는 에바. 참으로 인간이란 예측하기 힘든 존재다. 이 바보 같은 자의 행동이 바로 그렇다. 그는 자신이 이길 수 있을 거라 착각한 것이다. 예측하기 힘들기는 무기도 마찬가지다. 그는 총알이 두개골을 깨고 들어가 머리 반대편으로 빠져나올 거라 생각했다. 하지만 발사된 각도로 추측해보건대, 총알은 뇌를 통과하다가 뼈에 부딪혔고, 방향이 틀어진 뒤 흉곽에 박힌 것 같았다. 그는 피를 별로 흘리지 않으면서 온몸을 뒤틀며 경련하고 있다.

에바를 더욱 쇼크 상태에 빠뜨린 건 경련하는 남편의 모습 때문이리라. 이고르는 그의 몸을 발로 밀어 모래 위에 떨어뜨리고는 뒷덜미에 대고 총을 쏜다. 경련이 멈춘다. 그는 위엄 있는 죽음을 맞을 자격이 있다. 최후까지 용감했으니까.

이제 해변에는 이고르와 에바, 그들 둘만 남아 있다. 그는 그녀 앞에 무릎을 꿇고, 그녀의 가슴에 권총을 가져다댄다. 에바는 미동도 하지 않는다.

그는 다른 엔딩을 꿈꿔왔다. 그녀가 자신의 메시지를 이해하여 새로이 행복을 맞는 엔딩. 그는 마침내 지금 이 순간처럼 그들이 함께하게 되었을 때, 단둘이 평온한 지중해를 바라보면서 미소 짓고 이야기하는 그 순간에 그녀에게 해줄 말들을 생각해두었었다.

이제는 쓸모없게 되어버린 말들이지만, 그는 그 말들을 가슴속에 담아두고 싶지 않았다.

"나는 항상 꿈꿔왔어. 우리가 다시 손을 마주잡고 공원이나 바닷가를 산책할 날들을. 그렇게 걸으면서 오랫동안 항상 뒤로 미뤄왔던 사랑의 말을 나누는 꿈을. 일주일에 한 번은 밖에서 저녁 식사도 할 거야. 한 번도 가보지 않은 곳으로 함께 여행을 떠날 거야. 세상의 새로운 것들을 둘이서 함께 발견하는 즐거움을 위해서.

당신이 떠나고 없는 동안, 나는 책에서 시들을 베껴 써놓곤 했어. 나중에 내 곁에서 잠든 당신 귀에 속삭여주기 위해서였지. 내가 느끼는 모든 것을 편지에 담아놓기도 했어. 그걸 어딘가에 놓아두었다가 언젠가 당신이 발견하게 되기를, 그래서 내가 단 하루도, 아니 단 일 분도 당신을 잊지 않았다는 사실을 알게 되기를 바라는 마음이었지. 또 나는 꿈꾸었어. 바이칼 호수에 우리 둘만 살 집을 머리를 맞대고 함께 구상하는 꿈. 그래, 난 당신이 그 집에 대해 여러 가지 계획이 있었다는 걸 알아. 난 그 집 근처에 전용비행장을 지을 계획이었어. 물론 집을 꾸미는 일은 고상한 취향을 지닌 당신이 원하는 대로 하고 말이야. 내 삶에 정당성과 의미를 부여해주는 당신, 당신이 말이야."

에바는 아무 말이 없다. 다만 바다를 바라보고 있을 뿐이다.

"난 당신 때문에 이곳에 왔어. 하지만 모든 것이 아무런 의미가 없다는 것을 깨달았어."

그는 방아쇠를 당긴다.

총구가 에바의 몸에 밀착되어 있었으므로 소리는 거의 없었다. 총알은 정확하게 박혀 들어갔고, 심장은 그 즉시 박동을 멈추었다. 비록 그에게 커다란 고통을 안겨준 여자였지만, 그는 그녀가 고통받는 걸 원치 않았다.

죽음 뒤에 삶이 존재한다면, 이제 이 두 사람—그를 배신한 여자와 그녀에게 그럴 용기를 준 남자—은 손을 마주잡고 이 해변에 내려앉은 달빛 속으로 함께 걸어가리라. 거기서 그들은 짙은 눈썹의 천사를 만났을 것이다. 천사는 그동안 일어난 일들의 의미를 설명해주고, 그들의 영혼에서 원망과 증오의 감정을 모두 털어내게 했으리라. 사람들은 모두 언젠가는 지구라 불리는 이 행성을 떠나게 마련이니까. 또 사랑은 미욱한 인간들이 이해하지 못하는, 이고르가 겪어온 일들을 경험해보지 못하고는 이해할 수 없는 행위들을 정당화해주는 힘이 있으므로.

에바는 눈을 뜨고 있지만, 경직되었던 그녀의 몸은 이내 풀어져 모래 위로 허물어져내린다. 이고르는 두 사람을 그대로 남겨두고 바위로 올라간다. 그는 총에 묻은 지문을 세심하게 지운 후, 바다에 던져버린다. 그들이 함께 달을 바라보며 앉아 있던 곳에서 가능한 멀리. 그는 다시 계단을 오른다. 도중에 쓰레기통을 발견하고 거기에 소음기를 버린다. 그것을 사용할 필요가 없었다. 밴드의 연주소리가 때맞춰 커졌으니까.

PM 10:55

 가브리엘라는 그녀가 아는 유일한 사람을 발견하고 다가간다.
 손님들은 만찬장을 떠나 정원으로 자리를 옮겼고, 밴드가 60년대 노래들을 연주하며 파티가 시작되고 있었다. 소리는 귀청이 떨어져나갈 듯 시끄럽지만 사람들은 미소를 지으며 얘기를 나눈다.
 "당신을 찾고 있었어요! 친구분들은 어디 계시죠?"
 "아가씨 친구는 어디 있소?"
 "방금 전에 나갔어요. 스타 배우와 감독님께 큰 문제가 생겼다나봐요. 그것만 말하고는 날 이렇게 놔두고 가버렸다고요! 오늘 밤 선상파티도 취소되었다더군요."
 이고르는 무슨 일이 있었는지 깨닫는다. 그는 시간이 날 때마다 스타의 영화를 보러 갔었다. 스타는 그가 좋아하던 배우였고, 그런 사람을 죽일 의도는 전혀 없었다. 하지만 어쩌겠는가. 선택하는 건 그가 아니라 운명인데. 인간은 운명의 도구일 따름이다.

"난 갈 거요. 원한다면 묵고 있는 호텔까지 데려다주겠소."

"하지만 파티가 이제 시작되었는데요!"

"그럼 즐기시든가. 난 내일 새벽 일찍 떠나야 하오."

가브리엘라는 빨리 결정을 내려야 했다. 하나는, 종이로 채워진 핸드백을 들고 아는 사람 하나 없는 이곳에 남아 있는 것이다. 그리고 파티가 끝난 후 자비심 많은 누군가가 크루아제트 대로까지라도 데려다주기를 기대해야 한다. 거기서부터는 구두를 벗어들고 네 명의 친구들과 함께 지내는 방까지 언덕길을 한없이 걸어올라가야 한다.

다른 하나는, 이 친절한 남자의 제안을 받아들이는 것이다. 그는 아는 사람도 많은 듯하고, 게다가 하미드 후세인 부인의 친구인 것 같다. 그들이 언쟁하는 광경을 보긴 했지만, 그런 일들이야 친구들 사이에 언제든 일어날 수 있는 일이다. 그들은 곧 화해하게 될 테니 신경쓸 건 없으리라.

그녀는 이미 확실한 배역을 따냈다. 그리고 지금은 오늘 하루 동안 겪었던 강렬한 감정들로 기진맥진한 상태다. 혹 술을 너무 많이 마셔 모든 일을 망쳐버릴 위험도 있다. 혼자인 남자들이

다가와 그녀도 혼자냐고, 파티가 끝난 뒤에는 뭘 할 거냐고, 내일 귀금속 부티크 쇼핑에 함께 가지 않겠냐면서 추근댈지도 모른다. 그녀는 남은 밤 내내 그런 남자들의 유혹과 제안을 거절해가면서 보내야 할지도 모른다. 그러면서도 절대로 미소를 잊어서는 안 되겠지. 그들 중 누군가 중요한 인물이 있을지도 모르니까. 어쨌든 여긴 최고의 인물들이 초대되는, 칸 영화제에서도 가장 중요한 파티니까.

"네, 가요."

원래 스타는 이렇게 행동하는 법이다. 떠나지 않기를 바랄 때, 아무도 예상하지 못한 순간에, 불쑥 자리를 뜨는 거지.

그들은 호텔 로비까지 걸어간다. 군터(그녀는 그의 다른 이름을 기억하지 못한다)는 택시를 불러달라고 요청하고, 프런트 직원은 그들이 운이 좋다고 말한다. 조금만 더 늦으면 엄청나게 길게 줄을 서야 한다는 것이다.

돌아오는 길에, 그녀는 이고르에게 왜 직업에 대해 거짓말했는지 묻는다. 그는 거짓말하지 않았노라고 대답한다. 물론 그는 정말로 이동통신사를 소유하고 있지만, 미래는 중기계의 시대라고 생각해서 현재 회사를 정리할 생각이라고 설명했다.

그럼 이름은?

"이고르는 군터의 러시아식 애칭이오."

가브리엘라는 이런 경우에는 언제고 듣게 되는 질문이 언제쯤 나오려나 기다리고 있었다. '내가 묵고 있는 호텔에 들러 한잔 할까요?' 하지만 그런 일은 일어나지 않았다. 그는 그녀를 집 앞에 내려주고 악수를 나누고는 떠났다.

얼마나 우아한가!

그렇다. 오늘은 행운의 날이었다. 앞으로 오게 될 수많은 행운의 나날들 중 첫날. 내일 그녀는 휴대폰을 찾아서 시카고 근처의 고향에 수신자 부담으로 전화를 걸 것이다. 아는 사람들에게 이 놀라운 소식을 전하고, 또 리사 위너라는 자신의 예명도 알려주고 스타와 함께 레드카펫을 오르는 사진이 실린 잡지를 사보라고 할 것이다. 하지만 그들이 흥분하여, 그럼 앞으로 어떻게 되는지 물으면 화제를 다른 데로 돌려버릴 것이다. 그녀는 실현되기도 전에 계획을 떠벌이면 부정 탄다는 미신을 믿기 때문이다. 어쨌거나 각종 매체에서 그녀에 대한 소식이 나오기 시작하면 그들도 알게 되리라. 한 무명배우가 영화의 주인공으로 선택되었다는 것을. 리사 위너가 뉴욕의 한 파티에 특별 게스트로 초청받았다! 시카고의 딸, 무명배우가 깁슨 감독의 새 영화에서 센세이션을 일으켰다! 그녀의 에이전트는 할리우드의 메이저 영화사 중 하나와 초대형 계약을 협상중이다!

이제 그녀의 꿈은 하늘 높은 줄 모른다.

PM 11:11

"벌써 돌아왔어?"

"차가 막히지 않았으면 훨씬 일찍 왔을 거예요."

재스민은 구두를 한쪽에, 핸드백은 다른 쪽에 던져버린다. 그리고 드레스도 벗지 않은 채 기진맥진한 몸을 침대 위로 내던진다.

"어떤 언어든 가장 중요한 말은 모두 짧아요. '예' 혹은 '사랑' '신' 같은 말. 이런 단어들은 말하기도 쉽지만, 세상의 빈 공간들을 채워주죠. 하지만 말하기 어려운 짧은 단어도 있죠. 지금까지는 말하기 너무도 힘들었던 짧은 단어 하나, 그걸 이제 당신에게 말할 거예요." 재스민은 연인을 응시하며 말한다. "아니오."

재스민은 침대 옆자리를 톡톡 두드리며 연인에게 곁에 와서 앉으라고 청한다. 그리고 그녀의 머리를 매만지며 말을 이었다.

"'아니오'는 악명 높은 말이죠. 저주받은 단어, 이기적인 단어, 그다지 영적이지 않은 말이라고 여기죠. '예'라고 말할 때는 자신이 너그럽고, 이해심 많고, 예의바른 존재라고 생각하고요. 하지만 난 지금 당신에게 말할 거예요. '아니오'라고. 아니오, 난 당신이 내게 권하는 걸 따르지 않을 거예요. 그게 나를 위하는 건지도 모르죠. 최선의 선택일 수도 있고요. 또 당신은 이렇게 말하겠죠. 넌 열아홉 살밖에 안 됐고, 인생에 대해 아무것도 모른다고. 하지만 오늘 밤 파티에서 난 알았어요. 내가 진정으로 원하는 게 무엇이고, 결코 원하지 않는 게 무엇인지. 그걸 깨닫는 데는 오늘 밤 파티만으로도 충분해요.

나는 내가 모델이 될 거라고 생각해본 적이 없었어요. 내가 사랑에 빠지게 되리라고는 더더욱 생각 못 했고요. 나도 알아요, 사랑은 자유로운 순간에만 살아남을 수 있다는 거. 그런데 내가 누군가의 노예였던가요? 난 내 마음의 노예일 뿐이에요. 내 마음이 내게 지우는 짐은 조금도 무겁지 않고 달콤할 뿐이죠. 난 당신이 날 선택하기 전에 내가 먼저 당신을 선택했어요. 그리고 불가능해 보이는 모험에 뛰어들었고, 사회적 편견으로부터 내 가족과의 문제까지 이 결정에 따른 모든 결과들을 조금도 불평하지 않고 견뎌냈어요. 그렇게 모든 것을 기쁨으로 극복해온 거예요. 왜였겠어요? 바로 오늘 밤 당신과 여기 함께 있기 위해서였어요. 이곳 칸에서 거둔 승리를 당신과 함께 맛보기 위해서요. 그리고 난 알아요. 앞으로도 살면서 이런 기회들이 또 있을 거라는 것을요. 나는 당신 옆에서 함께 그 기회들을 맞을 거예요."

연인은 재스민의 가슴을 베고 침대에 몸을 눕힌다.

"내게 이런 사실을 깨닫게 해준 사람이 있었어요. 오늘 밤, 사람들 사이에서 길을 잃은 것처럼 어찌할 바를 모르고 있을 때 만난 한 외국인이었어요. 나는 그에게 물었어요. 여기서 뭘 하고 있느냐고. 그는 대답하기를, 사랑을 잃었고, 그걸 찾으러 여기까지 왔는데, 지금은 그 사랑을 진정으로 원하고 있는지 잘 모르겠다는 거예요. 그는 나더러 주위를 한번 둘러보라고 했어요. 우리는 확신과 영예와 정복으로 가득 차 있는 사람들에게 둘러싸여 있었죠. 그는 말했어요. '이들은 즐겁지 않아요. 정상에 올랐으니 이젠 어쩔 수 없이 다시 내려가야 할 일을 두려워하고 있죠. 이들은 또다시 정복해야 할 세상이 기다리고 있다는 사실을 잊은 거예요. 왜냐하면……'"

"……거기에 익숙해져버렸기 때문이지."

"맞아요. 그들은 많은 것을 얻었어요. 그래서 더이상 열망하지 않죠. 그들은 이미 꽉 차 있는 사람들이에요. 해결된 문제들, 승인된 프로젝트들, 손대지 않아도 잘 굴러가는 사업들로 가득하죠. 이제 그들에게 남은 건 변화에 대한 두려움뿐이죠. 그래서 그들은 생각하지 않으려고 이 파티 저 파티를 전전하고, 이 사람 저 사람을 만나면서 시간을 죽이고 있어요. 그렇게 항상 똑같은 사람들을 만나면서 모든 게 문제없이 계속되고 있다고 믿는 거죠. 그런 확신들이 열정의 자리들을 꿰차고 있구요."

"옷부터 벗어."

그녀의 말에 대해 연인은 더이상 어떤 말도 하고 싶지 않은 듯했다.

재스민은 일어나 드레스를 벗고 이불 속으로 파고든다.

"당신도 벗어요. 그리고 날 좀 꼭 안아줘요. 오늘 난 당신이 나를 버리는 줄 알았어요."

연인도 옷을 벗고 불을 끈다. 재스민은 그녀의 품에서 곧바로 잠이 든다. 하지만 연인은 잠들지 못하고 천장을 바라보며 생각에 잠긴다. 때로는 이렇게 천진한 열아홉 살 소녀가 서른여덟 먹은 여자보다 지혜로울 수 있다. 지금은 이렇게 모든 것이 불안하고 두렵지만, 그녀는 계속 나아가리라 마음먹는다. 그녀 앞에는 HH라는 막강한 적이 있고, 그는 그녀가 10월의 파리 패션위크에 참가하는 걸 막기 위해 갖가지 장애물을 만들 것이다. 그녀의 브랜드를 매입하기 위한 노력을 좀더 할지도 모르지만 결국 그게 무산되면 그녀가 약속을 위반했다는 이유로 '패션협회'에 악소문을 퍼뜨리고 퇴출시키려 할 것이다.

앞으로의 몇 달은 무척 힘겨운 시기가 될 것이다.

하지만 하미드가 모르는 사실이 있다. 아니, 그 누구도 모르는 사실. 그녀에게는 어떤 어려움도 극복하도록 돕는 절대적이고도 완전한 힘, 재스민이 있다는 것을. 그녀는 자신의 품에 안겨 있는 사랑을 바라본다. 이 사랑을 위해서라면 그녀는 무엇이든 할 수 있다. 사람을 죽이는 일만 빼고는 무엇이라도.

재스민과 함께라면 그녀는 두렵지 않다. 승리조차도.

AM 01:55

 이고르의 회사 전용제트기는 엔진을 가동시키고 있다. 이고르는 그가 선호하는 왼쪽 두번째 열에 자리를 잡고 이륙을 기다리고 있다. 이윽고 안전벨트 신호등에 불이 들어오자, 그는 바에 가서 보드카를 한잔 가득 부은 다음 한 입에 털어넣는다.
 그는 잠시 자문했다. 주위의 세계들을 파괴하면서, 에바에게 과연 분명한 메시지를 보냈던 것일까? 좀더 명확히해야 했던 건 아닐까? 한마디 암시의 말, 아니면 어떤 이름이라도 남겨야 했던 건 아니었을까? 하지만 그건 매우 위험한 일이었을 것이다. 그랬다면 사람들은 그가 연쇄살인범이라고 생각할 수도 있다.
 그는 연쇄살인범이 아니다. 그에겐 목적이 있었고, 다행히도 그 목적은 적절한 시기에 수정되었다.

에바의 기억은 더이상 그를 짓누르지 않는다. 그는 더이상 그녀를 사랑하지 않는다. 그는 더이상 그녀를 증오하지 않는다. 시간이 흐르면 그녀는 그의 삶에서 완전히 사라지리라. 그녀의 모든 결함들에도 불구하고 그녀 같은 여자는 다시 찾을 수 없을 테니까.

이고르는 다시 기내 바에 가서 또다른 보드카 병을 따서 벌컥벌컥 들이켠다. 사람들은 알게 될까? 그 모든 사람들의 세계들을 사라지게 한 것이 단 한 사람이었다는 것을. 아무튼 그로서는 관심 없는 일이다. 단 하나 후회하는 게 있다면 어제 오후, 경찰에 자수하리라 마음먹었던 그 순간뿐이다. 하지만 운명은 그의 편이었고, 그는 임무를 완수할 수 있었다.

그렇다. 그는 승리했다. 하지만 승자는 혼자가 아니다. 그의 악몽은 마침내 끝났고, 이제 그에게는 짙은 눈썹의 천사가 있다. 그녀가 그를 지켜주며 앞으로 나아가야 할 길을 제시해주리라.

2008년 3월 19일, 성 요셉 제일祭日

지은이 파울로 코엘료

전 세계 170여 개국 81개 언어로 번역되어 2억 2천 5백만 부가 넘는 판매를 기록한 우리 시대 가장 사랑받는 작가. 1986년 첫 작품 『순례자』를 썼고, 이듬해 자아의 연금술을 신비롭게 그려낸 『연금술사』로 세계적 작가의 반열에 올랐다. 이후 『베로니카, 죽기로 결심하다』 『11분』 『악마와 미스 프랭』 『승자는 혼자다』 『알레프』 『아크라 문서』 『불륜』 『스파이』 『히피』 등 발표하는 작품마다 세계적으로 엄청난 반향을 불러일으켰다. 2009년 『연금술사』로 기네스북에 '한 권의 책이 가장 많은 언어로 번역된 작가'로 기록되었다.

옮긴이 임호경

서울대학교 불어교육과와 동 대학원 불문과를 졸업한 후, 파리 8대학에서 마르셀 프루스트 연구로 불문학 박사학위를 취득했다. 『도끼와 바이올린』 『조르조 바사리』 『움베르토 에코 평전』 『중세의 기사들』 『밀레니엄』(1, 2) 『백 년의 악몽』 베르나르 베르베르의 『신』(5, 6) 등을 우리말로 옮겼다.

문학동네 세계문학

승자는 혼자다 2

1판 1쇄 2009년 7월 23일 | 1판 8쇄 2020년 6월 23일

지은이 파울로 코엘료 | 옮긴이 임호경 | 펴낸이 염현숙
책임편집 박여영 허주미 | 디자인 박진범 이원경 | 저작권 한문숙 김지영 이영은
마케팅 정민호 정진아 함유지 김혜연 김수현 | 홍보 김희숙 김상만 지문희 우상희 김현지
제작 강신은 김동욱 임현식 | 제작처 영신사(인쇄) 경일제책사(제본)

펴낸곳 (주)문학동네
출판등록 1993년 10월 22일 제406-2003-000045호
주소 10881 경기도 파주시 회동길 210
전자우편 editor@munhak.com | 대표전화 031) 955-8888 | 팩스 031) 955-8855
문의전화 031) 955-8896(마케팅) 031) 955-2654(편집)
문학동네카페 http://cafe.naver.com/mhdn | 트위터 @munhakdongne
북클럽문학동네 http://bookclubmunhak.com

ISBN 978-89-546-0849-7 04890
　　　 978-89-546-0847-3 (세트)

잘못된 책은 구입하신 서점에서 교환해드립니다.
기타 교환 문의 031) 955-2661, 3580

www.munhak.com

**자신의 생을 성취로 이끈 사람들,
치열한 열정으로 자신의 길을 개척한 이들이
소중한 이에게 추천하는 책!**

연주여행을 가기 위해 비행기에서 긴 시간을 보낼 때면 이 책을 거듭 손에 잡게 된다. 성악가로서 세계를 떠돌다보니 왜 난 이렇게 집시처럼 떠돌아다녀야 하는지 생각을 많이 했다. 그런데 『연금술사』를 읽고 나서 인생은 자아를 발견하기 위한 영원한 여행이라는 생각에 위안을 얻게 됐다. 내가 찾아 헤매던 답을 찾아준 책이라고나 할까. **조수미** (성악가)

인생에서 진정 찾고자 하는 것은 무엇인지 차분히 생각해볼 기회를 주는 책. 주인공 산티아고의 여정을 통해 그동안 잊고 지내던 인생을 살아가는 진리를 다시 한번 되새기게 된다. **한완상** (전 대한적십자사 총재)

코엘료의 책을 잔뜩 쌓아두고 읽고 싶다. **빌 클린턴** (전 미국 대통령)

학창시절, 비겁했던 나의 여고시절에 이 책을 접했더라면 얼마나 좋았을까. **추상미** (영화배우)

『연금술사』를 읽으면 자기 앞에 놓인 빈 공간을 새로운 색깔들로 채워나가고 싶은 마음이 든다. **최윤영** (아나운서)

기막히게 멋진 영혼의 모험이다. **폴 진델** (퓰리처상 수상작가)

아름다운 문체, 결 고운 이야기, 마음을 움직이는 감동… 코엘료는 혼탁한 생의 현실 속에서도 참 자아를 지켜갈 수 있는 힘을 보여준다. **정진홍** (서울대 종교학과 명예교수)